土岐善麿とローマ字百人一首

大伏春美・大伏節子 著

新 典 社

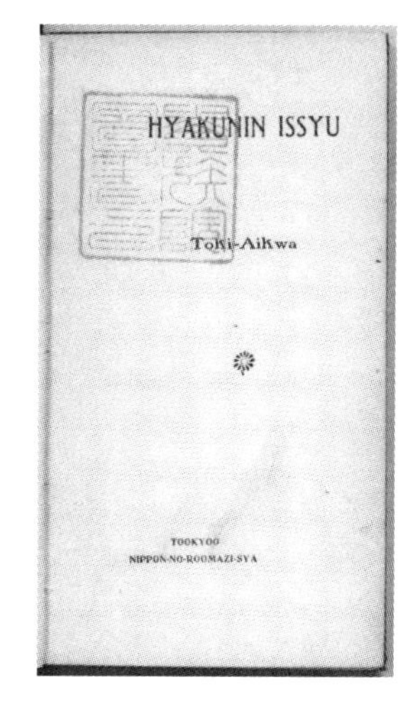

『HYAKUNIN ISSYU』（大正6年（1917）日本のローマ字社）書影・大扉

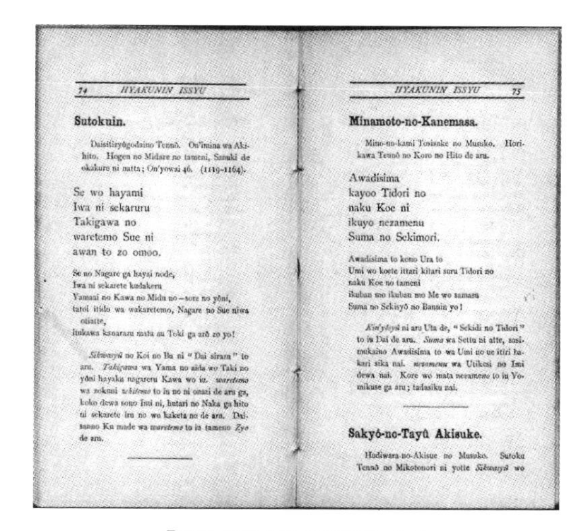
74 HYAKUNIN ISSYU

Sutokuin.

Daisitiryûgodaino Tennô. On'imina wa Akihito. Hogen no Midare no tameni, Sanuki de okakure ni natta; On'yowai 46. (1119-1164).

Se wo hayami
Iwa ni sekaruru
Takigawa no
waretemo Sue ni
awan to zo omoo.

Se no Nagare ga hayai node,
Iwa ni sekarete kudakeru
Yamaai no Kawa no Midu no—sore no yôni,
tatoi itido wa wakaretemo, Nagare no Sue niwa
otiatte,
itukawa kanarazu mata au Toki ga arô zo yo!

Sikwasyû no Koi no Bu ni "Dai sirazu" to aru. *Takigawa* wa Yama no aida wo Taki no yôni hayaku nagareru Kawa wo iu. *waretemo* wa zokuni *wakaretemo* to iu no ni onazi de aru ga, koko dewa sono Imi ni, hutari no Naka ga hito ni sekarete iru no wo kaketa no de aru. Daisanno Ku made wa *waretemo* to iu tameno *Zyo* de aru.

HYAKUNIN ISSYU 75

Minamoto-no-Kanemasa.

Mino-no-kami Tosisuke no Musuko. Horikawa Tennô no Koro no Hito de aru.

Awadisima
kayoo Tidori no
naku Koe ni
ikuyo nezamenu
Suma no Sekimori.

Awadisima to kono Ura to
Umi wo koete ittari kitari suru Tidori no
naku Koe no tameni
ikuban mo ikuban mo Me wo samasu
Suma no Sekisyô no Bannin yo!

Kin'yôsyû ni aru Uta de, "Sekidi no Tidori" to iu Dai de aru. *Suma* wa Settu ni atte, susimukaino Awadisima to wa Umi no ue itiri bakari sika nai. *nezamenu* wa Utikesi no Imi dewa nai. Kore wo mata *nezameno* to iu Yomikuse ga aru; tadasiku nai.

Sakyô-no-Tayû Akisuke.

Hudiwara-no-Akisue no Musuko. Sutoku Tennô no Mikotonori ni yotte *Sikwasyû* wo

『HYAKUNIN ISSYU』本文

文學博士芳賀矢一閲す　日本のローマ字社綴る

百人一首 ローマ字歌がるた

HYAKUNIN ISSYU RÔMAZI UTAGARUTA

◇活字は鮮か◇用紙は丈夫◇

新しい時代の
初春の遊び

第一種

厚紙貼付けの
讀み札取り札
合せて……
定價金六拾錢
送料金八錢

第二種

各自で厚紙に
貼付ける便宜
のため原紙だ
けも賣ります
（普通の歌が
るたに貼れる
大きさに出來
て居る）
定價金貳拾錢
送料金貳錢

お歳暮お年玉
に最も適當

Akebono Bunko 2 no Maki.

HYAKUNIN ISSYU

Toki-Aikwa arawasu.

土岐哀果氏の試みた百人一首の新研究●定價金五拾錢送料金四錢

◇◇◇世間の評判抄◇◇◇

讀賣新聞 古來の類書中最も異彩を放てり。

近時ローマ字書きの著述の出版せらるゝもの漸く多く、ローマ字普及運動の著しく社會に勢力を得來れる時に方り、かゝる日本古典の中の通俗的なるものを新に紹介したる著者の識見を窺ふべし。一般邦人に固より之を外國人にすすめて、日本文藝乃至日本語の研究の一資料たらしむるも快心事たり。正に新時代の新著と云ふべきか。

ジャパンタイムス學生號 甚だ體裁がいゝ。百人一首の飜譯は其自體立派な散文詩。

大和新聞 用意周到註釋文も頗る丁寧なり。

時事新報 音本位の羅馬字綴りは我等に直接リズムより起る見えざる新しき感覺の世界を窺はしめ、清新なる理解力を與ふ。

The Herald of Asia. The Romanization Society has struck upon a fine idea for convertion the reading public, especially of the rising generation, to the writing and printing of Japanese in Roman letters, for everybody knows these hundred *tanka* by heart through the New Year custom of playing the poetry card game, though comparatively few are sufficiently versed in our classical lore to fully appreciate the charms of the famous lines. Each sonnet of thirty-one syllables is preceded by a brief note on its writer and followed by a Japanese paraphrase and a succinct commentary in simple spoken Japanese, so that the foreign student of our language and literature will also be glad to consult this booklet. Mr. Toki's scholarship in our classic, his comments on the collection of one hundred verses together with other notable specimens by the same poets, an index of the writers' names both in Romazi and ideographs, another of the first halves or *kaminoku*, and a third of the second halves of *simonoku* all enhance the value of the attractive little volume............

發行所 東京本郷駒込曙町 日本のローマ字社 振替東京二一五〇四

「ローマ字世界」（「RÔMAZI SEKAI」）第8巻第12号（大正7年（1918）12月）広告

目　　次

はじめに ……………………………………………………7

第1章　『HYAKUNIN ISSYU』

はじめに…11

第1節　本文の翻字と解説 ………………………………15

翻字の要領…15／翻字…19／稿者の簡単な説明…121

第2節　「Oboegaki」の翻字 ……………………………123

翻字の要領…124／まとめ…162

おわりに…163

第2章　早稲田大学中央図書館蔵
土岐文庫のローマ字資料について

はじめに…165／土岐文庫ローマ字資料リスト…165／ローマ字で表記された図書…165／ローマ字で表記された雑誌…174／ローマ字運動関連図書等…176／付：土岐文庫以外のローマ字表記図書…185／おわりに…189

第3章　『鶯の卵』出版の変遷

はじめに…194／『鶯の卵』誕生…195／アルス版…199／改造文庫版…204／春秋社　新装版…207／春秋社　新版…209

／『鶯の卵』の変遷に伴う作者名・題名の異同…212／筑摩叢書版…214／『新訳詩抄』へ…215／和訳例…215／評語…220／おわりに…223

第４章　早稲田大学中央図書館蔵 土岐文庫の洋書資料について

はじめに…225／土岐文庫の洋書…226／洋書のリスト…227／洋書の内容について…239／その他…242

第５章　土岐善麿と図書紹介

――「生活と芸術」の新刊書紹介欄から考える ――

はじめに…247／「生活と芸術」の概要…247／新刊欄について…250／評について…253／同時代の他の雑誌の新刊欄…268

第６章　教員としての土岐善麿

出講一覧…284／武蔵野女子大学について…288

（付）『土岐善麿と図書館』補遺と正誤表…………296

初出一覧……………………………………299

あとがき……………………………………301

はじめに

前編著『土岐善麿と図書館』(2011年６月８日　新典社）を上梓し、今回２冊目の土岐関係の本となる。本書ではローマ字関係の論考を中心に一冊としてまとめた。

土岐善麿の最初の歌集『NAKIWARAI』がローマ字で書かれているのは周知のことだが、その後も土岐は日本語をローマ字で記す活動を続けており、著作も多い。本書では、土岐がローマ字の普及を目的として出版した『HYAKUNIN ISSYU』をとりあげる。土岐はこの本を『HYAKUNIN ISSYU』とローマ字で表記しているのみであるが、本書の書名としては『ローマ字百人一首』の語を用いた。土岐自身の命名ではなく、目に親しみやすい『百人一首』の文字を書名に使用するための処理であり、あくまでも便宜上のものである。

『HYAKUNIN ISSYU』では、和歌をローマ字書きで表現するにあたって、コンマ、ピリオド、？、！を使用するなど、各所に土岐の工夫の跡がみられる。本書では、土岐の趣向を残しつつも読みやすさを考慮して、説明部分は通常の漢字かなまじり文に変え、歌人名と和歌はローマ字表記と漢字かな表記を併用した。『HYAKUNIN ISSYU』に付された「Oboegaki」では、土岐の『百人一首』に対する理解もうかがえ、『百人一首』歌人の作で『百人一首』に載らない歌92首が選ばれるなど、土岐の好みなどが知られると思う。

本書は他にも、早稲田大学中央図書館蔵の土岐文庫を調査した成果として、土岐旧蔵のローマ字資料ならびに洋書について記した。さらに、第３章では、ローマ字書きで始められた『鶯の卵』からローマ字表記をはずした経緯など、出版の変遷にも言及した。

土岐は、東京朝日新聞勤務の時代から、図書紹介もひろく行っていた。それは「読書標」(1926－1934年）という形をとり、くわしくは前編著『土岐善麿と図書館』所収、曾根博義「土岐善麿と『読書標』」で指摘されている。土岐は、雑誌「生活と芸術」(1913－1916年) を自身で編集していた時にも図書紹介を行っていたので、その新刊書紹介欄についても第5章で論じた。この図書紹介の姿勢は晩年の「周辺」刊行時 (1972－1980年) にもつながってゆく。

現代では、アルファベットの文字が身近に存在する。たとえば、駅名や通りの名前、施設名のローマ字表記や看板、プロ野球選手の背番号の上に記されるローマ字書きの登録名など、日常生活に広く浸透している。若き土岐善麿が生きた時代のローマ字について、現代を生きる我々が改めて思いを巡らせることも意味のあることと思われる。

前編著『土岐善麿と図書館』刊行時、著作権継承者である土岐和子氏 (長男健児氏夫人) に拙著を送った。すると土岐康二氏 (和子氏次男) から連絡があり、以後土岐家との交流ができた。それまでは、私ども、春美と節子が、武蔵野女子大学 (現武蔵野大学) で土岐善麿教授の「仏教と日本文学」の講義を受講していた程度の関係であったものの、前編著刊行後は、土岐康二氏に抜き刷りを送るなどの関係が続き、土岐氏が2016年頃、土岐の著作や関係資料を早稲田大学 (土岐の母校)、武蔵野大学、そして徳島文理大学 (大伏春美の元勤務校。村崎凡人前理事長は早稲田大学出身で土岐の後輩にあたるが、窪田空穂との関係で土岐とも交流があり、「大学の歌」は土岐の作詞である) に寄贈する時には、お手伝いした。その折、早稲田大学の兼築信行教授、武蔵野大学の川村裕子教授 (当時)、徳島文理大学の上田穂積教授にお世話になった。後に、武蔵野大学における土岐善麿の新作能「鶴」の上演時にようやく土岐氏との対面がかない、姉の有田由子氏をご紹介いただいた。この時は土岐氏寄贈の能楽関係資料の展示もあり、スクラップブックに貼られた新聞の切り抜きなどから、土岐の几帳面な仕事と資料整理の様子が知られた。

前編著後にはこのような経過があり、今回の本書の上梓を私どもは大変うれしく思っている。

（大伏春美・大伏節子）

第1章 『HYAKUNIN ISSYU』

はじめに

土岐善麿（哀果　1885－1980）の活動は多方面に及ぶ。稿者は「土岐文庫のローマ字資料について―早稲田大学中央図書館蔵土岐文庫の調査による―」（「徳島文理大学文学論叢」第37号〈2020年３月〉、本書第２章も参照）において、早稲田大学中央図書館蔵土岐文庫のローマ字資料について紹介した。その中で広告を見た『HYAKUNIN ISSYU』はローマ字普及活動の一環として出版されたものであるが、ローマ字書き歌集『NAKIWARAI』の歌人であり、後年には日本古典文学の研究者となった土岐が、藤原定家撰とされるいわゆる『小倉百人一首』をどのように紹介したのか。

まずは、「ローマ字世界」（「RÔMAZI SEKAI」の表記が大きく表紙にあるが、本書では併記されるこの表記に統一する）に掲載された当時の様子が垣間見える『HYAKUNIN ISSYU』の広告をみてみよう。

「ローマ字世界」（「RÔMAZI SEKAI」）第７巻第５号　大正６年５月号の広告

ページ中央に「百人一首の新研究」の文字が上段のロー

マ字書き書名より大きく記され、この両脇に縦書き各５行の広告文が漢字かなまじりで記されている。広告文は次に引用するが、漢字は新字体にした。（　）を付したルビは稿者。

「百人一首は一般通俗的に日本のウタといふものの代表物として扱はれてゐる。しかも、その実質には疑はしい点が多く、また、それの評価にも慊(あきた)らない所が少なくない。歌壇の新人たる著者が、この古文学の上に新研究を試みた所以である。」

「ローマ字は新しい日本の国字として用ゐられなければならない。熱心なローマ字論者の著者が、この新著を特にローマ字で誌したのは、雅語並に現代語の最も典型的な日本式ローマ字書きに拠つて、世界的著述の意気を示したものである。」

「ローマ字世界」（「RÔMAZI SEKAI」）第８巻第12号　大正７年12月号の広告（口絵）

雑誌の裏表紙に掲載されている。誌面の上半分に『百人一首　ローマ字歌がるた HYAKUNIN ISSYU ROMAZI UTAGARUTA』とあり、その上に「文学博士芳賀矢一閲す　日本のローマ字社綴る」と記す。「活字は鮮か　用紙は丈夫　新しい時代の初春の遊び　お歳暮お年玉に最も適当」と宣伝文が記され、厚紙の読み札付の定価60銭・送料８銭の第一種と、「各自で厚紙に貼付ける」原紙だけの定価20銭・送料２銭の第二種が用意されている。

下段の『HYAKUNIN ISSYU』の広告は「Akebono Bunko 2 no Maki」と「Toki-Aikwa arawasu.」の字が書名の上下を囲み、その下に「土岐哀果氏の試みた百人一首の新研究・定価五拾銭送料金四銭」とある。この下に「世間の評判抄」として読売新聞、ジャパンタイムス学生号、大和新聞、時事新報の和文と The Herald of Asia. の英文が引用されている。

『HYAKUNIN ISSYU』は日本のローマ字社から「Akebono Bunko. 2 no Maki. Toki-Aikwa」として大正６年３月に刊行された。土岐は31歳、読売新聞の記者で、前年大正５年６月に個人で編集していた雑誌「生活と芸術」の出版を終了していた。図書の大きさは縦16センチ。本文の前に「Hasigaki」がローマ数字のページ付けでⅴ～ⅵ、「Mokuroku」がⅶ～ⅹページあり、本文は137ページである。

表紙を開くと標題紙に続き、「N.—S.」を文頭に置き文末に「T.—A.」と記す７行の文があり、「kokoni anata no Na wo kinensuru.」と結ばれている。N.S. については未詳である。

「Hasigaki.」には以下のようにある。原文のローマ字書きを漢字かなまじり文に書きかえた。

はしがき

「うた」に対する意見としてよりも、文学の形において古く一般的な『百人一首』をローマ字で綴ることがこの本の主な目的なのである。『百人一首』についての本は昔からいくらもある。それだけならば今さら僕が忙しい時間をさいてペンをとるにもあたらないのである。この本を開いて、ローマ字だから読みにくいといってはならない。ローマ字だから読もうといってもらいたいのである。

作者の伝記も簡単すぎる。歌を話し言葉に訳したのも拙い。全体に対する研究も足りない。これらの非難は著者も甘んじて受ける。ただローマ字で書くことがいかに日本語（Nippongo）にとって適当なことか、まずそれを知ってもらえば、この本に費やした僕の力は大部分報いられたのである。

なお、これが出版されるまでに、蒲地久剛（Kamati-Hisakata）君が日本のローマ字社の事務扱い役の一人として、また友達として、いろいろな方面に力を添えてくれたことを特に記しておかねばならない。

大正６年　１月　　　東京芝で、　土岐哀果（Toki-A.）

これに続く「Mokuroku」は目次で、「Hasigaki」を一行目に置き、以下、天智天皇から順徳院まで、100人の歌人名を歌番号順にローマ字書きで、掲載ページとともに記す。

本文は、歌ごとに作者名、作者概略、歌、口語訳、解説の５項目を、各歌ほぼ１ページ程度で記す。100番目の歌が97ページで終わると、続いて土岐の「Oboegaki」があり、土岐の選歌

(92首) が98から129ページまで載る。

巻末に「Yomibito no Midasi」(よみ人の見出し)、「Kamino Ku no Midasi」(上の句の見出し)、「Simono Ku no Midasi」(下の句の見出し) がある。「Midasi」とは索引であり、ローマ字書きのアルファベット順に掲載ページを記す。「よみ人の見出し」には、作者名の漢字が併記される。「上の句の見出し」は初句索引で、アルファベット順に並べ、第一句が同じことばの場合は第二句まで記す。「下の句の見出し」は第四句索引で、同様にアルファベット順に記す。

奥付は「大正六年三月二十日印刷／大正六年三月二十三日発行／著作兼発行者　土岐善麿／印刷者　佐藤保太郎／印刷所　文祥堂印刷所／発行所　日本のローマ字社／価　七拾五銭」とある。広告に載る定価が50銭であるためか、奥付の75銭の印刷部分の上に紙片が貼られている。

第1節　本文の翻字と解説

翻字の要領

『HYAKUNIN ISSYU』本文の翻字にあたり、歌人名・歌はローマ字書きと漢字かなを併記したが、その他の部分の引用は、漢字かなまじりの形に変えた。稿者の読みやすさを優先したためで、当時の土岐の意向に反して申し訳ないことであるが、土岐の著作関係の相談窓口である孫の土岐康二氏 (長男健児氏の二男) のお許しを得ることができた。

書きかえは次の要領でおこなった。

■全体的な構成

○歌番号は巻頭の「Mokuroku」に付されるのみで、本文の各歌にはないが、本書では便宜上、歌人名の前に記した。

○原文は口語訳部分も５行書きだが、本書では分かち書きせず／で改行を示した。

■文字

○ローマ字部分は、土岐の原文を忠実に引用した。土岐が発音どおりに表記する方針をもっていたためである。普通名詞の頭文字を大文字で記す場合なども原文を尊重した。歌の原文と口語訳では、末尾はふつうピリオドだが、一致せずに 。と！になっている場合もある。それぞれの効果を考えた土岐の使い分けと思い、相違しているままにした。

○漢字への書きかえは、井上宗雄著『百人一首を楽しくよむ』(2003年１月　笠間書院。以下「井上」と記す。なお井上宗雄は早稲田大学大学院で土岐の受講生だった）に拠ったが、判断に迷う場合はひらがなを使用した。たとえば「yomu」は歌を「yomu」ことが明らかであれば「詠む」とし、確定できない場合は「よむ」とした。

○歌のローマ字表記と、右側の現代かなづかいの表記が一致しない場合があるが、あえてそのままとした。例えば、Momidi ともみじ（「もみぢ」としない）などである。

○漢字には、井上を参考に通行の表記でルビをふり、土岐の読みかたを残したい場合にはローマ字書きを原本のまま丸括弧に入れて示した。

○「wa」「e」と表記される助詞は「は」「へ」に書きかえた他、「zi」・「じ」／「di」・「ぢ」／「oo」・「おう（逢う）」は井上を参考に現行の表記とした。

○カンマ・ピリオドは句読点 、。と対応させ、コーテーションマーク“　”は「　」に書きかえた。丸括弧・クエスチョンマーク（？）・エクスクラメーションマーク（！）・三点リーダー（…）・ダーシ（—）は原文のまま残した。斜字体は年号、地名、歌集名などに用いられているが、歌集名や書名は『　』に入れた。

■注記

○歌の典拠など、稿者（大伏）による簡単な注記には、原則として［　］を付した。和歌の出典も［　］に入れて記し、『新編国歌大観』（日本文学 Web 図書館）番号（『万葉集』のみ旧番号）などを付した。

○稿者による長文の注記や説明を加える場合には、該当箇所に［☆］を付し、引用の区切りとなる部分に☆で記した。短文の場合には［☆……］として引用文中に挿入した。

○土岐による歌の解説で、土岐が使用したと思われる古注については、当該箇所に下線を付し［　］内に古注の略称を気づいた範囲で入れた。ただし、実際に土岐が参照したか否か、本文に書名が明記されていないものについては不明である。

○井上などの注釈書類を参照して、土岐の解説と異なる場合には、それぞれの末尾に☆で示した。

■主要参考文献

古注や参考文献は下記を使用し、下線部を略称とした。『百人一首』に関する本は非常に多く存在するが、読みやすさを考慮して下記書籍に限った。

・『百人一首抄（宗祇抄）』宗祇著（1406年）
『百人一首抄（宗祇抄）』（影印本）吉田幸一編　1969年11月（改訂版1982年）　笠間書院／『百人一首宗祇抄　姉小路基綱筆』小川剛生編　2018年４月　三弥井書店
・『百人一首（幽斎抄）』細川幽斎著（1596年）
『百人一首注・百人一首（幽斎抄）』（『百人一首注釈書叢刊』第３巻）荒木尚編　1991年10月　和泉書院
・『百人一首拾穂抄』北村季吟著（1681年）
『百人一首拾穂抄』（『百人一首注釈書叢刊』第９巻）大坪利絹編　1995年10月　和泉書院
・『百人一首改観抄』契沖著（1692年）
『百人一首三奥抄　百人一首改観抄』（『百人一首注釈書叢刊』第10巻）鈴木淳編　1995年８月　和泉書院
・『百人一首うひまなび』賀茂真淵著（1765年成立、1781年刊）
『百人一首うひまなび』（『百人一首注釈書叢刊』第16巻）大坪利絹編　1998年２月　和泉書院　なお本章と直接かかわらないが、『初学』とも『宇比麻奈備』とも書く。
・『百首異見』香川景樹著（1815年成立、1823年刊行）
『百首異見　百首要解』（『百人一首注釈書叢刊』第19巻）大坪利絹編　1999年10月　和泉書院

・『百人一首一夕話』尾崎雅嘉著（1833年）
　『百人一首一夕話（上・下）』（岩波文庫）古川久校訂　（上）1972年12月・（下）1973年1月　岩波書店

・『百人一首講義』佐々木（ママ）信綱著　1894年1月　博文館
☆この本は佐佐木信綱の著作であるが、表紙・標題紙・奥付などすべて「佐々木」とあるので、「佐々木」とした。

・『百人一首評釈』金子元臣・柴山啓一郎著　1900年8月　明治書院

・『百人一首』（角川文庫）島津忠夫訳注　1969年11月（改訂版1974年・新版1999年）　角川書店

・『百人一首を楽しくよむ』井上宗雄著　2003年1月　笠間書院

・『和歌文学大辞典』『和歌文学大辞典』編集委員会編　2014年12月　古典ライブラリー

翻字

1

天智天皇（てんちてんのう）　Tendi Tennô.

　第三十八代の天皇。近江の大津の宮にしろしめした。（西洋年号　626－671）。

Aki　no　Ta　no	秋の田の
Kariho　no　Io　no	かりおのいおの
Toma　wo　arami,	とまをあらみ、

waga Koromode wa　　わが衣手は
Tuyu ni nure tutu.　　露にぬれつつ。

［後撰集・六・秋中・302］

☆井上は「かりほ」の「ほ」を「お」と読ませる。土岐「Kariho」。

秋の田を守るために／田のほとりに仮に建てた番小屋の中では、／屋根などを葺いた苫がまばらなので、／自分の袖は／露のためにびっしょり濡れた。

『六帖』［古今和歌六帖・二・1129］に「刈穂」の題で載せられ、『後撰集』には「題しらず」としてだしてあるが、天皇の御製ではなく、『万葉集』に、「秋田刈るかりほを作りあが居れば衣手寒く露ぞ置きにける、」［十・秋雑・2174、契沖・真淵］とある作者の知れない歌から誤り伝えられたものである［真淵］。

2

持統天皇　Ditô Tennô.

第四十一代の天皇。藤原の宮にしろしめした。(645−702)。

Haru sugite　　春過ぎて
Natu kini kerasi,　　夏来にけらし、
sirotaeno　　白妙の
Koromo hosu tyô　　衣ほすちょう
Ama-no-Kaguyama.　　天の香久山。

［新古今集・三・夏・175］

春が過ぎて／夏が来たらしい、／白い／着物がほしてある―／天の香具山を見ると。

御製の正しいのは『万葉集』［一・雑歌・28］にあるが、それには「夏来たるらし」、「衣ほしたり」のふたところがちがう。「ほすちょう」は「ほすという」の意味となるが、口語訳は『万葉集』のにしたがう。「という」では御製として意味をなさない。「天の香具山」は大和の十市郡（とうちのこうり）にある。高市郡（たけちのこうり）の藤原の宮から近い［景樹］。

3
柿本人麿（かきのもとのひとまろ）　Kakinomoto-no-Hitomaro.

系図が確かでなく、詳しいことはわからない。持統と文武（もんむ）のふたつの御代（みよ）に仕えて［契沖］、『万葉集』のなかに長歌（Nagauta）や短歌（Mizikauta）の優れたのをたくさんのこした。「うたのひじり」と言われる。　☆井上「人麻呂」とも書くと記す。

Asibikino	あしびきの
Yamadori　no　O　no	山鳥の尾の
Sidario　no	しだり尾の
naganagasi　Yo　wo	長々（ながなが）し夜を
hitori　kamo　nen.	ひとりかも寝ん。

［拾遺集・十三・恋三・778］

あしびきの／山鳥の尾の／長くたれたあのしだり尾の／長い長い夜を／ただ自分ひとりで寝ることか！

「あしびきの」は「やま」という言葉の枕詞で、第三の句までは「長い」というための「序」である。『和歌 - 拾遺集』（Waka-syûisyû）の恋の部に「題しらず」としてある歌だが、人麿のではなく、『万葉集』［2802の左の番号のない歌、新番号2813］に、作者のわからない歌でこれと同じのがある。

4
山部赤人（やまべのあかひと）　Yamabe-no-Akahito.

伝記は知れない。『万葉集』にみえたところでは、元正（げんしょう）天皇の御代から聖武天皇の御代の半ばまで—奈良の時代の人で、人麿とあわせて「ふたりの歌のひじり」といわれる。

Tago-no-ura　ni	田子（たご）の浦に
utiidete　mireba,	うちいでて見れば、
sirotaeno	白妙の
Huzi-no-Takane　ni	富士の高嶺に
Yuki　wa　huri　tutu.	雪は降りつつ。

［新古今集・六・冬・675］

田子の浜辺に／出て見ると、／まっ白な／高い富士の山に／雪が降りつもっている。

「田子の浦」は駿河にある。『万葉集』［三・317に添えた反歌］にある歌で、それには「田子の浦に」の「に」が「ゆ（から）」、「白妙の」が「ま白くぞ」、「降りつつ」が「降りける」とある。富士をのぞんで詠んだ長歌（Nagauta）の返し歌である。

5

猿丸大夫（さるまるたいふ）　Sarumaru-Dayû.

いつの、どんな人かすべてわからない。

☆大夫のよみは井上に「だゆうとも」とある。

Okuyama　ni	奥山に
Momidi　humi-wake	紅葉（もみじ）踏みわけ
naku　Sika　no	鳴く鹿の
Koe　kiku　Toki　zo	声聞く時ぞ
Aki　wa　kanasiki.	秋は悲しき。

［古今集・四・秋上・215］

山の奥に／紅葉の散ったのを踏んで／鹿の鳴き歩く／その声を聞く時が／秋はとりわけ悲しい

「紅葉踏みわけ」は、自分が紅葉を踏みわけながら鹿の声を聞くというとき方と、鹿が紅葉を踏みわけながら鳴くというのと二つの説がある。あとの説をとる。

6

中納言家持(ちゅうなごんやかもち)　Tyûnagon Yakamoti.

大伴旅人(おおとものたびと)のむすこで、『万葉集』の撰者。延暦４年（785）に死んだ。

Kasasagi no	鵲(かささぎ)の
wataseru Hasi ni	渡せる橋に
oku Simo no	おく霜の
siroki wo mireba,	白きを見れば、
Yo zo hukeni keru.	夜ぞふけにける。

［新古今集・六・冬・620］

かささぎが天の川に／かけた橋―それにみたてるべき内裏のきざはしに／霜が／白くおりた。それを見ると、／夜もだいぶふけたのだなあ！

「鵲の渡せる橋」はシナの古い言い伝えで、七月の七日の夜、かささぎが羽を寄せ合わせて天の川に橋をかけ、七夕を渡すというのである。それからきて、歌にもよく詠まれる。空の上にかけられた橋―内裏のことを雲の上などとすべて空の上にたとえているから、この歌も御殿へのぼるきざはしをみたてたのである。『新古今集』に「題しらず」としてある歌だが、家持の作ではない［景樹・真淵］。

7

安倍仲麿（あべのなかまろ）　Abe-no-Nakamaro.

父はわからない。吉備真備（きびのまきび）と共に留学生として唐に渡り、帰らずに70で死んだ。（701－770）。

Ama-no-hara	天（あま）の原（はら）
hurisake-mireba,	ふりさけ見れば、
Kasuga　naru	春日（かすが）なる
Mikasa-no-yama　ni	三笠の山に
idesi　Tuki　kamo!	出でし月かも！

［古今集・九・羈旅・406］

空の広く平らなかなた、／はるかに見わたすと─月がある。／これこそふるさとの奈良の都の／三笠の山に／出た月だ！

これは『古今集』の旅の部に、「唐土（もろこし）で月を見て詠んだ」として載せられ、「この歌は昔仲麿をもろこしにものを習わすため遣わしたところが、幾年たっても帰ってこない。やがて、日本（Nippon）からまた遣いの行ったついでに、帰ろうと出かけたが、明州（めいしゅう）という所の浜辺でむこうの国の人が別れの酒盛りをひらいた。夜になって月がたいそうおもしろく出たのを見て詠んだ―と言い伝える、」という注釈［☆］がある。三笠の山は奈良の東にある。この時代の人は、月をこの山から出てくるものと考えたのである［景樹の写本］。

☆この注釈は不明だが、「この歌は」以下は『古今集』の左注と同じため、『古今集』の注釈書のことか。なお、契沖もこの部分はほぼ同じ内容（稿者）。

8

喜撰法師（きせんほうし）　Kisen Hôsi.

伝記はわからない。

Waga Io wa	わが庵（いお）は
Miyako no Tatumi,	都のたつみ、
sika zo sumu,	しかぞ住む、
Yo wo Udiyama to	世をうじ山と
hito wa iu nari.	人はいうなり。

［古今集・十八・雑下・983］

私の庵（いおり）は／都の辰巳（たつみ）の方にある。／人はこの山を／世の中を憂いものとするその宇治山といいなすが、／私はこうして久しく住んでいるのだ。

『古今集』に「題しらず」としてある歌で、第三の句を第五の句の次にまわしてとくといくらかわかりよい。「世をうぢ山」

は世の中を憂いということに宇治山の名を言い掛けた。山は山城の宇治ごうりの東にある。

9

小野小町（おののこまち）　Ono-no-Komati.

父はわからない。伝説の人としてさまざまに伝えられている。

Hana no Iro wa	花の色は
uturini keri na,	移りにけりな、
itadurani	いたずらに
waga Mi Yo ni huru	わが身世にふる
Nagame sesi Ma ni!	ながめせし間に！

［古今集・二・春下・113］

むなしく／自分の体は男のことにかかずらって／物思いばかりしていた間に／(長雨が続いて) 花の色が／すっかりあせてしまった。

『古今集』。「題しらず」。句を三四五一二とかえてとくのである。「世にふる」は男と女の語らいをすること。「ながめ」は、長雨と、物思いをするということと二つの意味があるので、それを兼ねた恋の歌である［佐々木］。

10

蟬丸(せみまる)　Semimaru.

　伝記の確かなのはないが、めくらで琵琶がうまかったと言い伝えられる。

Kore　ya　kono	これやこの
yuku　mo　kaeru　mo	行(ゆ)くも帰るも
wakaretewa	別れては
siru　mo　siranu　mo	知るも知らぬも
Oosaka　no　Seki.	逢坂(おうさか)の関。

［後撰集・十五・雑一・1089］

これがあの都から／東の国へ行く者も東から都へ帰る者も／ここで別れ、また／知った者も知らない者も／ここで皆逢うというその逢坂の関所なのか！

『後撰集』にある歌。「逢坂の関に庵をつくって住みながら、行きかう人を見て、」という意味の詞書(ことばがき)がある。それには第三の句が「別れつつ」とある［真淵］。それのほうが良い。「逢坂の関」は京と大津との間にあった。「逢坂」の「おう」と「人に逢う」の「おう」と掛けたのである［真淵］。

11

参議 篁(さんぎ たかむら)　Sangi　Takamura.

名字は小野。文徳天皇の仁寿2年（852）に51で死んだ。

Wada-no-hara	わたの原
Yasosima　kakete	八十島かけて
Kogi-idenu　to	漕ぎ出でぬと
hito　niwa　tugeyo,	人には告げよ、
Ama　no　Turihune!	海人の釣舟！

［古今集・九・羇旅・407］

☆井上に「わだの原」とも。

海の上をはるかに／たくさんな島々のこれからあれへと舟を向けて／今私が漕ぎ出したと／そう都の人々に伝えてくれ、／この浦に釣りをする舟よ！

「隠岐国に流された時、舟に乗って出かけるというので、都の人のところへおくった」という歌で、『古今集』の旅の部にある。篁は学者で、仁明天皇の承和（gyôwa）5年（838）に唐へ遣わされることになったが、船のことからはらをたてて役目を断り、詩をつくって遣唐使のことをそしったため、天皇［☆「嵯峨天皇の」井上］のお怒りにふれて隠岐の国へ流された。歌はその時のである。「わだの原」は海の広いのをいう。「八十島」はたくさんな島ということ［契沖・真淵］で、島の名ではない。「海人の釣舟」はこころない舟に呼びかけて、頼りない自分の心を伝えたのである。

12

僧正遍昭　Sozyô Henzyô.

父は桓武天皇の皇子。仁明天皇がおかくれになるとともに役を捨てて叡山の人となった。寛平２年（890）に75で死んだ。

☆遍照とも書く。

Amatukaze,
Kumo no Kayoidi
huki-todiyo,
Otome no Sugata
sibasi todomen.

天つ風、
雲の通い路
吹き閉じよ、
おとめの姿
しばしとどめん。

［古今集・十七・雑上・872］

空を吹く風よ、／雲の行き来する路を／閉ざしてくれ、／この美しい天女の舞の姿を／もうしばらくひきとめてみたいのだから。

五節の舞を見て詠んだので、『古今集』にある。五節の舞というのは、天武天皇が吉野の宮にいらせられた時、もろこしのにならってこの楽をおつくりになり、そののち内裏の宴の時皇太子がご自分で舞をお舞いになった［真淵・続日本紀］というのが始まりで、それからは毎年舞姫を公家の娘のうちでまだとつがない者からえらばれた。歌はその舞を見て、昔吉野の宮に天女が下りて舞ったという古い言い伝えを思い、今舞っている舞姫を天女とみなして、舞の終わるのを惜しんだのである。

13

陽成院　Yôzeiin.

　第五十七代の天皇。(868－949)

Tukubane no
Mine yori oturu
Mina-no-gawa,
Koi zo tumorite
Huti to narinuru.

筑波嶺の
峰より落つる
みなの川、
恋ぞつもりて
淵となりぬる。

［後撰集・十一・恋三・776］

筑波の山の／峰の上から流れ落ちて来る／みなの川の／その水がつもりつもって、／ついには深い淵になる—それのように。

『後撰集』の恋の部にある。「釣殿のみこに遣わしける」というまえがきで、釣殿のみことは光孝天皇の第二の皇女をいう。「恋」は男と女の間のことであるが、歌のおもてからは、「恋」ということばに「水」という意味があるという説［景樹］にしたがって、この歌全体をたとえととくのがよい。「筑波嶺」は常陸にある。「みなの川」はそこから山水をあつめて流れる川の名である。

14

河原左大臣(かわらのさだいじん)　Kawara no Sadaizin.

名は源融(みなもとのとおる)。宇多天皇の寛平(かんぴょう)7年（895）に70で死んだ。

Mitinoku　no	陸奥(みちのく)の
Sinobu-modizuri,	しのぶもじずり、
tare　yueni	誰(たれ)ゆえに
midare-somenisi	乱れそめにし
ware　nara　nakuni.	われならなくに。

［古今集・十四・恋四・724］

陸奥の／しのぶもじずり、／だれのために／これほどに心の乱れはじめた／私なのだろう……ああ、それもみなあなたゆえなのだ！

「しのぶもぢずり」は陸奥の信夫(しのぶ)郡（Sinobu-gôri）でつくられる布で、髪の毛の乱れたような模様を摺り付けてある［景樹］。その模様によせて、「乱れる」ということの「序」にもちいたのである。「われならなくに」は「わたしではない」という意味。歌は『古今集』［十四・恋四・724］にあるが、第四の句は「乱れんと思う」とある［宗祇・季吟・契沖・景樹］。これによると、「こうしてあなたと契ったからは、どうしてもうだれのためにも心を乱そうなどと思うものですか！」という意味になる。

☆第四句、井上・島津に諸本紹介がある。

15
光孝天皇（こうこうてんのう）　Kôkô Tennô.
　第五十八代の天皇。仁和（にんな）3年（887）に58でおかくれになった。

Kimi ga tame　　君がため
Haru no No ni idete　　春の野に出でて
Wakana tumu,　　若菜つむ、
waga Koromode ni　　わが衣手（ころもで）に
Yuki wa huri tutu.　　雪は降りつつ。
［古今集・一・春上・21］

あなたに贈るために／春の野原に出て／若菜を摘んでいると、／私の袖には／しきりに雪が降りかかる。

「仁和のみかどのみこにおわしましける時、人に若菜たまいける御歌」として『古今集』にある。

16
中納言行平（ちゅうなごんゆきひら）　Tyûnagon Yukihira.
　名字は在原（ありわら）。宇多天皇の寛平5年（893）に76で死んだ。

Tatiwakare　　立ち別れ

Inaba-no-yama no	いなばの山の
Mine ni ôru	峰に生(お)うる
Matu to si kikaba	まつとし聞かば
ima kaeri-kon.	今帰り来ん。

［古今集・八・離別・365］

こうして別れていっても／やがて私の行く先のいなばの山の／峰にはえている／松の木のその待つということを聞いたらば／おっつけすぐに帰って来るよ！

「いなば」は因幡の国にある山の名である［☆］。作者が因幡(いなばの)守(かみ)に任ぜられて、妻に別れる時あたえた歌であろう。『古今集』の別れの部に「題しらず」とある。因幡という山の名に「ゆく」の意味の「いぬる」という言葉を言い掛け、「まつ」という言葉に松の木を兼ねたのである。「まつとし」の「し」は助詞。

☆『百首異見』に「和名抄に因幡国法見郡稲羽とある所の山にて今も松のみ多し。」とある。

17

在原業平朝臣(ありわらのなりひらあそん) Ariwara-no-Narihira Ason.

行平(ゆきひら)の弟で、つや話もさまざまに伝えられているが、皇室を思い親につかえる心も深かった。陽成天皇の元慶(がんぎょう)（Genkei）4年（880）に56で死んだ。

Tihayaburu	ちはやぶる
Kamiyo mo kikazu,	神代も聞かず、
Tatutagawa	竜田川
karakurenaini	からくれないに
Midu kukuru towa.	水くくるとは。

［古今集・五・秋下・294］

竜田川に／流れる水をこんなに真っ赤に／ゆわたぞめに染めるということは／ちはやぶる／神代にも聞いたためしがない—ほんとにめずらしくおもしろい。

句の順序を三四五一二とかえてとく。「ちはやぶる」は「神代」という言葉に続く枕詞［佐々木］。「からくれない」は、昔韓（から）から来るものをすべてたたえて、「からあい」とか「からにしき」とかいったのであるが［真淵・佐々木］、ここは「真っ赤に」の意味でもみじをいう［佐々木］。「水くくる」は水をしぼるので、ゆわたぞめに染めること［佐々木☆］。流れに散り浮かぶもみじをみたてたのである。もみじの川いっぱいに流れるのがからにしきを流したようで、錦の中から水がくぐるように見えるのだととくものもある。「二条の后（きさき）がまだ東宮（Harunomiya）の御息所（みやすどころ）と申した時、御屏風（おびょうぶ）に、竜田川にもみじの流れた絵をかいたのを題にして詠んだ」もので、『古今集』にある。

☆「ゆわたぞめ」はしぼり染めのこと。真淵「行く水を纐纈（ユハタ）にする事よ」とあり、「纐纈」の頭書3に「くゝり染ともいふ」も記す。また真淵・佐々木は同文に「絹を糸もて処(トコロ)処くゝりて、紅紫緑などに染る也」と、具体的に記す。なお佐々木の注釈は契沖・真淵・景樹の三書を尊重している。

18

藤原敏行朝臣(ふじわらのとしゆきあそん)　Hudiwara-no-Tosiyuki Ason.

平安朝の人で、醍醐天皇の延喜７年（907）に死んだ。小野道風(みちかぜ)（俗にとうふう）や僧空海とともに書の名人とされた。

Sumi-no-e no	住の江(すみのえ)の
Kisi ni yoru Nami	岸に寄る波
Yoru sae ya	よるさえや
Yume no Kayoidi	夢の通い路(かよいじ)
Hitome yoku ran.	人目(ひとめ)よくらん。

［古今集・十二・恋二・559］

住吉の浦の／岸辺に寄せる波、／ああ、思えば夜の／夢に逢うことすらも／だれの人目をはばかるのだろうか！

「住の江」は摂津(せっつ)の住吉の浦をいう。第二の句までは波によせて「夜」という言葉の序になる［宗祇・幽斎・季吟・契沖・真淵］。「さえや」は、昼間なら人目をはばかるのが恋のならいだけれど、夜まではばかって夢にも逢うことができないとはあんまりだと嘆く［真淵］心である。宇多天皇の寛平(かんぴょう)のころの后(きさい)

宮（のみや）（Kisaki-no-miya）の歌合の歌で、『古今集』の恋の部にある。

19

伊勢（いせ）　Ise.

伊勢守藤原継蔭（いせのかみふじわらのつぐかげ）のむすめで、父の役柄の名から伊勢と呼んだ。死んだ時はわからない。

Naniwagata	難波潟（なにわがた）
mizikaki　Asi　no	短き蘆（あし）の
Husi　no　Ma　mo	ふしの間も
awade　Konoyo　wo	逢わでこのよを
sugusite　yo　to　ya?	過ぐしてよとや？

［新古今集・十一・恋一・1049］

難波江にはえている／あしのその短いなかでも短い／節の間（あいだ）ほどのわずかな間（ま）すらも／逢わないでこの一生を／過ごせとあなたはおっしゃるのね？

『古今集』［☆正しくは新古今集］の恋の部。「題しらず」。蘆や竹などの「節（ふし）」を「よ」という。それで、「一生」の意味の「この世」と蘆の節の短いのとを兼ねたのである。「難波潟」（今の大阪）は「蘆」をいうために、「蘆」は「ふしの間」をいうために［契沖］、「ふしの間」は短いなかにも短いことをいうためにもちいたので、つれない男をうらんだ心［☆］である。

☆「うらんだ心」を土岐は口語訳第五句の「ね」にこめたか（稿者）。

20
元良親王（もとよししんのう）　Motoyosi Sinnô.

陽成天皇の第一の皇子（おうじ）で、天慶（てんぎょう）（Tenkei）６年（943）に54でお亡くなりなされた。女とお詠みかわしになった歌がすこぶる多い。

Wabinureba	わびぬれば
ima hata onazi,	今はた同じ、
Naniwa naru	難波なる
Mi wo tukusitemo	みをつくしても
awan to zo omoo.	逢わんとぞ思う。

［後撰集・十三・恋五・960］

おたがいのことが知れわたって、思いわびてばかりいると、／今ではもう命をすてたも同じことだ／いっそあの難波の／澪標の、身を尽くしすてても／おまえに逢おうと私は思うのだが……

『後撰集』の恋の部にある。ことがおこってから後で、京極の御息所（みやすどころ）（藤原時平公のむすめで、宇多天皇の御息所になられたかた）［季吟・契沖・真淵］におくった歌としてある。『拾遺集』［十二・恋二・766］には「題しらず」。「難波なる」はただ「みをつくして」（命をかけて）に「澪標」（水脈（みお）を示すために立てるしるし）をいい掛けるための言葉である。

21

素性法師　Sosei Hôsi.

僧正遍昭のまだ俗人であった時のむすこで、清和天皇に仕えたが、後に父から法師にされた。延喜のころに死んだ。

Ima kon to	今来んと
iisi bakarini,	いいしばかりに、
Nagatuki no	長月の
Ariake no Tuki wo	有明の月を
mati-ideturu kana!	待ち出でつるかな！

［古今集・十四・恋四・691］

今じきに来るという／そのあなたのひとことのあったためばっかりに、待って待って待ちぬいて、とうとう／九月の末の夜長の／明け方の月が／空に出るのを待ってたようなことになった！

『古今集』の恋の部に「題知らず」とある歌。

22

文屋康秀　Bun'ya-no-Yasuhide.

父についてはわからない。

Huku karani　　吹くからに
Aki no Kusaki no　　秋の草木の
siorureba,　　しおるれば、
mube Yamakaze wo　　むべ山風を
Arasi to iu ran.　　あらしというらん。

［古今集・五・秋下・294］

吹くとすぐに／秋の草や木が／しおれる、／なるほど、山からおろす風を／ものを荒らす嵐というのはもっともだ！

『古今集』に「是貞のみこの家の歌合の歌」としてあるが、作者は康秀でなく、歳のうえから考えて、そのむすこの朝康だという説がある［契沖・真淵］。また、『古今集』の序には「のべの草木の」とあり、『六帖』［古今和歌六帖・一・431］には「なべて草木の」［真淵・景樹］とある。どれにしても問題にするほどの歌ではない。「嵐」を「荒らす」ということばに掛けただけのことである。

23
大江千里　Ooe-no-Tisato.
　音人のむすこで、父のわざをついだ学者である。

Tuki mireba　　月見れば
tidini Mono koso　　千々にものこそ

kanasikere,	悲しけれ、
waga　Mi　hitotu　no	わが身ひとつの
Aki　niwa　aranedo.	秋にはあらねど。

［古今集・四・秋上・193］

月を見ると／いろいろものごとが限りなく／悲しい、—／それとて、自分ばかりの／秋だというわけではないのだが。

作者は学者なので、白楽天の詩や文章など歌になおしたから、この一首も「燕子楼中霜月夜　夜来唯為一人長」［幽斎・季吟・契沖・真淵］というのを翻案したのかもしれない。「千々に」は数の限りないことである［季吟☆］。

☆佐々木は、「ちゞは、千々といふ事にはあらず。千といふに、ぢといふをそへたるにて、よそぢいそぢのぢの如し、さてたゞ数多きよしなり。」と詳しく説明する。

24

菅家（かんけ）　Kwanke.

諱（いみな）は道真（みちざね）。宇多天皇と醍醐天皇とにつかえて、右大臣にまで任ぜられたが、たまたま左大臣の藤原時平の讒言（ざんげん）のために筑紫へ流され、59で死んだ。(844－903)

Konotabi　wa	このたびは
Nusa　mo　toriaezu	幣（ぬさ）も取り敢（あ）えず

Tamukeyama,　　手向山（たむけやま）、

Momidi　no　Nisiki　　紅葉（もみじ）の錦

Kami　no　manimani.　　神のまにまに。

［古今集・九・羇旅・420］

こんどの旅は陛下のお供なので、／道々（みちみち）の神にたむける幣のきれもととのえてない、／たむけるという名にちなむ手向山のここの神も／山のもみじの錦を／神の御（み）心のままに、幣と御覧ください！

「このたび」は「今度」という意味に「旅」をいい掛けたのである。「幣」は神にささげるいろいろなきれ。古くは絹をそのままささげたものであるが、後には旅の時など、細かく切ったのを袋に入れて、それを携えてまいたもの［季吟］だという。「手向山」は奈良にある［宗祇］。宇多天皇が奈良に御幸（みゆき）をせられた時作者はお供をした［☆］ので、『古今集』の旅の部にある。

☆井上「宇多上皇が奈良に御幸（ごこう）した時に、道真が供をして手向山で詠んだ歌という。」

25

三条右大臣（さんじょうのうだいじん）　Sandyô　Udaizin.　☆井上「さんじょうの」

藤原定方（ふじわらのさだかた）。朱雀天皇の承平（しょうへい）２年（932）に57で死んだ。

Na　ni　si　owaba	名にし負わば
Oosakayama　no	逢坂山(おうさかやま)の
Sanekadura,	さねかずら、
hito　ni　sirarede	人に知られで
kuru　Yosi　mo　gana!	くるよしもがな！

［後撰集・十一・恋三・700］

逢(お)うというその名にそむかない／逢坂山ならば、／そこにはえているさねかづらを手で手繰(たぐ)り寄せるように、／人に知られないで／思う人をこちらへ引き寄せたい。

『後撰集』の恋の部に、「女のもとにつかわしける」とある歌だが、香川景樹は『百首異見』に、このはしがきでは歌の意味がとれないとといて、たとえば女のところへさねかずらを贈り物にでもしたのか、相手の女の名が「さね」とでもいうのか［景樹］、などと論じている。「さねかずら」は草の名。

26
貞信公(ていしんこう)　Teisinkô.
諱(いみな)は忠平(ただひら)。左大臣にまでのぼり、村上天皇の天暦３年（949）に70で死んだ。貞信公はおくり名である。

Ogurayama	小倉山
Mine　no　Momidiba	峰のもみじ葉

Kokoro araba,	心あらば、
ima hitotabino	いまひとたびの
Miyuki matanan.	みゆき待たなん。

［拾遺集・十七・雑秋・1128］

小倉山の／峰のもみじよ、／なんじもし心あるものならば、／もう一度天皇の／行幸（みゆき）を待て、—そのまま散らずに！

亭子院（ていじいん）（Teisiin）（宇多法皇）が大井川に御幸（みゆき）をせられて、小倉山のもみじをご覧になった時、天皇も行幸（みゆき）をせられてしかるべき程の美しい場所だとおおせられたので、作者が、さらば帰りましてからそのおもむきを天皇に申し上げることにいたしますと答えて詠んだ歌である。『拾遺集』にある。天皇のみゆきには行幸と書き、法皇のみゆきには御幸と書く［幽斎・季吟・真淵］。同じみゆきという言葉を漢字で書き分けたのは考えの足りないことである。「小倉山」は今の京都の嵐山である［景樹］。

27

中納言兼輔（ちゅうなごんかねすけ） Tyûnagon Kanesuke.

左中将［幽斎・真淵］利基（としもと）という人のむすこ（875−933）

☆右中将［季吟・契沖］・事典、井上877−933。

Mika-no-hara	みかの原
wakite nagaruru	わきて流るる

Idumigawa,	いずみ川、
itu　miki　tote　ka	いつみきとてか
koisikaru　ran.	恋しかるらん。

［新古今集・十一・恋一・996］

みかの原に／湧いて流れる／泉川、／いつあの人を見たために／こんなに恋しいのであろうぞ！

「瓶(みか)の原」も「泉川」も山城の相楽郡(そうらくごおり)にある［真淵］。第三の句までは泉川に掛けて「いつ」というための序である。「わきて流るる」は泉というための言葉。『新古今集』の恋の部にある歌だが、兼輔のではないという［契沖・景樹・佐々木☆］。

☆『新古今集』に兼輔の作として入るが、『古今和歌六帖』の作者名（詠者名）の扱いには注意が必要だ。契沖の指摘では、『六帖』には三・川題の1564・兼輔の「音にのみ聞かましものを音羽川渡るとなしにみなれそめけん」が載り、この歌は『古今集』・十五・恋五・749にあり兼輔作で正しいとある。「みかの原」の歌は1572にあり、作者名を記さない。『六帖』の作者名の記載法は直後の歌一首のみの作者であり、1565番歌以後の歌は兼輔作ではない。本来は作者未詳の歌である。勅撰集の作者名は次の作者名が記されるまで同一人物とするため、『新古今集』の撰者たちが誤ったのである。契沖は「六帖はかく作者をしるす事のたしかならぬにより集どもに六帖より取て入られたるにはまどはれたる事おほし。されば此歌もよみ人しらずなるを新古今に誤て兼輔の歌とて入られたるを今はそれにより給へるなり。」と記す。なお

46

『古今和歌六帖』は室城秀之著　和歌文学大系45『古今和歌六帖（上）』（2018年５月　明治書院）によった（稿者）。

28

源（みなもとの）　宗于（むねゆき）朝臣（あそん）　Minamoto-no-Muneyuki Ason.

光孝天皇のお孫である。朱雀天皇の天慶（てんぎょう）（Tenkei）３年（940）に亡くなられた。

Yamazato　wa	山里は
Huyu　zo　Sabisisa	冬ぞさびしさ
masarikeru,	まさりける、
Hitome　mo　Kusa　mo	人目（ひとめ）も草も
karenu　to　omoeba.	かれぬと思えば。

［古今集・六・冬・315］

山里のさびしさはいつでもだが、／とりわけ冬が／もっともひどい、／それは、人も来なくなるし草木も／枯れてしまうから。

「めかれ」—目を離すこと、よく見ないこと—という言葉がある。「人目も」はその意味から人目がかれるというのと草が枯れるというのとをかねたのである。「かれぬと思えば」はただ「かれたので」の意味。『古今集』に「冬の歌とてよめる」とある。

29

凡河内躬恒（おおしこうちのみつね）　Oosikôti-no-Mitune.

　父については確かなことがわからないが、『古今集』の勅撰の時、貫之や忠岑とともに、それの撰者にさだめられた。

Kokoroateni　　心あてに
oraba　ya　oran,　　折らばや折らん、
Hatusimono（ママ）　no　　初霜の
oki-madowaseru　　おきまどわせる
Siragiku　no　Hana.　　白菊の花。

［古今集・五・秋下・277］

ただそれと推しはかって／折れば折れるが―これだと見さだめては折れない……／おお、この初めての霜が／美しくおりて、どれが花とも見分けられない白菊よ！

　『古今集』に「白菊の花をみてよめる」とある歌。

30

壬生忠岑（みぶのただみね）　Mibu-no-Tadamine.

　『古今集』の撰者の一人。村上天皇の康保（こうほう）（Kôho）２年（965）に98で死んだ。　☆井上「生没年未詳」。

Ariake　no　　有明の

turenaku miesi	つれなく見えし
Wakare yori	別れより
Akatuki bakari	暁(あかつき)ばかり
uki mono wa nasi.	憂きものはなし。

［古今集・十三・恋三・625］

有明の月が／夜(よ)の明けるのも平気で空にのこっている／あの時の別れから／あかつきほど身にしみじみと／つらくいやなものはない。

『古今集』の恋の部に、「題しらず」としてある。朝早く女のところから別れて帰った後(あと)の心もちである。後鳥羽院が、『古今集』の中で一番すぐれた歌はどれかとおたずねになった時、藤原定家も家隆も二人ともこの「有明の」の一首をあげたと伝えられる［宗祇・幽斎・季吟］。「これほどの歌を一首詠むことができたら、ほんとに一生の思い出だ、」［『顕註密勘』☆・宗祇・契沖］と定家が書いている［『顕註密勘』☆・契沖］。「有明の」は夜が明けてまだ空にのこっている月［真淵☆☆］のことで、「つれなく」の「つ」の音(おん)に月をきかせたともとれるが、歌としてはそんなしゃれのないものととりたい。

☆『顕注密勘』は竹岡正夫著『古今和歌集全評釈上下』（1976年11月　右文書院）所収本による（稿者）。

☆☆真淵は『古今集』から一首を選ぶのは好みによるものだと批判する。

31

坂上是則(さかのうえのこれのり)　Sakanoue-no-Korenori.

『後撰集』の撰者の一人であるが、生まれた年も死んだ年もわからない。

Asaborake	朝ぼらけ
Ariake　no　Tuki　to	有明(ありあけ)の月と
miru　madeni	見るまでに
Yosino　no　Sato　ni	吉野の里に
hureru　Sirayuki.	降れる白雪(しらゆき)。

［古今集・六・冬・332］

ほのぼのと朝が明けはなれて、見わたすと、／有明の月がさしてるのかと／みえるくらいに、／吉野の里に、／降り積もったこの真っ白な雪よ［句点ナシ］

「大和国(やまとのくに)へ行った時、雪の降ったのを見て」よんだ歌で、『古今集』にある。

32

春道列樹(はるみちのつらき)　Harumiti-no-Turaki.

確かな伝記がない。醍醐天皇のころの人である。

Yamagawa ni	山川(やまがわ)に
Kaze no kaketaru	風のかけたる
Sigarami wa	しがらみは
Nagare mo aenu	流れもあえぬ
Momidi narikeri.	紅葉(もみじ)なりけり。

［古今集・五・秋下・303］

この山のあいだを流れる川に／人がかけたのでなく、風がかけた／しがらみと見えるのは／散り積もったもみじが／流れようとしてもいっぱいにたまったそれなのだ！

山城の北白川の滝のそばから如意岳(にょいがたけ)をこえて近江の志賀に出るその志賀山越えの時に詠んだ歌で、『古今集』にある。「やまがわ」は漢字で「山川」と書くが、これを「やまかわ」と読むと、「山と川と」の意味になる。ここは「やまがわ」で「山のあいだを流れる川」をいうのである［真淵］が、漢字ではまことに不確かである。「しがらみ」は川の岸や堤を水が越さないように杭を打ち、それに竹や柴を絡み付けてせき止めるものである［季吟・真淵］。風を人になぞらえて、風がしがらみをかけたように見立てたのである［景樹］。

33
紀友則(きのとものり)　Ki-no-Tomonori.

貫之や躬恒とともに『古今集』の撰者の一人にくわえられた

が、それの終わらないうちに、延喜5年（905）に61で死んだ［☆］。

☆井上「生年未詳〜延喜五年前後」。

Hisakatano	久方(ひさかた)の
Hikari　nodokeki	光のどけき
Haru　no　Hi　ni	春の日に
sidukokoro-naku	しず心(ごころ)なく
Hana　no　tiru　ran.	花の散るらん。

［古今集・二・春下・84］

久方の／日の光がうらうらとのどかな／この春の日に／なぜまあああも気ぜわしく／桜の花は散るのだろうか！

『古今集』に「さくらの花のちるをみてよめる」とある歌。「久方の」はもと「天(あめ)」とか「空(そら)」とかいう言葉の枕詞であるが、それをここには「日」の枕詞にもちいた。

34
藤原興風(ふじわらのおきかぜ)　Hudiwara-no-Okikaze.

参議浜成(はまなり)という人の孫にあたる［☆］。醍醐天皇の御代(みよ)の初めの頃の人である。

☆井上「藤原浜成(はまなり)の曽孫」［幽斎・季吟・契沖も同様］。

Tare wo kamo	誰（たれ）をかも
siruhito ni sen,	知る人にせん、
Takasago no	高砂（たかさご）の
Matu mo mukasi no	松も昔の
Tomo nara nakuni.	友ならなくに。

［古今集・十七・雑上・909］

誰をまあ今では／自分を知ってる人だとしようぞ？—／あの高砂の／松だって昔からの／友達では［☆Tomoda i dewa と記載。i の前の t がおちたと判断した］ないのだからなあ……。

『古今集』に「題しらず」としてあるが、心は作者が自分の歳をとったのを嘆いたもので、すっかり年寄になって、昔からの知り合いもない寂しさを人ならぬ松によせたのである。「高砂」は播磨の名所、「かも」は「か」という疑いの言葉と「も」という感動の言葉とをあわせたものである。「ならなくに」は河原左大臣の歌の終りの句にある。

35

紀貫之（きのつらゆき）　Ki-no-Turayuki.

『古今集』の撰者の一人で、それの序文も書いた。死んだのは朱雀天皇の天慶（てんぎょう）（Tenkei）９年（946）である［☆］。

☆井上「天慶八（945）または九年」。

Hito wa isa	人はいさ
Kokoro mo sirazu,	心も知らず、
Hurusato wa	ふるさとは
Hana zo mukasi no	花ぞ昔の
Ka ni nioikeru.	香(か)ににおいける。

［古今集・一・春上・42］

人の心は／どんなだやらわからない、しかしただ／よくきつけたなじみのふるさとに／花だけは昔の／そのままの色をにおわせている。

『古今集』にある。初瀬に行くたびに泊まった家へ、長らく泊まらないで、よほどたってから行ったところが、そこのあるじが、「久しくあなたはおいでになりませんでしたが、家はこんなにちゃんともとのとおり残っております、」と言うので、自分はそこに立っていた梅の木から花を折って詠んだという歌である。「いさ」は「どんなものやら」ぐらいの意味。「いざ」とにごってはならない［☆］。「ふるさと」はここではただ「古くからのなじみの家」［真淵］というほどの意味である。

☆真淵・景樹は濁ると記す。佐々木は「さを清みて訓むべし。」とするが説明はない。

36

清原深養父(きよはらのふかやぶ)　Kiyowara-no-Hukayabu.　☆井上ルビ「きよはら」。

父のことなどすべて確かにはわからない。

Natu　no　Yo　wa　　夏の夜（よ）は
mada　Yoi　nagara　　まだ宵（よい）ながら
akenuru　wo　　明けぬるを
Kumo　no　iduko　ni　　雲のいずこに
Tuki　yadoru　ran.　　月宿るらん。

［古今集・三・夏・166］

☆井上は「いづくに」。『古今集』にも「いづくに」とありこれが古形と説明する。

夏の夜（よる）はじつに短く／まだ宵だと思ってたのにそのまま／明けたのだから、／はて、月は今／雲のどのへんにとまてる（tomate'ru と表記）のだろう？

月のよかった晩の明け方に詠んだ歌で、『古今集』にある。

37
文屋朝康（ふんやのあさやす）　Bun'ya-no-Asayasu.　☆井上ルビ「ふんや」。

文屋康秀のむすこだともいうが、確かではない［☆］。清和天皇の貞観（じょうがん）（Dyôkwan）頃から醍醐天皇の延喜頃までいた人と思われる。

☆井上「康秀の子」。

Siratuyu　ni　　白露（しらつゆ）に
Kaze　no　huki-siku　　風の吹きしく
Aki　no　No　wa　　秋の野は
turanuki-tomenu　　つらぬきとめぬ
Tama　zo　tirikeru.　　玉ぞ散りける。

［後撰集・六・秋中・308］

草の露に／風の吹きしきる／秋の野原は／まるで糸に貫（ぬ）きとめない／玉が乱れ散るようだ。

『後撰集』にある。露のおきわたした秋の野原に風がしきりに吹いて、草の露のこぼれるありさまを糸に通さない玉がはらはらとこぼれるのにみたてた歌である。

38
右近（うこん）　Ukon.

右近の少将季縄（すえただ）（Suetada）［☆］という人のむすめなので、右近とよんだ。

☆井上「右近衛（うこのえ）少将藤原季縄（すえなわ）」。現在はスエナワと読むのが一般的。『勅撰作者部類』（『和歌文学大辞典』〈1962年11月　明治書院〉所収本による）は「季綱」（稿者）。

Wasuraruru　　忘らるる
Mi　woba　omowazu,　　身をば思わず、

tikaitesi　誓いてし
Hito no Inoti no　人の命の
osikumo aru kana!　惜しくもあるかな！

［拾遺集・十四・恋四・870］

忘れられてしまう／私の身はどんなになってもなんとも思わない、／ただそれよりは、忘れまいと神かけて誓った／あの人の命が神のとがめでなくなる／それを惜しいことだと思いますの！

☆井上は二句切れと三句切れと見るふたつの説を紹介し、二句切れを支持。土岐の表記は第二句の「，」で二句切れを示す。

『拾遺集』の恋の部にある。「人」は恋人をいう。

39

参議等（さんぎひとし） Sangi Hitosi.

村上天皇の天暦（てんりゃく）５年（951）に72で死んだ。

Asadiu no　浅茅生（あさじう）の
Ono no Sinowara,　小野の篠原、
sinoburedo　忍ぶれど
amarite nadoka　あまりてなどか
Hito no koisiki?　人の恋しき？

［後撰集・九・恋一・578］

浅茅の生えた／野原の、篠の生えた原、／その篠の名にかねて、これほどまで思い忍んではいるのだが、／思いあまってはなぜこんなに／あの人が恋しいのだろう！

「浅茅生の」は「小野」の枕詞ともとかれる。「小野」は名所ではなく［幽斎・季吟］、ただ野原というのを美しくよんだのである。第二の句は「忍ぶ」という言葉をだすためのたくみにすぎない。「人につかわしける」として、『後撰集』の中にある。

40

平兼盛（たいらのかねもり）　Taira-no-Kanemori.

太宰少弐（だざいのしょうに）篤行（あつゆき）という人のむすこ［☆］。一条天皇の正暦（しょうりゃく）元年（990）に死んだ。赤染衛門はこの人のむすめである。

☆佐々木に同じ。契沖「従四位上平篤行男」、真淵「父は平篤行」、井上「光孝天皇の曾孫篤行（あつゆき）王の子」。

Sinoburedo	忍ぶれど
Iro ni ideni keri,	色に出（い）でにけり、
waga Koi wa	わが恋は
Mono ya omoo to	物や思うと
hito no too made.	人の問うまで。

［拾遺集・十一・恋一・622］

誰にも知られまいとつつみ忍んでいたけれど、／このあたしの恋心は、／あなたは何の物思いをしていらっしゃるのかと／他人がきくまでに／胸の思いがいつか顔にあらわれてしまった！

『拾遺集』にある歌で、村上天皇の天徳（てんとく）という年のある時の歌合（うたあわせ）に、次の「恋すちょう」という忠見の歌に勝ったものであるが、「恋しさをさらぬ顔（がお）して忍ぶれば物や思うとみる人ぞいう」［『奥義抄』・137☆］という古い歌もあり、『万葉集』［十八・4075］にも「あい思わずあるらん君をあやしくも嘆きわたるか人の問うまで」というのがあるから、心も作者のものではなく、しらべとしても忠見のよりはまずいと景樹［☆☆］は説いた。

☆景樹は、『奥義抄（おうぎしょう）』の「古歌をぬすむこと」の例に載る兼盛のこの歌を酷評する。真淵もこの古歌を指摘する。なお『奥義抄』は佐佐木信綱編『日本歌学大系　第一巻』（1958年11月　風間書房）による（稿者）。

☆☆景樹は忠見歌がまさることを41番歌の説明で指摘している。

41

壬生忠見（みぶのただみ）　Mibu-no-Tadami.

壬生忠岑（ただみね）のむすこで、家は貧しかったが、歌では名高く、醍醐天皇に召された。天徳の歌合に前の兼盛の歌に負けたので、それから病みついて、それの４年（960）に死んだという。

☆井上「生没年未詳」。『天徳四年内裏歌合』に負けて不食（ふじき）の病になり没したという話は「その後も活躍しているから、信用できない。」と井上は『沙石集（しゃせきしゅう）』巻五末の説話を否定する。なお『沙石集』は小島孝之校注・訳　新編日本古典文学全集『沙石集』(2001年８月　小学館)を稿者は参照した。

Koi　su　tyô	恋すちょう
waga　Na　wa　madaki	わが名はまだき
tatini　keri,	立ちにけり、
hito　sirezu　koso	人知れずこそ
omoi-somesi　ka.	思いそめしか。

［拾遺集・十一・恋一・621］

恋をしているという／私の浮き名は早くも／世の中に知れわたった、—／誰にも知られずに自分の胸のうちだけで／こっそり思いをかけていたのだのに！

「恋すちょう」の「ちょう」は「という」［季吟］のつづまったのである。「思いそめしか」の「か」は上の「こそ」を結ぶてにをは。『拾遺集』の中の歌である。

42
清原元輔(きよはらのもとすけ)　Kiyowara-no-Motosuke.

清少納言の父。歌よみの名の高い清原（Kiyowara）の家のうちでも元輔は特に知られた。『後撰集』の撰者の一人。正暦(しょうりゃく)元年（990）に83で死んだ。

☆井上・島津「延喜八（908）～永祚(えいそ)二（990）」。なお永祚二年は正暦元年。

Tigiriki na,	契(ちぎ)りきな、
katamini Sode wo	かたみに袖を
sibori tutu	しぼりつつ
Sue-no-Matuyama	末(すえ)の松山
Nami kosazi towa!	波越(こ)さじとは！

［後拾遺集・十四・恋四・770］

ねえ、お互いに袖を／しぼりながら、どんなことがあっても／あの末の松山を／波の越す―そんな心変わりなど決してしまいと／そう言いかわした仲だったねえ！

心変わりをした女へやるため人に代わって詠んだ歌。『後撰(ママ)集』にある。「末の松山」は『古今集』のみちのくの歌に「君をおきてあだし心をわがもたば、末の松山波もこえなん」というのがある。末の松山は海岸(うみぎし)にあるが、高い山なので、どんなに高い波が来てもけっして越すことはないという心から、よそ心をもたないという誓いにたぐえたので、この「契りきな」のようなのを「本歌取り」の歌という。「契りきな」の「な」は嘆息の言葉で、あの契りを忘れたのか、よもや忘れはしないと恨む心である。第一の句を終りに移してとく。

43

中納言敦忠　Tyûnagon Atutada.

☆島津「権中納言敦忠」。真淵・景樹が「中納言」とするのは誤り。

☆百人一首の本により「権」の有無は違う。

☆井上「権」は正に対して、仮に任ずる意。ただ「中納言」とあるのは正官。

左大臣時平のむすこで、朱雀天皇の天慶（Tenkei）６年（943）に38で死んだ。

Aimiteno
notino Kokoro ni
kurabureba,
mukasi wa Mono wo
omowazarikeri.

逢い見ての
後の心に
くらぶれば、
昔は物を
思わざりけり。

［拾遺集・十二・恋二・710］

お互いに逢ってからの／そのあとの心づかいに／くらべると、／逢わなかった前はかえって物を／思わなかったなあ！

『拾遺集』に「題しらず」としてある。

44

中納言朝忠　Tyûnagon Asatada.

三条右大臣定方のむすこ。村上天皇の康保（Kôho）３年（96

6）に57で死んだ。

Oo koto no　　逢(お)うことの
taete si nakuba,　　たえてしなくは、
nakanakani　　なかなかに
hito womo mi womo　　人をも身をも
uramizaramasi.　　恨みざらまし。

［拾遺集・十一・恋一・678］

☆井上「競技かるたではオオコトノとよむ」、土岐「Oo」。

恋のみちに、逢うということが／まったくなかったなら、／かえって／恋人のつらさも自分の身のはかなさも／恨むということはあるまいに。

『拾遺集』にある天暦(てんりゃく)の時の歌合の歌である。「なかなかに」は「かえって」の意味［季吟］で、今一般に使われる「ずいぶん」とか「なんとして」［☆原文はnanto□ite、一応□をsと読んだ］とかいう意味とはちがう。

45
謙徳公(けんとくこう)　Kentokukô.

九条右大臣師輔(もろすけ)のむすこで、円融(えんゆう)天皇の天禄(てんろく)２年（971）に太政大臣となり、３年に49で死んだ。藤原伊尹(これただ)（Koretada）［☆］のことで、謙徳公はおくり名である。

☆井上「伊尹（これまさ）。これただともよむ。」。現在はコレマサと読むのが一般的（稿者）。

Aware tomo	あわれとも
iubeki Hito wa	いうべき人は
omohoede,	思おえで、
Mi no itadurani	身のいたずらに
narinubeki kana!	なりぬべきかな！

［拾遺集・十五・恋五・950］

今はもう「気の毒な！」と／言ってくれる人があるとも／思われないので、／ああ、こうしてこのわたしの体はむなしく恋い死ぬことに／なるのだなあ！

「あわれ」は嘆く言葉で、ものを愛する時にもまた悲しむ時にもいうが、ここは悲しみ嘆くので、「ああ、あたしのために恋い死ぬのか、ふびんな人だ！」との意味である。「身のいたずらに」はすべてむなしく死ぬことをいう。死ぬというばかりではいいたりない［景樹］。「物いいける女の後につれなく侍りて、さらにあわず侍りければ」という詞書がついて『拾遺集』にある［季吟・景樹］。

46
曽禰好忠（そねのよしただ）　Sone-no-Yositada.

伝記は確かなことがわからない。

Yura-no-to wo	由良(ゆら)のとを
wataru Hunabito	渡る船人(ふなびと)
Kadi wo tae,	かじを絶え、
Yukue mo siranu	行方(ゆくえ)も知らぬ
Koi no Miti kana!	恋の道かな！

［新古今集・十一・恋一・1071］

由良の瀬戸を／渡ってゆく船人が／梶の緒を切って……／おお、その行く先はどうなるのやらわからない／恋の道よ！

「由良のと」は丹後の国にある瀬戸である［景樹☆］。第三の句までは「行方もしらぬ」というための「序」［景樹］で、行方という言葉から「恋の道」といったのである。『新古今集』にある。

☆井上は「由良は紀伊にも丹後にもある地名」だが一応丹後とみる。「かじ」は「櫓(ろ)や櫂(かい)の総称（舟の方向を定める舵ではない）」で「かいを失って」の意味とするが、「梶緒〈梶を船にとりつける縄〉」とする説も紹介し、「そうすると、梶緒が切れて、の意となる」と記している。

47

恵慶法師(えぎょうほうし) Ekyo Hosi. ☆井上・島津「えぎょう」。

花山(かざん)天皇の寛和(かんな)（kwanwa）のころの人［。を欠く］

☆井上は「生没年未詳。十世紀後半の人」とする。

Yaemugura　　八重葎(やえむぐら)
sigereru　Yado　no　　しげれる宿の
sabisiki　ni,　　さびしきに、
Hito　koso　miene　　人こそ見えね
Aki　wa　kinikeri.　　秋は来(き)にけり。

［拾遺集・三・秋・140］

むぐらがふかく／生い茂って荒れはてた宿の／このさびしいあたりの景色よ、／人影はひとつも見えないが、／さすがに今でも秋だけはやって来る！

河原院(かわらのいん)（源融公が六条の河原に造ったぜいたくな邸(やしき)）で、「荒れた宿に秋が来る」という心を詠んだ歌。『拾遺集』にある。

48
源　重之(みなもとのしげゆき)　Minamoto-no-Sigeyuki.

相模や陸奥(むつ)（mitinoku）の役人となり、一条天皇の長保(ちょうほう)（Tyô ho）のころ死んだ。

Kaze　wo　itami　　風をいたみ
Iwa　utu　Nami　no　　岩うつ波の
onore　nomi　　おのれのみ

kudakete　Mono　wo
omoo　koro　kana!

砕けて物を
思うころかな！

［詞花集・七・恋上・210］

風が荒いので、／岩をうつ波が／砕けてはまた砕ける……／おお、その砕ける胸の苦しさ、／このごろは自分ばかり苦しく物思いをする。

第二の句までは「砕けて」の「序」［景樹］で、岩を恋人に、波を自分にみたてた［宗祇・幽斎・季吟・契沖］のである。つれない人に思いこがれた歌。『詞花集』にある。

49

大中臣能宣朝臣（おおなかとみのよしのぶあそん）　Oonakatomi-no-Yosinobu Ason.

父の頼基（よりもと）という人も歌がうまかったが、能宣になっていよいよ名高く、『後撰集』の撰者の一人にえらばれ、「梨壺（なしつぼ）の五人の歌詠み」のうちに加えられた。伊勢大輔はこの人の孫である。

Mikakimori
Ezi　no　taku　Hi　no
yoru　wa　moete,
hiru　wa　kie　tutu
Mono　wo　koso　omoe.

御垣守（みかきもり）
衛士（えじ）の焚く火の
夜（よる）は燃えて、
昼は消えつつ
物をこそ思え。

［詞花集・七・恋上・225］

☆井上・島津「夜は燃え」。

禁裏の御門を／守るさむらいの焚く火の／夜はよっぴて恋しさが胸に燃え、／昼は苦しさに心が消えて、／物思いばかりする。

第五の句に恋の思いをあらわすためにたとえを「序」［宗祇］とした歌で、つまり昼も夜も恋しくてたまらないというのである。「思え」は「こそ」にかかるので、命令の形ではない。『詞花集』の恋の部に「題知らず」とある。

☆井上「能宣の作かどうかはすこぶる疑問である」。

50

藤原義孝（ふじわらのよしたか）　Hudiwara-no-Yositaka.

謙徳公のむすこで、円融天皇の天延２年（974）にはやりの疱瘡で死んだ。☆井上に「痘瘡（とうそう）」で「二十一歳に没した」とある。

Kimi ga tame	君がため
osikarazarisi	惜しからざりし
Inoti sae	命さえ
nagakumo gana to	長くもがなと
omoikeru kana!	思いけるかな！

［後拾遺集・十二・恋二・669］

まだ逢わないうちは、あなたのためなら／すこしも惜しくない

／命なのであったが、／こうして逢って後はまたどうか一日でも長く／ふたりでいたいと思うようになった！

『後拾遺集』にある。女のところから帰っておくった歌である。「がな」は願う心である［真淵］。

51

藤原実方朝臣（ふじわらのさねかたあそん）　Hudiwara-no-Sanekata Ason.

いえとき（Ietoki）［☆］の子で、叔父の済時（なりとき）に養われた。歌のことから藤原行成と争い、中将の役を召し上げられて、陸奥（mitinoku）にくだり、そこで死んだ。

☆井上「貞信公の曾孫。定（貞）時の子」、「陸奥守（むつのかみ）となり任地で没した」とある。「いえとき」は不明である（稿者）。

Kaku to dani	かくとだに
e yawa Ibuki no	えやはいぶきの
Sasimogusa,	さしも草、
sasimo sirazi na	さしも知らじな
moyuru Omoi wo.	燃ゆる思いを。

［後拾遺集・十一・恋一・612］

これほどまでにあなたを思っているとは／打ち明けていうことができないので、／わたしの思いが／あの伊吹山にはえるもぐさの／燃えるように燃えてるとはちっとも知らずにいらっしゃるのでしょうねえ！

「えやはいぶき」は「いうことができない」という「いう」に伊吹をかけ［幽斎・真淵・景樹］その山の名から、そこにはえるもぐさの「さしも草」をだして、「さしも」ということばに続けたのである［景樹］。「さしも」は「そうとも」、「知らじ」は「知るまい」の意味である。『後拾遺集』にある。

52

藤原道信朝臣（ふじわらのみちのぶあそん）　Hudiwara-no-Mitinobu Ason.

父は太政（だいじょう）(dazyô) 大臣（だいじん）の為光で、右大臣の道兼 (Mitikane) の養子となった［真淵］が、一条天皇の正暦（しょうりゃく）5年（994）に23で死んだ。

☆『和歌文学大辞典』に道信は兼家の養子。道兼は兼家の三男とある。

Akenureba	明けぬれば
kururu　mono　towa	暮るるものとは
siri　nagara,	知りながら、
nao　uramesiki	なお恨めしき
Asaborake　kana!	朝ぼらけかな！

［後拾遺集・十二・恋二・672］

夜が明ければ／また暮れるものだとは／知っていながら、／それでもやっぱり恨めしいのは／夜明けだねえ！

女のところから雪のふる日帰って、おくった歌。『拾遺集』［☆正しくは後拾遺集］にある。

53

右大将道綱母（うだいしょうみちつなのはは）　Udaisyô Mitituna no Haha.

摂政兼家の北の方で、日本における三人の美人［幽斎・季吟☆］のなかに数えられた。

☆「本朝古今美人三人内也」［幽斎・季吟］。他に光明皇后・衣通姫（そとおりひめ）（稿者）。

Nageki tutu	嘆きつつ
hitori nuru Yo no	ひとり寝（ぬ）る夜（よ）の
akuru Ma wa	明（あ）くる間（ま）は
ikani hisasiki	いかに久しき
mono to kawa siru.	ものとかは知る。

［拾遺集・十四・恋四・912］

ため息をたえずつきながら／ひとりで寝る夜の／明けるまでが／どんなに待ち遠しく長いものだか／あなたもお察しくださいな！

兼家がたずねてきた時、家の門をあけるのが遅れたので、

「実に待ちくたびれた、」といって入った、そこで詠んでみせた歌。『拾遺集』の恋の部にある。「ものとかは知る」は「ものだと知っていらっしゃるか？」と聞く心で、「夜の明くる」と門を開けるとを思いよせながら、さっしてくれというのである。

54

儀同三司母（ぎどうさんしのはは）　Gidôsansi no Haha.

内大臣伊周（これちか）の母で、儀同三司は伊周がみずからとなえた名［幽斎・真淵☆］である。

☆真淵の説明中の伊周伝の最後に「自号儀同三司、諸記」［自ら儀同三司と号す］とある。井上「儀同三司（准大臣）」のこと。

Wasurezi　no	忘れじの
Yukusue　madewa	行末（ゆくすえ）までは
katakereba,	かたければ、
kyô　wo　Kagiri　no	今日を限りの
Inoti　tomo　gana!	命ともがな！

［新古今集・十三・恋三・1149］

「けっして忘れまい」というちぎりの／そのことばのままに末長く二人のあることは／むずかしいことだから、いっそ／今日ぎりの、このうれしい楽しいいっときだけの／命でどうかあってほしい……（ママ）

道隆公（作者はこの人の北の方である）が通いはじめたころ詠んだ歌で、『新古今集』にある。

55

大納言公任（だいなごんきんとう）　Dainagon Kintô.

三条太政大臣頼忠（よりただ）のむすこ。学問において、書において、管絃において、いずれも名高く、ことに歌に秀でたといわれる。後朱雀天皇の長久（ちょうきゅう）２年（1041）に76で死んだ。

Taki no Oto wa	滝の音は
taete hisasiku	絶えて久しく
narinuredo,	なりぬれど、
Na koso nagarete	名こそ流れて
nao kikoekere.	なお聞こえけれ。

［拾遺集・八・雑上・449］

滝の音は／すっかり聞こえなくなって／それからも長い年月（としつき）がたったけれど、／その高かった名だけは／今でも世に伝わって聞こえる。

大覚寺（だいかくじ）（daigakuzi）へおおぜいの人と一緒に行った時詠んだ歌である。そこはもと嵯峨上皇がおいでになって、滝をおとして御覧になった所である［季吟・契沖］。その滝を詠んだので、「名こそ流れて」は水に縁のある言葉をもちいたのである。『拾遺集』にある。

56
和泉式部(いずみしきぶ)　Idumi-sikibu.

はじめ和泉守橘道貞(いずみのかみたちばなのみちさだ)の妻となった。夫の役の名によって和泉式部とよばれたのである。小式部というむすめを産んだ。死んだのは後一条天皇の寛仁(かんにん)（1017－1020）という年のころ［☆］。

☆『和歌文学大辞典』に、夫藤原保昌が長元９年（1036）に没したこととの関係で「長元(ちょうげん)末年頃までは生存したと見られる」とある。

Arazaran	あらざらん
Konoyo　no　hoka　no	この世のほかの
Omoide　ni	思い出に
ima　hitotabino	いまひとたびの
oo　koto　mo　gana!	逢(お)うこともがな！

［後拾遺集・十三・恋三・763］

死んだのちの／あの世での／思い出のたねに／どうかもう一度／あなたに逢いたい。

病気の時人のところへおくった歌で、『拾遺集』［☆正しくは後拾遺集］の恋の部にある。「あらざらん」はこの世にいなくなること［季吟・契沖］で、死んだのちという意味。「この世のほか」はすなわちあの世［季吟］。

57

紫式部（むらさきしきぶ） Murasaki-sikibu.

為時（ためとき）という人のむすめで、藤原宣孝（ふじわらののぶたか）の妻となった。大弐三位（だいにのさんみ）(Daini Sanmi) はこの人のむすめである。名高い『源氏物語』をつくった。

Meguriaite	めぐり逢いて
misi ya sore tomo	見しやそれとも
wakanu Ma ni	わかぬ間（ま）に
kumo-gakurenisi	雲隠（くもがく）れにし
Yowa no Tuki kana!	夜半（よわ）の月かな［☆］！

［新古今集・十六・雑上・1499］

☆井上「月かげ」。「これが原形と推測される。」。「流れやすい詠嘆の〈かな〉より、きらめく月光をしめす〈月影〉のほうがよいであろう。」と記す。

めぐり逢って／かげを、姿を見たのか見ないのか／はっきりとまだわからないうちに／いつかまた雲に隠れてしまった／なごり惜しい夜中の月よ！

幼な友達と久しぶりに逢って、しんみりと話もしない間（ま）に月のある晩帰ってしまったので、詠んだ歌である。『新古今集』

にある。友達の姿を月のかげにたとえたので、『拾遺集』［八・雑上・470　橘忠幹］に「わするなよ、ほどはくもいになりぬとも空行く月のめぐりおうまで、」とある歌によったのである［契沖］。

58

大弐三位　Daini Sanmi.

母は紫式部である。太宰の大弐成章（nariaki）の妻となり、後一条院の御乳母となって三位に叙せられたので、大弐三位とよばれた。『狭衣物語』という作がある［幽斎・雅嘉☆］。

☆狭衣作者説は伝説である（稿者）。

Arimayama	有馬山
Ina no Sasawara	猪名の笹原
Kaze hukeba	風吹けば
ide soyo Hito wo	いでそよ人を
wasure yawa suru.	忘れやはする。

［後拾遺集・十二・恋二・709］

有馬山の／猪名の笹の原（Hara）に／風が吹くと、笹の葉がさらさらと鳴る…／おお、それよ、あなたを／あたしがどうして忘れるものですか！

第三の句までは「そよ」というための「序」［幽斎・景樹］で、

「いでそよ」は「おおそれよ」と相手の言葉をうけたのである。「有馬山」は摂津の有馬郡（ありまごおり）［契沖・景樹］にある山。「猪名」は同じ国の河辺郡（かわべごおり）にある野原。有馬山を男によそえ、猪名の笹原（Sasahara）を自分にたとえて［契沖・景樹］、男からのたよりにさそわれた心である。『拾遺集』の詞書に「かれがれなる男のおぼつかのうなどいいたりけるに詠める」とある。

☆井上「上の句は、笹原がそよそよ音をたてるところから、〈そよ〉を導く序詞」と土岐と同じ解説だが、土岐は「笹の葉がさらさら」、井上は「笹原がそよそよ」と訳す。

59

赤染衛門（あかぞめえもん）　Akazome-emon.

大隅守（おおすみのかみ）赤染時用（ときもち）のむすめとして育てられた。父が衛門尉（えもんのじょう）という役目であったから、赤染衛門とよばれた。

☆井上「兼盛女とも（袋草子）」。

Yasurawade　　やすらわで
nenamasi monowo,　　寝なましものを、
Sayo hukete　　小夜（さよ）ふけて
katabuku madeno　　かたぶくまでの
Tuki wo misi kana!　　月を見しかな！

［後拾遺集・十二・恋二・680］

来ないものとはじめから知ってたら、ためらわずに／早く寝て

しまったものを、来ると思ったばかりに／宵から待って、夜ふけの空に／月の／傾くのさえ見てしまった！

　妹といいかわした男がある時来ると言って来なかったので、代わって詠んだ歌［☆］。『拾遺集』にある。「やすらわで」は「猶予なくためらわずに」の意味。　☆井上「姉妹に代わって」。

60
小式部内侍（こしきぶのないし）　Kosikibu no Naisi.
　和泉式部のむすめ。

Ooeyama	大江山（おおえやま）
Ikuno no Miti no	いく野の道の
tôkereba,	遠ければ、
mada Humi mo mizu	まだふみもみず
Ama-no-hasidate.	天の橋立。

［金葉集・九・雑上・二度本・550、三奏本・543］

大江山がそびえ、／生野（いくの）が広くて、／丹後までの道は遠いのですから、／まだ手紙もまいりません—／あの天の橋立も。

　母の和泉式部が第二の夫の保昌と一緒に丹後国（たんごのくに）に行ったころ、都に歌合があった。小式部内侍も仲間に入れられたが、中納言（ちゅうなごん）の定頼（さだより）が局に来て、「歌はどうなさる？　丹後へ人をお遣りなすったか？　使いは来ませんか？　心もとなくお思いでしょう、」と冗談を言ったので、内侍が定頼をひきとめて詠んだ歌だという。『金葉集』にある。小式部内侍の歌はみな母がつくってやるのだというそねみごとがあったので、定頼がからかったのである［契沖］。「大江山」も「生野」も丹後へ行く道にある。「ふみもみず」は手紙の意味の文（ふみ）に「踏んでもみない」というのをかよわせて［宗祇］、「天の橋立」とおいたのである。それゆえ、この歌の話し言葉のやくしかたはきわめてまずいのであるが、しゃれであるからしかたがない。

☆この小式部と定頼のやり取りについては多くの論がある。武田早苗『平安中期和歌文学攷』（2019年12月　武蔵野書院）では歌語の使用を考察し、「定頼、小式部、二人の共謀」（364ページ）とする（稿者）。

61

伊勢大輔（いせのたいふ）　Ise-no-Tayu.

☆井上「大輔はオオスケともタユウともよむ」。

大中臣能宣（おおなかとみのよしのぶ）の孫で、祭主輔親（すけちか）のむすめ。それで伊勢大輔とよばれた。　☆井上は能宣が祭主で、輔親が大中臣と紹介。

Inisie　no	いにしえの
Nara　no　Miyako　no	奈良の都の
Yaezakura,	八重桜（やえざくら）、
Kyô　kokonoe　ni	きょう九重（ここのえ）に
nioinuru　kana!	においぬるかな！

［詞花集・一・春・29］

昔の／奈良の都の／八重桜が／きょうは九重の大奥にまで／さかりの色をあらわした！

一条院の時、奈良の八重桜をある人が奉った。その御前（ごぜん）に居合わせたので、この花を題に詠めとのおおせをうけて詠んだ歌である。『詞花集』にある。「九重」は宮中をいう［真淵］。「いにしえ」に「きょう」［契沖］、「八重桜」に「九重」とうけた［幽斎・契沖］のが言葉のあやである。

62

清少納言（せいしょうなごん）　Sei-syônagon.

清原（きよはらの）（Kiyowara-no）元輔（もとすけ）のむすめなので、清少納言という。『枕草子』という名高い作がある。

Yo　wo　komete	夜をこめて
Tori　no　Sorane　wa	鳥の空音（そらね）は
hakaru　tomo,	はかるとも、
Yo　ni　Oosaka　no	よに逢坂の
Seki　wa　yurusazi.	関はゆるさじ。

［後拾遺集・十六・雑上・939］

夜（よる）ふかく／鶏のにせの鳴き声をしようと／たくらんでも、／あなたとあたしとの逢うという逢坂の／その関所は越えることを許しますまい。

『後拾遺集』にある歌で、詞書に、大納言の行成（ゆきなり）と話をしていたところが、家の物忌（ものいみ）（神や仏をまつる時いく日かの間不浄を清めること）にこもっているからといって、行成がいそいで帰って、あくる朝早く、「鳥の声が聞こえたので帰った」といってよこしたから、「夜遅く鳴いた鳥の声は函谷関（かんこくかん）のことですか？」といってやったところが、おりかえして、「これは逢坂の関です、」といってよこしたので、詠んだとある。「函谷関」というのはシナの故事で、昔孟嘗君（もうしょうくん）という人が、夜遅く函谷関という関所に来たところが、この関所のならわしとして鶏が鳴かないうちは戸を開けないので、鶏の鳴きまねのうまい家来の一人に鳴きまねをさせてやっと通った［契沖・真淵］というのである。歌は、この故事により、「逢坂の関」は互いに「逢う」という言葉によせたので、つまり行成がいうことを嘘だというのである。「夜をこめて」は夜のまだ明けはなれないうちをいう［景樹］。

63
左京大夫道雅（さきょうのだいぶみちまさ）　Sakyô-no-Tayû Mitimasa.
伊周（これちか）公のむすこ。後冷泉天皇の天喜（てんぎ）（Tenki）２年（1054）に63で死んだ。

Ima　wa　tada	今はただ
omoi-taenan	思い絶えなん
to　bakari　wo	とばかりを
Hitodute　narade	人づてならで
iu　Yosi　mo　gana［☆］	いうよしもがな

［後拾遺集・十三・恋三・750］

☆第五句最後のピリオドが無いので「。」を付けなかった。

今はもう、ほかのことはおいて、ただ／「きっと思いきります、」／ということだけを／他人にことづけるのではなく、直接に／あなたにいう手立てはないものか？

斎宮（いつきのみや）(Itukinomiko)（昔天皇が御位（みくらい）につかせられる時、伊勢の神宮に仕えさせられる結婚前の内親王または女王（nyoô））の常子内親王［季吟・契沖・雅嘉☆］のところへしのんで通ったことが天皇のおみみにまではいったので、見張りの女までをつけられることになり、ちっとも逢うことができないようになったので、詠んだ歌である。「もがな」は願うこころである。

☆井上「当子（とうし）内親王」。『百人一首注釈書叢刊』を見ると、古くはこの斎宮を当子としており問題はないが、季吟が「三条院第一皇女常子（ツネコ）内親王」と記し、以下契沖などがそれを踏襲する。そして真淵が「三条院第一皇女当子内親王」とするまで、常子とされている。あえて名前を記さない注釈書もある。なお土岐は真淵説を多く採用するが、ここでは季吟らに従っている（稿者）。

64
権中納言定頼(ごんちゅうなごんさだより) Gontyûnagon Sadayori.

大納言公任のむすこ。後朱雀天皇の寛徳(かんとく)２年（1041）に52で死んだ。

☆井上によると、長徳元〜寛徳２（995〜1045）年。寛徳２年は1045年で、52歳没。1041年は誤植か（稿者）。

Asaborake	朝ぼらけ
Udi no Kawagiri	宇治の川霧(かわぎり)
taedaeni	たえだえに
araware-wataru	あらわれわたる
Zeze no Azirogi.	瀬々(せぜ)の網代木(あじろぎ)。

［千載集・六・冬・420］

明け方ほのぼのと／宇治川の川づらの霧が／そこここ薄れて、／目の前に現れ出てくる／おお、この瀬から瀬にかけた網代木よ！

「網代木」は魚をとるために水の中に組んで網の代わりに立てる木。歌は「宇治にまかりて侍りける時」として『千載集』にある。

65
相模（さがみ）　Sagami.

父は源よりみち（Minamoto-no-Yorimiti☆）だともいうが、確かでない。相模守大江公資（さがのかみおおえのきんすけ）（Kinyori）の妻になったため、相模と呼ばれた。

☆契沖・真淵は頼光とする。井上「頼光（よりみつ）の養女」。公資は「きんより、とも」読むと記す。なお「よりみち」は、源は不明（稿者）。

Urami-wabi	恨（うら）みわび
hosanu　Sode　dani	ほさぬ袖だに
aru　monowo,	あるものを、
Koi　ni　kutinan	恋に朽ちなん
Na　koso　osikere.	名こそ惜しけれ。

［後拾遺集・十四・恋四・815］

つれない人を恨みあぐんで、／流れる涙に袖さえも／ぬれてぬれて干せないのに、／その上、なにかと言い立てられて／この恋のために名まで朽ちはててしまうのがくやしい。

永承（えいしょう）6年（1051）の内裏の歌合に詠んだ歌で、『後拾遺集』にある。

66
大僧正行尊（だいそうじょうぎょうそん）　Daisôzyo Gyôson.

☆井上は「前」が付き土岐は無い。

参議基平のむすこ［季吟］で、崇徳天皇の天治２年（1125）に延暦寺の座主にもなった［季吟☆］。

☆井上「三井寺で修行し、園城寺長吏となる」。なお「延暦寺の座主」（天台座主）になったのは保安４年（1123）（稿者）。

Morotomoni	もろともに
aware　to　omoe,	あわれと思え、
Yamazakura,	山桜、
Hana　yori　hokani	花よりほかに
siru　Hito　mo　nasi.	知る人もなし。

［金葉集・九・雑上・二度本・521、三奏本・512］

お前も私もひとりだ……／このたがいの身をあわれだと思え、／山桜よ！―／お前もこんな山奥にひとりで咲いているが、／私のこともお前よりほかには今知る者もないのだ。

『金葉集』に、大峰で思いがけず桜の咲いているのを見て詠んだ歌としてある。「大峰」は行者の行く山で、作者もそこを苦行して歩いたのである。花と自分とを向き合わせて、自然に心をよせたのである。

67

周防内侍　Suô no Naisi.

周防守平継仲（Tuginaka☆）という人のむすめ。

☆井上など現在は平棟仲とする。継仲と記す注釈もあるが、季吟はツキナカ、真淵はツグナカとふりがながある。上村悦子著『王朝女流作家の研究』（1975年２月　笠間書院）は、『尊卑分脈』などから父を平棟仲とし、異説として、平継仲・平経信・平継平・平宗仲の名を記す（251ページ）。

Haru no Yo no	春の夜の
Yume bakari naru	夢ばかりなる
Tamakura ni,	手枕に、
kainaku tatan	かいなく立たん
Na koso osikere.	名こそ惜しけれ。

［千載集・十六・雑上・964］

この短い春の夜の／まるで夢のあいだほどのうかれ心に／あなたの手を枕として寝たら、／何でもないのに浮き名が立つでしょう―／それがあたしは口惜しいのですの！

二月ごろの月の良い晩に二条院で大勢の人と夜ふけまで話をしていた時、周防内侍が横にごろりとなって、「枕がほしい、」とつぶやいた。それを聞いて大納言忠家が、「これを枕になさい、」と腕を御簾の下からさし入れた。そこで、詠んだのがこの歌である。「かいなく（ほんとのこともなく）」という言葉に「かいな（腕）」という言葉を隠して［契沖］、男のさし入れたのをしりぞけたのだと普通にはとくが、そんなしゃれは考えないほうが歌としては良い。『千載集』にある。

68

三条院（さんじょうのいん） Sandyôin.

　第六十七代（ろくじゅうしち）の天皇。寛仁（かんにん）元年（1017）におかくれになった。御齢（おんよわい）42。

Kokoro nimo	心にも
arade Ukiyo ni	あらでうき世に
nagaraeba,	ながらえば、
koisikarubeki	恋しかるべき
Yowa no Tuki kana!	夜半（よわ）の月かな！

［後拾遺集・十五・雑一・860］

考えたようにならないで／なおこの世に／生き永らえることにでもなったら、／今夜のこの月が／また恋しいものになるのであろうなあ！

　この天皇はご病気がちなうえに何かと御心を悩まされることが多かったので、御位（みくらい）を譲ろうとおぼしめされたころ、時は十二月の初め［☆］、月の光の明らかなのを見て詠ませられた御製である。「こんなに悩ましいのであるから、とてもこの世には生き永らえまい。御位を去ってしまえば、もう生きていてもつまらないが、しかし、思いのほかに永らえていたら、またこうして良い月を見ることもあろう。その時内裏で見た月はと、今夜のことをどんなに恋しく思い出すことか！」という意味である。『後拾遺集』にある。

☆井上「『栄花物語』によると長和四年（1015）十二月中旬のころ」。なお土岐は「十二月の初め」とするが、旧暦の月初めでは月がはっきりは見えないのではないか（稿者）。

69

能因法師（のういんほうし）　Nôin Hôsi.

肥後守　橘元愷（たちばなのもとやす）の養子むすこで、俗人の時の名は永愷（ながやす）。

☆井上「元愷の子」。

Arasi　huku	あらし吹く
Mimuro-no-yama　no	三室（みむろ）の山の
Momidiba　wa	もみじ葉は
Tatuta-no-kawa　no	竜田（たつた）の川の
Nisiki　narikeri.	錦なりけり。

［後拾遺集・五・秋下・366］

嵐の吹きおろす／三室山の／もみじは／散って流れて、竜田川の／錦となる。

「三室の山」は大和の高市郡（たけちのこおり）にあり、「竜田の川」は平群郡（へぐりのこおり）

にあるので、川の流れもちがうから、地理の上で、三室山のもみじが竜田川に流れるはずはない［契沖・真淵。景樹は真淵を批判する］。『後拾遺集』にある永承四年（1049）の内裏の歌合の歌である。

☆井上は「三室山」は「大和の国生駒郡斑鳩町にある山」、「竜田川」は「大和の国生駒郡を流れる川」で、「大和川の上流。三室山の東を流れる」とする。また、元来「三室山」は「神のいる山という普通名詞なので同名の山が他にもある」と記す。

70

良暹法師（りょうぜん） Ryôsen Hôsi.

☆井上「リョウゼン。読み方はリョウセンと濁らない説もある」

比叡山の法師で、大原に住んだ。

Sabisisa ni	さびしさに
Yado wo tati-idete	宿を立ち出でて
nagamureba,	ながむれば、
iduku mo onazi	いづくも同じ
Aki no yûgure.	秋の夕暮。

［後拾遺集・四・秋上・333］

ものさびしさにたえかねて／住まいを出て／あたりをながめると、やはり／どこも同じな／秋の夕暮だ！

『後拾遺集』の秋の部に「題しらず」とある。

71

大納言経信　Dainagon Tunenobu.

歌は藤原公任と肩を並べた。源道方のむすこ。堀河天皇の承徳（Syôtoku）元年（1097）に82で死んだ。

Yûsareba	夕されば
Kadota no Inaba	門田の稲葉
Otodurete,	おとずれて、
Asi no Maroya ni	蘆のまろやに
Akikaze zo huku.	秋風ぞ吹く。

［金葉集・三・秋・二度本・173、三奏本・164］

夕方になると、／門の外の田に伸びた稲の葉を／そよそよとまずおとずれて、それから／蘆で葺いた仮の小屋に／秋の風が吹く。

☆井上は「おとづれて」は「音をたててきて」、「おとづる」は「訪問する」の意でもあるが、本来は「音をたてる」の意。「まろや」は「仮小屋」だが、師賢の山荘をさすかと思われ、そうすれば「田舎家」と記す。

師賢朝臣の梅津の山里に人々が行って、田舎の秋風ということを詠んだと『金葉集』にある。「夕されば」を「夕ざれば」

と読むのは正しくない［真淵。季吟は「ゆふざれは」と濁点をつけている］。

72

祐子内親王家紀伊(ゆうしないしんのうけのきい)　Yûsi Naisinnôke no kii.

平経方(たいらのつねかた)のむすめで、紀伊守重経(きいのかみしげつね)の妻［☆］となり、朱雀院［後朱雀院が正しい。☆☆］の皇女(おうじょ)なる祐子内親王につかえた。

☆井上「重経の妻とも妹とも」。☆☆「後朱雀天皇の第一皇女」。

Oto ni kiku	音(おと)に聞く
Takasi-no-hama no	高師(たかし)の浜の
Adanami wa	あだ波は
kakezi ya Sode no	かけじや袖の
nure mo koso sure.	ぬれもこそすれ。

［金葉集・八・恋下・二度本・469、三奏本・464］

前からうわさに高く／高師の浜の名によそえて聞いていた／あだ波の—あだな心のあなたには／かかりあうまい—あの波が袖にかかったら、／たえぬ思いにぬれしおれるにちがいない—涙に。

『金葉集』の恋の部にある歌。堀河院の時、「艶書合(けそうぶみあわせ)」に中納言俊忠(としただ)が、「人知れぬ思いありその浦風に波のよるこそいわまほしけれ、」と詠んだ、それの返しである。「艶書合」というのは、そのころ内裏で、殿上人（てんじょうびと）（Denzyôbito）の歌よみたちに宮仕えの女房たちへあてた恋の歌を詠ませ、それの返しをさせられたもので、一種の遊びである。男が「ありその浦」を詠んだので、この作者は「高師の浜」（和泉にある）と返したのである［契沖］。「あだ波」は岸にうちあまってそのままかえっていく波であるが、心がうきうきしてきまらないのをたとえていう。「かけじ」はそんな人にかかりあうまいという意味に波のかかるということをかけたので、これをカルタで「かけしや」と読んでは意味をなさなくなる。

73

権中納言匡房（ごんちゅうなごんまさふさ）　Gontyûnagon Masahusa.

信濃守大江成衡（おおえなりひら）のむすこ。鳥羽天皇の天永（てんえい）２年（1111）に71で死んだ。

Takasago no	高砂の
Onoe no Sakura	尾上（おのえ）の桜
sakini keri,	咲きにけり、
Toyama no Kasumi	外山（とやま）の霞
tatazumo aranan.	立たずもあらなん。

［後拾遺集・一・春上・120］

高い山の／峰の上の桜が／咲いた、／こちらの低い山に霞が／立たないでもらいたいものだ！

「高砂」はすべて高い山をいうので山の名ではない［幽斎］。「尾上」は峰が尾(お)のように続いたのをいう。「外山」も山の名ではなく［契沖］、手前の低い山をさす［契沖・真淵］。「あらなん」の「なん」は願いの言葉である。藤原師通(ふじわらのもろみち)の家で酒盛りのあった時、「はるかに山の桜を望む」ということを詠んだ歌である。

74

源俊頼朝臣(みなもとのとしよりあそん)　Minamoto-no-Tosiyori Ason.

大納言経信(つねのぶ)のむすこ。崇徳天皇の天治(てんじ)のはじめに、みことのりをうけて『金葉集』を撰んだ。大治(だいじ)（Taidi）４年（1129）に死んだ。

Ukarikeru	憂かりける
Hito wo Hatuse no	人をはつせの
Yamaorosi,	山おろし［☆］、
hagesikare towa	はげしかれとは
inoranu monowo.	祈らぬものを。

［千載集・十二・恋二・708］

☆井上は第三句「山おろしよ」。「「よ」のない伝本もあるが、信頼すべきテキストはすべて「よ」があり、語勢も強くなるし、「よ」はあったほうがよい。」と記す。

つれない人をなにとぞなびかせてくださいと／初瀬の観音に祈っ

たが、／ああ、このみやまから吹きおろすあらしの／はげしいように、その人の心のもっとつらくなるようにとは／祈らなかったのに！

「祈ってあわない恋」という題で詠んだ歌、『千載集』にある。初瀬の観音に祈ったが、相手がますますつれないのをうらんだので、「山おろし」はその観音をさし、やがて「はげしかれ」という言葉の「縁」としたのである［佐々木☆］。

☆この「山おろし」と観音の関係は典拠不明である（稿者）。なお、佐々木には、「泊瀬の山おろしよは、その仏をいひ、やがて、はげしといはん為の縁とせり。」と見える。

75

藤原基俊（ふじわらのもととし）　Hudiwara-no-Mototosi.

右大臣俊家（としいえ）のむすこで、歌では俊頼と肩を並べた。二条家の歌の先祖である。近衛天皇の康治（こうじ）元年（1142）に死んだ。

Tigiri　okisi	契（ちぎ）りおきし
Sasemo　ga　Tuyu　wo	させもが露を
Inoti　nite,	命（いのち）にて、
aware　kotosi　no	あわれ今年（ことし）の
Aki　mo　inu　meri.	秋もいぬめり。

［千載集・十六・雑上・1026］

お約束をしておいたあの／「しめじが原のさせも草」という歌の文句を／ただ命とばかりあてにしていたのに、／そのかいもなく、ああことしの／秋もすぎてしまうらしい！

光覚僧都(こうかくそうず)が維摩会(ゆいまえ)の講師(こうじ)（Kôsi）としてまねきにたびたびもれたので、前太政大臣(さきのだいじょうだいじん)（Sakino Dazyôdaizin）（藤原忠通）に恨んだところが、「しめじが原」とこたえた。が、その年もやはりえらみに漏れたので、おくった歌として『千載集』にある。光覚というのは基俊［☆本文はMotoyosiと誤る］のむすこ、出家して奈良の興福寺(こうふくじ)（Gôbukuzi）の僧となった。「維摩会」はその興福寺で、十月の十日から7日の間、維摩経を講義するので、その講師をつとめると宮中の最勝会(さいしょうえ)の講師になるから、それをみなひどく望むのである。基俊もむすこの名誉のために、忠通に講師のことを頼んだところが、忠通は、「ただ頼めしめじが原のさせも草われ世の中にあらん限りは」という清水(きよみず)の観音の歌と伝えられている歌をひいて、「きっとうけあった。いつかは講師にさせる」とこたえたのである。「させも」はさせも草のことで、いま俗にいうもぐさ。忠通のひいた歌をそのままもちいて、草から露といい、露のはかなさに約束のおぼつかないことをきかせたのである［☆］。「めり」は「らしい」という意味のてにをはである。

☆諸注は「露」を露の恵みの意味にとり、忠通の約束をあてにできるものと解釈する。「露」は消えやすいはかないものではあるが、土岐の解釈は独自のものと思われる。なお、金子には、「頼みにせよと仰せられし故、其はかない恵の御語を命と頼みての意なり、露ははかない恵の意、秋の縁にいひたり」とある（稿者）。

76
法性寺入道前関白太政大臣（ほっしょうじにゅうどうさきのかんぱくだいじょうだいじん）　Hôsyôzi no Nyûdô sakino Kwanbaku Dazyôdaizin.

名は忠通（ただみち）、関白（Kwanbaku）忠実（ただざね）のむすこ。鳥羽、崇徳、近衛、後白河の四代（よだい）の天皇に摂政関白としてつかえた。二条天皇の長寛（ちょうかん）2年（1164）に67で死んだ。

Wada-no-hara	わたの原
Kogi-idete mireba,	漕ぎ出でて見れば、
hisakatano	久方の
Kumoi ni magoo	雲いにまごう
Okitusiranami.	沖つ白波。

［詞花集・十・雑下・382］

☆わたの原［季吟・契沖・真淵・景樹・井上］。

海の上に舟を／漕ぎ出して見渡すと、／久方の／雲のかかった大空とひとつになって／どちらがどちらとも見分けられない沖の白波よ！

『詞花集』に、「新院（崇徳院）位におわしましし時、海の上を遠く望むということをよませたまえるに、よめる［☆］」とある。「漕ぎ出でて」だけで舟を思わせたのである［季吟・契沖］。「久方の」は「雲」の枕詞。　☆井上「よませ給ひけるによめる」。

77

崇徳院（すとくいん）　Sutokuin.

第七十五代（しちじゅうご）の天皇。御諱（おんいみな）は顕仁（あきひと）。保元（ほうげん）（Hogen）の乱れのために、讃岐でおかくれになった。御よわい46。（1119－1164）。

Se wo hayami	瀬をはやみ
Iwa ni sekaruru	岩にせかるる
Takigawa no	滝川（たきがわ）の
waretemo Sue ni	われても末に
awan to zo omoo.	逢わんとぞ思う。

［詞花集・七・恋上・229］

瀬の流れが速いので、／岩にせかれてくだける／山あいの川の水の―それのように、／たとい一度はわかれても、流れの末にはおちあって、／いつかは必ずまた逢う時があろうぞよ！

『詞花集』の恋の部に「題しらず」とある。「滝川」は山の間を滝のように速く流れる川［契沖・景樹］をいう。「われても」は俗に「ぜひとも」というのに同じであるが、ここではその意味に、二人の仲が人にせかれているのをかけたのである。第三の句までは「われても」というための「序」［☆］である。

☆井上「上の句は、近来多くは、はげしい恋心の象徴・比喩と解されている。その見方も誤りとはいえないが、修辞技巧の上からは、やはり序詞とみるべきである。」と記す。

78

源　兼昌(みなもとのかねまさ)　Minamoto-no-Kanemasa.

美濃守俊輔(みののかみとしすけ)のむすこ。堀河天皇のころの人である。

Awadisima	淡路島
kayoo　Tidori　no	かよう千鳥の
naku　Koe　ni	鳴く声に
ikuyo　nezamenu	幾夜(いくよ)ねざめぬ
Suma　no　Sekimori.	須磨の関守。

［金葉集・四・冬・二度本・270、三奏本・271］

淡路島とこの浦と／海をこえて行ったり来たりする千鳥の／鳴く声のために／幾晩も幾晩も目をさます／須磨の関所の番人よ！

『金葉集』にある歌で、「関路(せきじ)の千鳥」という題である。「須磨」は摂津にあって、さしむかいの淡路島とは海の上1里ばかりしかない。「ねざめぬ」は打消しの意味ではない。これをまた「ねざめの」という読みくせがある。正しくない。

☆井上には「幾夜ねざめぬ」について、契沖、幽斎、徳原茂実、森本元子の解釈の紹介がある。

79

左京大夫顕輔(さきょうのだいぶあきすけ)　Sakyô-no-Tayû Akisuke.

藤原顕季(ふじわらのあきすえ)のむすこ。崇徳天皇のみことのりによって『詞花集』を撰んだ。死んだのは近衛天皇の久寿(きゅうじゅ)２年（1155)。

Akikaze ni	秋風に
tanabiku Kumo no	たなびく雲の
Taema yori	絶え間より
more-iduru Tuki no	もれ出ずる月の
Kage no sayakesa.	影のさやけさ。

［新古今集・四・冬・413］

秋の風が吹いて／雲をたなびかせたその／切れ間から／そっともれて出た月の／光のとりわけあきらかなことよ！

『新古今集』の秋の部に「崇徳院に百首の歌たてまつりける時」とある歌。

80

待賢門院堀河(たいけんもんいんほりかわ)　Taikenmon'in Horikawa.

顕仲(あきなか)という人のむすめで、鳥羽院の后(きさき)待賢門院（藤原璋子 Hudiwara-no-Tamako ☆）につかえた。☆璋子はショウシとも。

Nagakaran　　長からん
Kokoro mo sirazu　　心も知らず
Kurokami no　　黒髪の
midarete kesa wa　　乱れて今朝(けさ)は
Mono wo koso omoe.　　物をこそ思え。

［千載集・十三・恋三・802］

男の心が／末長く変わらないものか、それは知らない、／黒髪の／ただ今逢って別れて帰った恋のなごりに思い乱れて／ああ、今朝はしきりに物思いばかりすることよ！

「百首の歌奉りける時、恋の心をよめる」として『千載集』にある。『久安百首』には初めの句が「長からぬ」とある［景樹☆］。これによれば、「人の心はながくないものだともしらないで」という意味になる。「黒髪」は「乱れて」の枕詞であるが、この歌では自然に後朝(きぬぎぬ)のおもむきがみえる［景樹］。「長からん」という言葉も黒髪に縁がある。

☆井上「『久安百首』の類聚本などに「長からぬ」とあるのは非」。「黒髪の」を「序詞的にはたらいている」とする。

81
後徳大寺左大臣(ごとくだいじのさだいじん)　Gotokudaizi Sadaizin.
藤原実定(ふじわらのさねさだ)という。大炊御門右大臣公能(おおいのみかどうだいじんきんよし)のむすこ。後鳥羽天皇の建久(けんきゅう)2年（1191）に53で死んだ。

Hototogisu	ほととぎす
nakituru Kata wo	鳴きつる方を
nagamureba,	眺むれば、
tada Ariake no	ただ有明の
Tuki zo nokoreru.	月ぞ残れる。

［千載集・三・夏・161］

ほととぎすが鳴いた—と／その鳴いたほうを／眺めると、／ただ明け方の／月だけが残っている！

☆井上は口語訳「ほととぎすが鳴いたほうを眺めると、ただ有明の月だけが残っているよ。」と土岐とほぼ同じ。島津は「何ひとつ目にとまるものとてなく」と加えている。

『千載集』にある。あかつきにほととぎすを聞くというこころを詠んだのである。

82

道因法師（どういんほうし） Dôin Hôsi.

出家をする前の名前は敦頼（あつより）といって、崇徳院につかえた。

Omoi-wabi	思いわび
satemo Inoti wa	さても命は
aru monowo	あるものを

uki ni taenu wa	憂きに堪えぬは
Namida narikeri.	涙なりけり。

［千載集・十三・恋三・818］

つれない人を恋い慕って、つくづく思いあぐんだが、／それでもこがれ死にさえしないで、命だけはあるのに、／このつらいことに堪えきれないで／もろくも落ちるものは涙だなあ！

『千載集』の恋の部に「題しらず」とある歌。

83

皇太后宮大夫俊成　Kôtaikôgû-no-Tayû Tosinari.

☆井上に「しゅんぜい。公卿としては〈としなり〉。音よみはすぐれた歌人としての称といわれる。」とある。

藤原俊忠のむすこ。歌を基俊について学んだ。後白河天皇のみことのりによって『千載集』を撰んだ。土御門天皇の元久（Genkyô）元年（1204）に91で死んだ。

Yononaka yo,	世の中よ、
Miti koso nakere,	道こそなけれ、
omoi-iru	思い入る
Yama no Oku nimo	山の奥にも
Sika zo naku naru.	鹿ぞ鳴くなる。

［千載集・十七・恋中・1151］

そうと思い込んで、／山の奥に入ったが、そこにも／鹿が鳴く。／ああ、この世の中を／どこへ行ったらさけられることか、―逃れる道はないのだ！

鹿に思いをのべた歌で、『千載集』にある。三、四、五、一、二と句の順序をかえてとくとわかりやすい。「思い入る」は俗に「思い込む」の意味である［契沖・景樹・佐々木］が、ここでは山に入ることをかねたのである［契沖・景樹☆］。

☆佐々木は「しか思ひて山に入るといふには、あらざるなり。」と記す。

84
藤原清輔朝臣（ふじわらのきよすけあそん）　Hudiwara-no-Kiyosuke Ason,

左京大夫顕輔（あきすけ）のむすこ。二条天皇のみことのりをうけて『続詞花集（しょくしかしゅう）』（Zokusikwasyû）を撰んだが、本のできた時天皇はすでにおかくれになっていたので、勅撰にはならなかった。高倉天皇の治承（じしょう）元年（1177）に74で死んだ［☆］。

☆井上は生没年を長治元年（1104）～治承元年（1177）、74歳と記すので土岐と同じだが、近年は生年を天仁元年（1108）とする。『和歌文学大辞典』の清輔の項は冷泉家時雨亭文庫の『尚歯会和歌』『顕広王記』を典拠とする。

Nagaraeba　　　　　　ながらえば

mata konogoro ya　　またこの頃（ごろ）や
sinobaren,　　しのばれん、
usi to misi Yo zo　　憂しと見し世ぞ
ima wa koisiki.　　今は恋しき。

［新古今集・十八・雑下・1843］

生き永らえて年月（としつき）を重ねたら、／またつらいこのごろのことが／なつかしいものとして思い出されることだろう、／ほんとに、昔いやだと思った世の中が／今では恋しいものになった！

『新古今集』には「題しらず」とあり、作者の家集には、三条右大臣［真淵・佐々木・金子☆］がまだ中将でいられたころおくったとしてある。白楽天の文集に、「老色日上面　歡情日去心　今既不如昔　後當不如今」とある詩のあとの二つの句をとったものだと契沖［☆☆］はといた。

☆三条右大臣がだれか稿者は不明。契沖・景樹は三条内大臣とする。井上は『清輔集』の詞書が書陵部御所本では「三条内大臣」、群書類従本などでは「三条大納言」とあり、これにより清輔がこの歌を詠んだ年齢が異なるとする。「三条内大臣」は藤原公教（きんのり）で、中将の時代は28から34歳、清輔は27から33歳の間、「三条大納言」は公教の子の実房で、中将時代は12から20歳、清輔は55から63歳。「実房が若すぎる感がある」と「三条内大臣」をとり、「清輔三十歳前後の作」と推測する。島津は井上説を引き清輔の若い時の詠に同意。芦田耕一『六条藤家清輔の研究』（2004年2月　和泉書院）は、実房でも当時の歌学びの年齢からすれば不思議はないとして、実房に送ったと推測する。

☆☆契沖が指摘し、真淵も踏襲する。

85

俊恵法師（しゅんえほうし）　Syun'e Hôsi.

源俊頼のむすこ。

Yomosugara	夜もすがら
Mono omoo Koro wa	物思うころは
ake-yarade,	明けやらで、
Neya no Hima sae	閨（ねや）のひまさえ
Turenakarikeri.	つれなかりけり。

［千載集・十二・恋二・766］

☆井上「明けやらぬ」

よっぴて／つれない人のために物思いをする時には／早く夜が明ければよいと思うのに明けないで／寝部屋（ねべや）の板戸のすき間さえも／つれない—まるであの人の心のように。

『千載集』にある歌だが、それには第三の句が、「明けやらぬ」［宗祇・幽斎・季吟・契沖・真淵］とある。これだと、「夜が明けないですこしも白（しら）まない寝部屋の板戸のすき間」という意味になる。これが正しいのであろう。『後拾遺集』［六・冬・392］に、「冬の夜にいくたびばかり寝覚めして、物思う宿のひま白むらん」とある歌をもとにしたのである［契沖・真淵☆］。

☆増基法師の作。

86

西行法師（さいぎょうほうし）　Saigyô Hôsi.

俗名は佐藤義清（よしきよ）［☆］。左衛門尉康清（さえもんのじょうやすきよ）のむすこ。鳥羽上皇につかえて北面のさむらいとなったが、23の時世（よ）の中（なか）をのがれて［真淵］、諸国を行脚した。死んだのは後鳥羽天皇の建久（けんきゅう）元年（1190）。歳は73。

☆義清。「よしきよ」とよむが、現在では「のりきよ」と読むのが一般的。憲清・規清などとも書かれた（稿者）。

Nageke　tote	嘆けとて
Tuki　yawa　Mono　wo	月やは物を
omowasuru,	思わする、
kakotigao-naru	かこち顔なる
waga　Namida　kana!	わが涙かな！

［千載集・十五・恋五・929］

嘆けといって／月が物思いを／させるものか！／恋のためにこぼれるのを／さも月を見ているためのようにかこつけがましくこぼれるおれの涙よ！

「月の前の恋」という題で、『千載集』にある。「月やは」の

「や」は反語で、「物思いをさせるものか？—させはしない」という意味である。

87

寂蓮法師(じゃくれんほうし)　Zyakuren Hôsi.

俗名は藤原定長(ふじわらのさだなが)。俊海阿闍梨(しゅんかいあざり)（azyari）のむすこで、俊成(としなり)の養子になったが、その後定家(さだいえ)が生まれたので、出家した。土御門天皇の建仁(けんにん)２年（1202）に死んだ。

Murasame no	村雨の
Tuyu mo mada hinu	露もまだひぬ
Maki no Ha ni	まきの葉に
Kiri tati-noboru	霧たちのぼる
Aki no Yûgure.	秋の夕暮。

［新古今集・五・秋上・491］

村雨がひと降りさっと過ぎて、／その露もまだかわかない／深山の真木(まき)の葉に、／むらむらと霧がたち昇る／秋の夕方。

『新古今集』に、「五十首の歌奉りけるとき」とある歌。

88

皇嘉門院別当(こうかもんいんのべっとう)　Kôkamon'in no Bettô.

源俊隆(みなもとのとしたか)のむすめで、皇嘉門院（崇徳院のきさき）につかえた。

Naniwae　no	難波江(なにわえ)の
Asi　no　Karine　no	蘆(あし)のかり寝の
hitoyo　yue	ひとよゆえ
Mi　wo　tukusite　ya	みをつくしてや
koiwatarubeki.	恋いわたるべき。

［千載集・十三・恋三・807］

難波江の／蘆のかりねの／一夜(ひとよ)の契りのために、／一生のあいだその人を／恋いこがれて年月を経ることか！

「旅の宿りに逢う恋」という題で、『千載集』にある。「難波江」とおいたのは、この題の旅の宿りというのにかなわせるためである。「蘆のかり寝」は「刈られた根もと」というのに「かりそめに寝る」という意味をそえた［契沖］ので、「ひとよ」は「ひとばん」という意味と蘆のひとくきというのとが掛けてあるのである［☆］。「みをつくしても」［☆Mi wo tukusitemo の mo。歌本文は Mi wo tukusite ya と正しいので、単なるミスか？］も「命を終わるまでも」ということと難波江にたてた「澪標(みおつくし)」（水の脈を示すために立てるしるし）とをかねたのである［契沖］。歌の意味にすべて裏と表とあるから、一句一句をそのまま訳することはむずかしい。

☆井上は「ひとよ」は「一節(ひとよ)」（蘆や竹の節と節の間）と「一夜」

の掛詞。「難波江の蘆の」は「かり寝のひとよ」を導く序詞と記す。

89

式子内親王（しきしないしんのう） Sikisi Naisinnô.

後白河天皇の皇女（おうじょ）。

☆式子のよみは、季吟「ショクシ」、金子「シキコ」。井上は本名（ほんみょう）の読みは正確には不明で「一般的に漢音よみにする」。「式」は「呉音がシキ、漢音がショクなので、一応ショクシとよんでおく」と記す。

Tamanoo yo,	玉の緒よ、
taenaba taene,	絶えなば絶えね、
nagaraeba	ながらえば
sinoburu koto no	忍ぶることの
yowari mo zo suru.	弱りもぞする。

［新古今集・十一・恋一・1034］

わたしの命よ、／死ぬならばいっそはやく死んでくれ、／もしこのまま生き永らえていると、／つい胸の思いが忍びきれなくなって／人目にたつようなことになるかもしれないから！

「玉の緒」はもと玉をつなぎとめる糸のことで、それから魂の緒すなわち命の意味になる。「絶えなば」の「きれるなら」という意味も、「ながらえば」の「ながくなると」という意味も、すべて緒という言葉に縁がある。

90

殷富門院大輔（いんぷもんいんのたいふ）　Inpumon’in-no-Tayû.

殷富門院は後白河天皇の皇女（おうじょ）で式子内親王の御姉亮子（りょうし）内親王である［契沖］。殷富門院大輔はこのかたにつかえた官女で、信成（のぶなり）という人のむすめ。

Misebaya　na!	見せばやな！
Ozima　no　Ama　no	雄島（おじま）のあまの
Sode　danimo	袖だにも
nure　ni　zo　nuresi,	濡れにぞ濡れし、
Iro　wa　kawarazu.	色はかわらず。

［千載集・十四・恋四・886］

つれない人に見せたい！―／あの松島の漁師の／袖ですらも／たえずしおに濡れはするけれど、／色が変わるほどではないが……ああ、あたしのこの血の涙に色の変わった袖を！

歌合の時に詠んだ恋の歌で、『千載集』にある。「見せばやな」の「ばや」は願う心、「な」は嘆息の言葉。「雄島」は陸前にある。

☆井上は末句について、「色あせた、と解する説と、漢詩からの伝統による血の涙（紅涙（こうるい））と解する説とがある。前説は穏当で、後説は少し大げさな感もするが、（中略）涙で変色した、という表現はやはり紅涙のために私の袖の色は変わった、ととるのがよいと思われる。」と記し、土岐の血の涙を支持する。

91

後京極摂政前太政大臣(ごきょうごくせっしょうさきのだいじょうだいじん)　Gokyôgoku Sessyô sakino Dazyôdaizin.

名は良経(よしつね)。藤原兼実(ふじわらのかねざね)のむすこ。土御門天皇の建永(けんえい)元年（1206）に賊に殺された［☆］。歳は38。

☆良経は急死したため他殺説が生まれた。『日本伝奇伝説大事典』（1986年10月　角川書店）の「藤原良経」の項（山田智子執筆）に詳しい。急死に周辺の人びとが驚いたこと、『尊卑分脈』の「頓死但於寝所自天井被刺殺」の記事、その刺殺を望んだ人物として『続本朝通鑑』では菅原為長や藤原定家などをあげるとある。為長は『新古今集』の真名序の執筆を望み、筆者の良経を恨んだともいわれる。「俗説多端」とあるという。山田の記すようないろいろな伝説が生まれたのも急死が不審感をもたらしたためだろう。雅嘉の『一夕話』に為長の話が詳しい。漢学者為長は濡れ衣を着せられている。佐々木も言及。

Kirigirisu	きりぎりす
naku ya Simoyo no	鳴くや霜夜の
Samusiro ni	さむしろに
Koromo katasiki	衣かたしき
hitori kamo nen.	ひとりかも寝ん。

［新古今集・五・秋下・518］

きりぎりすが／おお、細い声で鳴くこの霜の降る晩の／むしろの上に／きものの片肩(かたかた)を下にして／ただひとりまるねをすることか！

「鳴くや」の「や」は、ただ「鳴く」の意味に嘆くこころをそえたのである。「さむしろ」はむしろのことで、それに「寒い」というこころもちをいい掛けたのである。「衣かたしき」は「まるね」（俗に「ごろね」という、帯も着物も取らずにそのまま寝ること）である。『伊勢物語』に、「さむしろに衣かたしき今宵もや恋しきひとにあわでのみねん」というのがあり、『古今集』にはまた下の句だけが、「我を待つらん宇治の橋姫」［十四・恋四・689　契沖・真淵・景樹］というのがあり、また『万葉集』［九・雑歌・1692・初句「あがこふる」］に、「わがこうるいもにあわさず、たまのうらにころもかたしきひとりかもねん」というのがある。この「きりぎりす」の歌はこれらからすべてをかりたものである。　☆井上「きりぎりす」は今のこおろぎのこと。

92

二条院讃岐(にじょういんさぬき)　Nidyô-no-in Sanuki.

二条の院につかえた官女で、源三位頼政(げんざんみよりまさ)のむすめ。

☆井上は「二条天皇の女房」とする。

Waga Sode wa	わが袖は
Siohi ni mienu	潮干に見えぬ

Oki no Isi no	沖の石の
hito koso sirane,	人こそ知らね、
kawaku Ma mo nasi.	乾く間もなし。

［千載集・十二・恋二・760］

あたしの着物の袖は／海の潮のひた［☆hita 干(ひ)た、hiita 引いたの単なるミスか？］時にも見えない／あの沖の石のように、／他人には少しも知られないけれど、／涙に濡れて乾くひまもない。

「沖の石」はただ海の沖にある石というのではときたりない。若狭のおにふごおりの矢代の浦から七八町ばかり沖の海の底に大きな石があって、それを古くから「沖の石」とよんだ。矢代(やしろ)の浦(うら)は父の頼政が［景樹☆］御所の内で鵺(ぬえ)という怪しいけものを射殺した時、褒美に賜った所であるから、作者が「石に寄せる恋」という題を得た時、それを思い浮かべたのであろうという説がよい［景樹］。『千載集』にある。

☆井上は「沖の石は、普通名詞と解してよいが、固有名詞説もある。」として、宮城県の末の松山の近くあるという説と、香川景樹の若狭の国（福井県）の矢代浦(やしろうら)の沖にあるとする説を紹介する。

93
鎌倉右大臣(かまくらのうだいじん)　Kamakura Udaizin.

名は実朝(さねとも)。源頼朝(みなもとのよりとも)のむすこ。順徳天皇の承久(じょうきゅう)（Syôkyû）元年（1219）の正月に鎌倉の八幡宮（Hatimangyû）で殺された。

歳は28。

Yononaka wa　　世の中は
tunenimo gamo na,　　常にもがもな、
Nagisa kogu　　渚漕ぐ
Ama no Obune no　　あまの小舟の
Tunade kanasi mo.　　綱手かなしも。

［新勅撰集・八・羈旅・525］

この世の中は／いつも変わらずに、死ぬということのないものでありたい！／海辺を漕ぐ／漁師の釣り舟の／綱を引くありさまがなんともいえずおもしろい。

『新勅撰集』の旅の部に「題しらず」とある歌。「常にもがもな」の「がも」は「かも」で、願うこころ。「な」は嘆じることば。「綱手」は船につけて引く綱をいう。「かなしも」はそれをほめて、あわれと感じるのである。『万葉集』［一・雑歌・22］に、「川上のゆつ岩むらに草むさず、常にもがもな常おとめにて！」というのがあり、また『古今集』［二十・東歌・1088］には、「陸奥はいづくはあれど、塩釜の浦こぐ舟のつなでかなしも！」［季吟・真淵・景樹］というのがある。

☆井上は、「少数の万葉調の歌がとかくもてはやされるが、この歌にも見るような、非万葉的な歌に、実朝調ともいうべき秀歌が多い点も注意したい。」と記す。

94
参議雅経（さんぎまさつね）　Sangi Masatune.

藤原頼経（ふじわらのよりつね）のむすこ。家を飛鳥井（あすかい）という。『新古今集』の撰者の一人である。承久（じょうきゅう）（Syôkyû）３年（1221）に52で死んだ。

Miyosino-no	み吉野の
Yama no Akikaze	山の秋風
Sayo hukete,	小夜ふけて、
Hurusato samuku	ふるさと寒く
Koromo utu nari.	衣うつなり。

［新古今集・五・秋下・483］

吉野の／山の秋風が／夜おそく吹きわたって、／ふるさとになったこの里の人が夜寒（よさむ）をわびながら／着物を打つのだ。

『新古今集』にある。吉野は昔離宮のあったところであるが、後にはみゆきもなくなったので、「ふるさと」といったのである。紀友則［季吟・契沖・真淵・景樹☆］の歌に次の一首がある。―「み吉野の山の白雪つもるらし、ふるさと寒くなりまさるなり。」

☆『古今集』四・冬・325の坂上是則の歌。大坪利絹が景樹の『百首異見』215ページの注において、真淵の誤りを景樹が孫引きしたと指摘する。土岐も誤ったのは、先行の注釈をふまえている証拠である。

95

前大僧正慈円（さきのだいそうじょうじえん）　Sakino Daisôzyô Zien.

藤原忠通（ふじわらのただみち）のむすこで、天台の座主となり、後堀河天皇の嘉禄（かろく）元年（1225）に71で死んだ。おくり名を慈鎮（じちん）という。

Ookenaku	おおけなく
Ukiyo no Tami ni	うき世の民に
oô kana,	おおうかな、
waga tatu Soma ni	わがたつ杣（そま）に
sumizomeno Sode!	墨染の袖！

［千載集・十七・雑中・1137］

身分不相応に／世の中の人民の上に／おおいかけるのである、―／ここにこの比叡山に住んで／このわたしの衣の袖を。

作者が天台の座主としての歌である［☆］。「わがたつ杣」は開祖の伝教大師（でんぎょうだいし）（Denkyô Daisi）が中堂（比叡山の本堂）を建てたとき、「阿耨多羅三藐（あのくたらさんみゃく）（Manmyaku）三菩提（さんぼだい）［☆☆］の仏たちわがたつ杣に冥加あらせ給え！」と詠んだのから、そのまま比叡山のこととなった。比叡山に住んで天下の泰平を祈る身であるが、徳の少ないために、まことに分に過ぎたことであるという心である。

☆真淵「此歌は千載に法印慈円……此時天台の座主にはおはさねど、

さるべき程の人なれば……」。井上は「千載集の完成は文治四（一一八八）年であり、従ってこの歌はそれ以前の作である。慈円が最初に天台座主（叡山の寺務を統轄する最高の役）になったのは、建久三（一一九二）年であるから、この歌は座主としての感慨ではない。」と記す。

☆☆土岐「あのくたらまんみゃくさんぼだい」、井上「あのくたらさんみゃくさんぼだい」、島津「あのくたらさみやくさぼだい」など読み方はさまざまである。

96

入道前太政大臣　Nyûdô sakino Dazyôdaizin.

名は公経。内大臣藤原実宗のむすこ。後嵯峨天皇の寛元2年（1244）に74で死んだ。

Hana sasoo	花さそう
Arasi no Niwa no	嵐の庭の
Yuki narade,	雪ならで、
huri-yuku mono wa	ふりゆくものは
waga Mi narikeri.	わが身なりけり。

［新勅撰集・十六・雑一・1052］

嵐が花をさそって／吹き散らす庭は／まるで雪のようだが、それではなくて／古くなってゆくのは／このわたしの身なのだ！

『新勅撰集』にある。「ふりゆく」は花の雪が降るというのに歳の古くなってゆくというのをかけたので、雪というなかに髪の毛の白くなる［契沖・真淵］こころもふくまれているととれないでもない。

97

権中納言定家（ごんちゅうなごんさだいえ）　Gontyûnagon Sadaie.

俗に「ていか」という。藤原俊成（ふじわらのとしなり）のむすこ。後鳥羽上皇のみことのりによって『新古今集』を、また後堀河天皇のみことのりによって『新勅撰集』を撰んだ。死んだのは四條天皇の仁治２年（1241）、歳は80。

Konu Hito wo　　来ぬ人を
Matuho-no-ura no　　まつほの浦の
Yûnagi ni　　夕なぎに
yaku ya Mosio no　　焼くや藻塩（もしお）の
Mi mo kogare tutu.　　身もこがれつつ。

［新勅撰集・十三・恋三・849］

待っても待ってもこない人を待って、／松帆の浜辺の／夕方の波風の凪いだ時、／あの藻塩を焼く火のそれのように／自分は身も世もなく恋い焦がれている。

「松帆の浦」は淡路にある。「まつ」ということばにかけたので、これは『万葉集』のながうたに、「名寸隅（なきすみ）（Nakizumi）の船（ふな）

瀬ゆ見ゆる淡路島松帆の浦に、朝凪に藻塩焼きつつ、……」［☆］とあるのをもとにしたのである。「藻塩」は藻に塩水をそそいで［契沖・真淵］塩を含ませ、それを焼いて水に溶かし、上澄みを煮つめてとる塩［真淵］で、その時に焼くのである。

☆季吟・契沖・真淵・佐々木。万葉集・六・935「……朝凪に玉藻刈りつつ　夕凪に藻塩焼きつつ　海人をとめありとは聞けど……」。土岐の引用は「玉藻刈つつ　夕凪に」が省略してある。

98

従二位家隆　Zyunii Ietaka.

光隆という人のむすこ。歌では定家と肩を並べた。『新古今集』の撰者のひとりである。四條天皇の嘉禎3年（1237）に80で死んだ。

Kaze soyogu	風そよぐ
Nara no Ogawa no	ならの小川の
Yûgure wa	夕暮は
Misogi zo Natu no	みそぎぞ夏の
Sirusi narikeru.	しるしなりける。

［新勅撰集・三・夏・192］

風のそよそよと吹く／ならの小川の／夕方はまことに涼しくまるで秋のようだが、／ただみそぎをするだけが／まだ夏だという証拠である。

『新勅撰集』の夏の部に、「寛喜（かんぎ）(Kwanki) 元年、女御の入内の御屏風に」とある歌。「ならの小川」は山城（やましろ）の葛野郡（かどのごおり）［真淵の或説］にあるという。「みそぎ」は六月のみそかに川へ行って、罪を清めるこである。 ☆井上「女御御入内の屏風」とある。

99

後鳥羽院（ごとばのいん）　Gotobain.

第八十二代の天皇。承久（じょうきゅう）(Syôkyû) の乱れのために隠岐の国へおみゆきあらせられて、延応（えんおう）元年 (1239) におかくれになった。御齢（おんよわい）は63。

Hito mo osi,	人もおし、
Hito mo uramesi,	人もうらめし、
adikinaku	あじきなく
Yo wo omoo yueni	世を思うゆえに
Mono omoo Mi wa.	物思う身は。

［続後撰集・十七・雑中・1202］

世の中のことを思いわずらうために／いうかいもなく／さまざまと物を思いやる身にとっては／民がいとしくもあり、／また民が恨めしくもある！

『続後撰集（しょくごせんしゅう）』(Zokugosensyu) に「題しらず」とある御製で、

四三五一二と句をおきかえてとくとわかりよい［☆］。

☆佐々木は「上二句を下の句の次につけ」てと記すが、土岐は四三五とこまかく考える。

☆☆井上は『続後撰集』は定家没後為家撰なので、「出典というのではない」と記す。

100

順徳院　Zyuntokuin.

第八十四代の天皇。後鳥羽天皇の皇子。承久（Syôkyû）の乱れのために、佐渡の国へお流されになった。おなくなりになったのは仁治３年（1242）、御齢（On’yowai）は46。

Momosiki　ya,	ももしきや、
huruki　Nokiba　no	古き軒端の
Sinobu　nimo	しのぶにも
nao　Amari　aru	なおあまりある
Mukasi　narikeri.	昔なりけり。

［続後撰集・十八・雑下・1205］

ああ、この内裏、／古くなって朽ちかたむいた軒の／しのぶ草の偲んでも／偲ぶべきことがなお多くありあまる／昔ではあるわい！

『続後撰集』に「題しらず」とある御製。「ももしき」はたくさんの石でかためた城ということで、ふるくは大宮（おおみや）ということばにかぶらせたものであるが、後にはただ内裏という意味にとられる［真淵・景樹・佐々木］。「しのぶにも」は、軒のしのぶ草と偲ぶ（慕い思う）とをいいかけたのである。

☆井上は「後鳥羽院の歌と同じように」『続後撰集』が出典とはいえないとする。

稿者の簡単な説明

土岐は忙しい勤めのかたわら、ローマ字を広めるためにこの『百人一首』を出版したと、「はしがき」に書いている。ローマ字使用の利点を、26番歌では「みゆき」について、天皇の行幸か上皇の御幸か、32番歌では、「山川」について、「やまがわ」は山の川、「やまかわ」は山と川の意味であり、「山川」と漢字で書いては区別がつかず不便だと指摘する。

また土岐は本書を簡単に出版したように書いているが、きちんと古い注釈書もふまえている。本文中では、25番歌に「香川景樹は『百首異見』に……」、40番歌も景樹と記し、84番歌では「契沖はといた」とあり、契沖の『百人一首改観抄』を参照していることも明らかである。他に、賀茂真淵の『百人一首うひまなび』もしばしば用いているように思われる。前掲の説明では『百人一首（幽斎抄）』もあげたが、稿者の感覚としては、『幽斎抄』を直接使用したのではなく、契沖などに継承された説の中に見えているように思われる。北村季吟の『百人一首拾穂抄』も使用していると思われる。しかし、確実にその本を使用したという証拠はない。ゆえに稿者の指摘は、先行論と同様の指摘が土岐の解説にもある、ということにとどまる。よく使われる注釈書との重複などを調べてみただけである。また、学問は継承されてゆくものであるから、土岐が先行の注釈書の研究成果を利用するのは当然のことである。江戸期を通じても明治・大正の学問でも、現代のように引用を厳密に記すことはなかった。土岐の指摘に厳密さを欠くことは、40番の兼盛歌については41番の忠見歌と混ぜたようなかたちで景樹の指摘を記すが、この二首は歌合の番(つが)いであり、言及したのだろう。また明治期の佐佐木信綱（以下、佐佐木と正しく表記する）の本も参照していると思われる。佐佐木の『百人一首講義』は緒言８ページ、本文297ページの大部な本であり、歌人の説明各１・２ページ、和歌の説明各２・３ページほどからなり、土岐の本文よりくわしい。先行研究は広く見たが、特に契沖・真淵・景樹を参考にしたと緒言にある。この三書は金子元臣も多く参照したと記す。土岐も同様と思われる。先の本文中に指摘したようにほぼ佐佐木と同じ文の場合もあるが、30番歌のように長文の説明でも佐佐木とは無関係のところもある。土岐が佐佐木を尊敬していたことは、土岐が「生活と芸術」の書評欄で佐佐木の『和歌史の研究』（1915年　大日本学術協会）について、「著者のような篤学の士をこの方面に有することは、寔に喜ぶべきことゝ、吾人は常に思つてゐる。」（３巻７号　1916年３月）と述べていることからも知られる（「生活と芸術」については第５章参照）。

早稲田大学の土岐文庫には、W49として黒川真頼撰の『横文字百人一首』(1873年３月　文淵堂）があり、この本は歴史的かなづかいのローマ字表記である。A1828安田建著『英訳歌加留多　POEM CARD (The Hyakunin-issyu in English)』(1948年　鎌倉文庫) も収められている。

また土岐は、『万葉集』の注釈も書いている。「ローマ字世界」第９巻第11号と12号（大正６年11月と12月）には、ローマ字書きの『万葉集』が載る。11号の前書きにあたる文には、読者の「okokorozoe」(お心ぞえ）をいただいたため、一括して出版せず雑誌に分割して載せると説明がある。しかし連載は２号で終わっている。そして、その末尾の（　）内に、「すべて Kamoti Masazumi」(鹿持雅澄）の“Kogi”(古義）による。」(原文はローマ字書き）とあり、『万葉集古義』のような注釈をきちんと使用していたのである。

そもそも土岐は子どもの時から『百人一首』に親しみ、実家の等光寺の本堂を、札を持って走り回ったと、土岐『目前心後』(1963年７月　東峰出版）中の「横文字百人一首」に記す。

第２節　「Oboegaki」の翻字

本節では、土岐がどのような歌を評価したか、その一端をうかがうことができると思われる巻末の「Oboegaki」を漢字かなまじり文の形で掲げ、この文に続けて記されている歌を載せる。これは『百人一首』の歌人から46名を取りあげ、『百人一首』に採用されなかった92首の歌を土岐が紹介したものである。

「Oboegaki」は『HYAKUNIN ISSYU』の98ページから129ペー

ジにあり、説明の文章部分は111ページまで、続いて土岐の選んだ歌が載る。

翻字の要領

「Oboegaki」を漢字かなまじり文の形で引用するにあたり、書きかえは次の要領でおこなった。

○歌人名の前の番号は歌人の連続番号、（　）に入れた番号は、『百人一首』の歌人の番号である。また和歌の前の番号は選歌の連続の番号である。

○土岐の選歌を図書の記載どおりローマ字５行書きで記し、かな書きを右に添えた。

○土岐の読みを残すべきと思われるところは（　）内にローマ字書きを記した。

○選歌の後ろに出典と思われる和歌を記したが、和歌本文・歌番号は『新編国歌大観』（万葉集のみ旧番号）により、本文には私に漢字をあてるなどした。土岐の歌句と異同がある場合は両方に下線を引いて違いがわかるようにした。ただしかな遣いの違いなどは省略した。稿者の注を加えた時は＊を付して記した。

おぼえがき

昔から今まで、いわゆる「みそひともじ」の歌の数はおびただしく、それを書物に集めたのも、『万葉集』をはじめ、みことのりをうけて撰んだ勅撰集やまたはめいめいの家集など、少なくないが、一般的に誰にも知られたのは『百人一首』である。これは「歌の家」としてある時代に勢力のあった藤原定家（Hudiwara-Sadaie）が撰んだもののように伝えられて、歌についての一種の教科書のように扱われたためもあるが、また「歌がるた」として春の遊びの主なひとつとなったからにもよるのである。歌といえば通俗的にすぐこの『百人一首』を代表的なものと考えている。日本の内ばかりではなく、シナでは、明（Min）の末の『全浙兵制』という書物のなかに日本の風俗を載せて、『百人一首』のはじめの「秋の田の」の歌を「阿気那塔那革里復那一屋那禿麻阿頼迷黄俺過路鐵（稿者注　一応「鐵」と記す。土岐はつくりの中央下が日と土）及紫油及奴里潰々」と記してあるということであるし、近くはロシヤにおける世界的の詩人Balmont（バリモント）が日本の旅から帰って発表した日本の歌についての論のなかにも『百人一首』のうちの幾首かを例にとったほどである。

しかし、歌としてのねうち、あるいは詩としての立場からいうと、この『百人一首』で日本の歌を代表されることはたえられないことである。これのほかにすぐれた人も多いし、また選ばれた「百人」についても、選ぶとすればその「一首」よりも別に良い歌が少なくないことはいうまでもない。

藤原定家が撰んだということも誤りであるらしい。古くからの説によると、定家が小倉山の別荘に隠居をしていた時、百人の歌を一首づつ色紙に書いて、ふすまにはったものであるが、入るべき歌が入らなかったり、入ったのも作者としては不本意な歌があるかもしれないというので、人の見ないようにしておいたのを、後で、むすこの為家がかき集めて、作者の名をつけて世の中にだしたというのである。定家がこれを撰んだのは、先に『新古今集』の撰ばれる時、定家は父の喪にこもっていたが、それのできたのを見ると、花ばかりで実がない、歌は世を治め民をみちびく教えのひとつであるという考えから、べつに昔からの百人の歌を撰んで、ひそかにこころやりとしたというのである。

けれども、これはまちがいである。『新古今集』は建仁元年（西洋年号　1201）の３月に後鳥羽院のおおせをうけて、３年の４月に五人の撰者から奉ったものである。そして、定家の父の俊成はあくる年の元久元年（1204）に死んだのであるから、父の喪にこもっていたはずがない。『新古今集』に対して「花ばかりで実がない」と定家が考えたという説についても、もし本当にそう考えたのなら、貞永元年（1232）にひとりで撰んだ『新勅撰集』をまずこころやりにしたにちがいない。ところが、『百人一首』はそれから後の文暦２年（1235）に書いたものであるから、『新古今集』に対してのものでないことはうなづかれなければならない。

ことに、定家の日記として伝えられる『明月記』（稿者注　明月記はローマ字書きでなく漢字表記）の文暦２年５月27日のくだりに、「予不知書文字事、嵯峨中院障子色紙形、故予可書旨、彼入道懇切、雖極見苦、慭（稿者注　一応「慭」と記す。土岐は

「救」の下に「心」）染筆送之、古来人歌、各一首、上自天智天皇以来及家隆雅経卿、入夜金吾示返云々」とある。入道というのは定家のむすこの為家の妻の父で、金吾というのは為家のことである。この日記でみると、むすこの舅に頼まれてその家のふすまの色紙を定家が書いたのである。定家の別荘にはったのではないらしい。歌を撰んだのも定家ではなく、「字を書くことを知らないのだが、たっての頼みに、きわめてまずいけれども書いて送った、」という日記の意味によって、さきから撰んで送られた歌をただ書いて送ったものと察せられる。定家自ら歌をも撰んだのなら、日記にまずそのことを書いたにちがいないというのが、学者の説である。また、この日記のなかに、「天智天皇から家隆・雅経まで」とあるが、これは後鳥羽院・順徳院などの名をうやまって、わざとさけたのか、または今の『百人一首』のように順序があらためられたのであろうという。

百人の順序は天智天皇から順徳院まで、およそ始めから年代によっている。なかにはいつの人ともわからない猿丸大夫とか蟬丸とか喜撰法師とかいうのもあるが、時代として、まず天智天皇から大伴家持までが『万葉集』に代表される「奈良朝」。この家持をあいだにして次の「平安朝」にはいる人々は小野小町から藤原清輔あたりまでである。それから後はすべて鎌倉時代である。平安朝はことにみことのりをうけて撰んだ歌集が多く、『古今集』をはじめ『後撰集』『拾遺集』『後拾遺集』『金葉集』『詞花集』『千載集』などがある。『新古今集』から『新勅撰集』『続後撰集』などは鎌倉時代である。

これらの時代を代表する歌人（Utabito）として、奈良朝に人麻呂、赤人、家持などをあげたのは良いが、まだほかに大伴旅人、山上憶良、笠金村などを忘れてはならない。平安朝と鎌倉時代としてはまずたいてい大きな名をとりのこしてはいないが、それとともに、歴史からも歌としてもくだらない名がはいっていることを否(いな)まれない。ただ、『百人一首』が「時代」というもののうえから、いくらかねうちのあることは事実である。

『百人一首』の中に撰ばれた奈良朝の歌は、一首として正しく『万葉集』からとられたのがない。まず、天智天皇のが御製ではない。これは『万葉集』に、

あきたかる／かりほをつくり／あがおれば、／ころもでさむく／つゆぞおきにける。

という「読み人（Yomihito）知らず」の歌から誤り伝えられたのである。「秋の田の」はしらべが新しく、奈良朝の詠みぶりではない。また、人麻呂の歌もやはり『万葉集』の「読み人知らず」の中にあるもので、それも後で書き入れた歌なのである。『万葉集』における人麻呂の歌は長いのも短いのもさまざまあり、すぐれたのもどっさりあるのに、特に作者もわからない歌を撰んだのは人麻呂にとって迷惑なことである。持統天皇の御製は『万葉集』にあるが、これももとは、

はるすぎて／なつきたるらし、／しろたえの／ころもほしたり／あめのかぐやま。

というのである。赤人のも、

たごのうらゆ／うちいでてみれば、／ましろくぞ／ふじのたかねに／ゆきはふりける。

と読むのが正しいことになっている。しかし、このあとの二首の誤りについては、『新古今集』や『百人一首』の撰者をばかりあながちせめることはできない。というのは、『万葉集』をみると、例の万葉がなで、「春過而／夏来良之／白妙能／衣乾有／天香久山」「田兒之浦従／打出而／見者／真白衣／不盡能高嶺爾／雪波零家留」とあるからである。「夏来良之」を「なつきにけらし」とよまないで、「なつきたるらし」とよみ、「真白衣」を「ましろくぞ」とよんで「しろたえの」とよまないということは、学者の研究の貴いところであるとともに、そもそも日本語（Nippongo）を漢字で書くことになった日本の文明の不幸せな発達をかたるものである。ローマ字と漢字とが同時に日本に輸入されたとしたら、日本人はどちらをまずとりもちいたであろうか？『古事記』を書いた人もすでに漢字をもちいて日本語をうつすことの苦心を述べているとおりで、非常に不便を感じたために、それの結果としてついにかなが発明されたくらいであるから、むろんローマ字のほうをとりもちいたにちがいない。はじめ文字としてローマ字が輸入されなかったことは、今さら言っても詮の無いことながら、日本の文明におけるもっとも大きな損害のひとつで、漢字のほうが輸入されたばかりに『万葉集』などもそのまま正しくよむことができなくなったのである。しかし、それとわかったからは今から漢字を捨ててローマ字をもちいることにすれば良い。いっとき遅れればいっときだけまちがいを深くするのである。『百人一首』における『万葉集』の歌のあやまりもこの点からかえってよいみせしめかもしれない。

平安朝から後のは概して詩としてよりも一種のことばの遊びである。大宮人の間に「歌合」というものがおこなわれて、勝ち負けはただ趣向や調子ばかりで定められ、全体のいのちを考えずに、ひとつの句やひとつの字をとやかくと問題にした。題を決めて歌をつくることなどもこの時代からで、歌についての議論などもむやみにあらわれた。

『百人一首』にその時代の傾向のあきらかなのはいうまでもない。たとえば、小町の「花の色は」、行平の「たちわかれ」、敏行の「すみのえの」、伊勢の「なにわがた」、元良親王の「わびぬれば」、康秀の「ふくからに」、兼輔の「みかのはら」、宗于の「やまざとは」、公任の「たきのおとは」、大弐三位の「ありまやま」、小式部内侍の「おおえやま」、伊勢大輔の「いにしえの」、相模の「うらみわび」、周防内侍の「はるのよの」、皇嘉門院別当の「なにわえの」、式子内親王の「たまのおよ」、入道前太政大臣の「はなさそう」これらはすべてことばのうえのしゃれで一首の歌をつくったものである。また、たとえによって一首をくみたてたのには、陽成院の「つくばねの」、好忠の「ゆらのとを」、重之の「かぜをいたみ」、能宣の「みかきもり」、讃岐の「わがそでは」、定家の「こぬひとを」などをあげることができる。序という一種のてだて――たとえば、ただ「ながい」というために「あしびきのやまどりのおのしだりおの」ということばをもちいるたぐい――によって、なんでもないことをかざってうたったのには、河原左大臣の「みちのくの」、三条右大臣の「なにしおわば」、等の「あさぢうの」、崇徳院の「せをはやみ」などの例がある。そのほかにも、よいとおもわれる歌でありながら、じつは題によって詠んだのがはなはだ多く、また「本歌取り」という詠み方ではほかの歌によって考えをまとめたのも少なくない。すべて、直接に自分の心を詠んだ歌、自分の命をあらわした歌、自分のための歌というべきものは百首のうちきわめてわずかな数である。二首か三首かぐらいなものであろう。ここにはそれほど厳密ではなくとも、歌としていくらか良いと思うのをあげてみる。―

持統天皇の「はるすぎて」、赤人の「たごのうらゆ」、仲麻呂の「あまのはら」、篁の「わだのはら」、光孝天皇の「きみがため」、貞信公の「おぐらやま」、躬恒の「こころあてに」、忠岑の「ありあけの」、友則の「ひさかたの」、右近の「わすらるる」、和泉式部の「あらざらん」、赤染衛門の「やすらわで」、道雅の「いまはただ」、定頼の「あさぼらけ」、行尊の「もろともに」、三条院の「こころにも」、顕輔の「あきかぜに」、寂蓮法師の「むらさめの」、慈円の「おおけなく」、後鳥羽院の「ひともおし」。

さらに、百人のうちのおもな作者について、ほかのすぐれた歌を一首二首づつえらんでみる。―

1（1）Tendi Tennô　　天智天皇

1 Kaguyama to　　かぐやまと
Miminasiyama to　　みみなしやまと
aisi toki,　　あいしとき、
tatite mi ni kosi　　たちてみにこし
Inami Kunihara.　　いなみくにはら。

香久山と耳なし山とあひしとき立ちて見にこしいなみ国原

（万葉集・一・14）

2 Wadatumi no　　わだつみの
Toyohatagumo ni　　とよはたぐもに
Irihi sasi,　　いりひさし、
koyoi no Tukuyo　　こよいのつくよ
kiyoku teri koso.　　きよくてりこそ。

（この二首を御製とすることは人によって説もあるが、『万葉集』にあるので、そのままここにあげた。）〈稿者注　（　）内は土岐の文である〉

わたつみの豊旗雲に入り日さしこよひのつくよさやけくありこそ

（万葉集・一・15、玉葉集・五・秋下・629・初句「わたつうみの」・五句「すみあかくこそ」）

2（3）Hitomaro　　人麻呂

3 Iwami no ya,　　いわみのや、
Takatunuyama no　　たかつぬやまの

Konoma yori　　　　　このまより
waga huru Sode wo　　わがふるそでを
Imo mitu ran ka?　　　いもみつらんか？

石見のや高角山の木の間よりわが振る袖を妹見つらむか

（万葉集・二・相聞・132、拾遺集・十九・雑恋・1239・初二句「いはみなるたかまの山の」・五句「いも見けんかも」）

4　Sasa ga Ha wa　　　ささがはは
Miyama mo sayani　　　みやまもさやに
midare domo,　　　　みだれども、
are wa Imo omoo　　　あれはいもおもう
wakare-kinureba.　　　わかれきぬれば。

笹の葉はみやまもさやにさやげどもわれは妹思ふ別れきぬれば

（万葉集・二・相聞・133、新古今集・十・羈旅・900・二三句「みやまもそよにみだるなり」）

5　Oogimi wa　　　　おおぎみは
Kami ni si maseba　　　かみにしませば
Amagumo no　　　　　あまぐもの
Ikaduti no eni　　　　いかづちのえに
iori sesu kamo!　　　いおりせすかも！

大君は神にしませば天雲のいかづちの上にいほらせるかも

（万葉集・三・雑歌・235）

6　Mononohu no　　　もののふの
Yaso Udigawa no　　　やそうぢがわの

Azirogi ni　あじろぎに

Izayoo Nami no　いざようなみの

Yukue sirazu mo!　ゆくえしらずも！

もののふの八十氏河の網代木にいさよふ波のゆくへ知らずも

（万葉集・三・雑歌・264、新古今集・十七・雑中・1650）

7　Oomi-no-umi　おおみのうみ

Yûnami-tidori　ゆうなみちどり

naga nakeba,　ながなけば、

Kokoro mo sinuni　こころもしぬに

Inisie omohoyu.　いにしえおもほゆ。

近江の海夕波千鳥汝が鳴けば心もしのにいにしへ思ほゆ

（万葉集・三・雑歌・266、続後拾遺集・六・冬・457・四五句「心もしのに昔おもほゆ」）

3（4）Akahito　赤人

8　Nubatamano　ぬばたまの

Yo no huke yukeba　よのふけゆけば

Hisagi ôru　ひさぎおうる

kiyoki Kawara ni　きよきかわらに

Tidori siba naku.　ちどりしばなく。

ぬばたまの夜のふけゆけば久木おふる清き河原に千鳥しば鳴く

（万葉集・六・雑歌・925、新古今集・六・冬・641・五句「千鳥鳴くなり」）

9　Masurao wa　ますらおは

Mikari ni tatasi	みかりにたたし
Otomera wa	おとめらは
Akamo Suso hiku	あかもすそひく
kiyoki Hamabi wo.	きよきはまびを。

ますらをはみ狩にたたし乙女らは赤裳すそひく清きはまびを

（万葉集・六・雑歌・1001）

10	Waga Seko ni	わがせこに
	misen to omoisi	みせんとおもいし
	Ume no Hana,	うめのはな、
	sore tomo miezu	それともみえず
	Yuki no hurereba.	ゆきのふれれば。

わが背子に見せむと思ひし梅の花それとも見えず雪の降れれば

（万葉集・八・雑歌・1426）

4（6）Yakamoti　家持

11	Ootomo no	おおともの
	Tôtu-kan'oya no	とうつかんおやの
	Okutuki wa	おくつきは
	siruku Sime tate	しるくしめたて
	hito no sirubeku.	ひとのしるべく。

大伴のとほつかむ親の奥津城はしるくしめたて人の知るべく

（万葉集・十八・4096）

12	Waga Yado no	わがやどの
	Isasa-muratake	いささむらたけ
	huku Kaze no	ふくかぜの

Oto no kasokeki　　おとのかそけき

kono Yûbe kamo!　　このゆうべかも！

わが宿のいささ群竹吹く風の音のかそけきこの夕べかも

（万葉集・十九・4291）

13 Uraurani　　うらうらに

tereru Harubi ni　　てれるはるびに

Hibari agari　　ひばりあがり

Kokoro kanasi mo　　こころかなしも

Hitori si omoeba.　　ひとりしおもえば。

うららに照れる春日にひばりあがり心かなしもひとりしおもへば

（万葉集・十九・4292）

14 Atarasiki　　あたらしき

Tosi no Hazime no　　としのはじめの

Hatuharu no　　はつはるの

kyô huru Yuki no　　きょうふるゆきの

iya sike Yogoto.　　いやしけよごと。

あらたしき年のはじめの初春の今日降る雪のいやしけよごと

（万葉集・二十・4516）

5（9）Komati　　小町

15 Wabinureba　　わびぬれば

Mi wo Ukikusa no　　みをうきくさの

Ne wo taete,　　ねをたえて、

saoo Midu araba　　さそうみづあらば

inan to zo omoo.　　いなんとぞおもう。

わびぬれば身を浮草の根をたえて誘ふ水あらばいなむとぞ思ふ　(古今集・十八・雑下・938)

6（12） H e n z y ô　　遍昭

16 Taratine wa　　たらちねは
kakare tote simo,　　かかれとてしも
ubatamano　　うばたまの
waga Kurokami wo　　わがくろかみを
nadezu ya ariken.　　なでずやありけん。

たらちめはかかれとてしもむばたまのわが黒髪をなでずやありけむ　(後撰集・十七・雑三・1240)

7（16） Y u k i h i r a　　行平

17 Wakurabani　　わくらばに
too Hito araba　　とうひとあらば
Suma-no-ura ni　　すまのうらに
Mosio tare tutu　　もしおたれつつ
wabu to kotaeyo!　　わぶとこたえよ！

わくらばに問ふ人あらば須磨の浦に藻塩たれつつわぶとこたへよ　(古今集・十八・雑下・962)

8（17） N a r i h i r a　　業平

18 Wasuretewa　　わすれては
Yume ka to zo omoo,　　ゆめかとぞおもう、
omoiki ya　　おもいきや
Yuki humi-wakete　　ゆきふみわけて
kimi wo min towa!　　きみをみんとは！

忘れては夢かとぞ思ふ思ひきや雪ふみわけて君を見むとは

（古今集・十八・雑下・970、伊勢物語・八十三段）

19	Sakurabana	さくらばな
	tirikai kumore,	ちりかいくもれ、
	Oiraku no	おいらくの
	kon to iu naru	こんというなる
	Miti magoo gani.	みちまごうがに。

桜花散りかひくもれ老いらくの来むといふなる道まがふがに

（古今集・七・賀・349）

20	Tuki ya aranu	つきやあらぬ
	Haru ya Mukasi no	はるやむかしの
	Haru naranu,	はるならぬ、
	waga Mi hitotu wa	わがみひとつは
	motono Mi nisite.	もとのみにして。

月やあらぬ春や昔の春ならぬ我が身ひとつはもとの身にして

（古今集・序、古今集・十五・恋五・747）

21	Yononaka ni	よのなかに
	taete Sakura no	たえてさくらの
	nakariseba,	なかりせば、
	Haru no Kokoro wa	はるのこころは
	nodokekaramasi.	のどけからまし。

世の中にたえて桜のなかりせば春の心はのどけからまし

（古今集・一・春上・53）

9（18）T o s i y u k i　　　敏行

22	Aki　kinu　to	あききぬと
	Me　niwa　sayakani	めにはさやかに
	mienedomo,	みえねども、
	Kaze　no　Oto　ni　zo	かぜのおとにぞ
	odorokarenuru.	おどろかれぬる。

秋きぬと目にはさやかに見えねども風の音にぞおどろかれぬる　(古今集・四・秋上・169)

10 (21)	S o s e i	素性
23	Miwataseba	みわたせば
	Yanagi　Sakura　wo	やなぎさくらを
	kokimazete	こきまぜて
	Miyako　zo　Haru　no	みやこぞはるの
	Nisiki　narikeru.	にしきなりける。

見渡せば柳桜をこきまぜてみやこぞ春の錦なりける

(古今集・一・春上・56)

11 (23)	T i s a t o	千里
24	Teri　mo　sezu	てりもせず
	kumori　mo　hatenu	くもりもはてぬ
	Haru　no　Yo　no	はるのよの
	Oborodukuyo　ni	おぼろづくよに
	siku　mono　zo　naki.	しくものぞなき。

てりもせずくもりもはてぬ春の夜のおぼろ月夜にしくものぞなき　(新古今集・一・春上・55)

25	Aki　no　Hi　wa	あきのひは

Yama no Ha tikasi, やまのはちかし、
kurenu Ma ni くれぬまに
Haha ni mienan はははにみえなん
ayume, waga Koma! あゆめ、わがこま！

秋の日は山の端近し暮れぬまに母にみえなむあゆめあか駒

（句題和歌〈千里〉 群書類従巻179、明倫歌集・二・父子歌・五句「歩めわが駒」 稿者注：『典拠検索 新名歌辞典』〈中村薫編 久保田淳新訂 2007年7月 明治書院による〉。この千里歌は、石原和三郎（草廼舎）編『百人一首註解』（明治28年2月 松栄堂）中に付された「教育百首」にも見える。第五句「あゆめわかごま」（6ページ））

12（24） Mitizane 道真

26 Koti hukaba こちふかば
Nioi okoseyo においおこせよ
Ume no Hana, うめのはな、
Aruzi nasi tote あるじなしとて
Haru na wasure so! はるなわすれそ！

東風吹かばにほひおこせよ梅の花あるじなしとて春を忘るな

（拾遺集・十六・雑春・1006、拾遺抄・九・雑上・378）

27 Nagare-yuku ながれゆく
waga Mi Mokudu to わがみもくづと
narinu tomo, なりぬとも、
kimi Sigarami to きみしがらみと
narite todomeyo! なりてとどめよ！

流れゆくわれはみくづとなりはてぬ君しがらみとなりてとどめよ

（大鏡・14、太平記・46・二三句「われはみくづとなりぬとも」）

28	Kimi ga sumu	きみがすむ
	Yado no Kozue wo	やどのこずえを
	yuku-yuku mo	ゆくゆくも
	kakururu madeni	かくるるまでに
	kaerimisi haya!	かえりみしはや！

君が住む宿の梢をゆくゆくとかくるるまでにかえり見しはや

（拾遺集・六・別・351、拾遺抄・六・別・227・三四句「ゆくゆくとかくれしまでに」）

13（27）	Kanesuke	兼輔
29	Asibikino	あしびきの
	Yamabe ni oreba,	やまべにおれば、
	Sirakumo no	しらくもの
	tati-i tayutai	たちいたゆたい
	Mono wo koso omoe.	ものをこそおもえ。

足曳の山辺に見ゆるしらくもの立居たゆたひ物をこそ思へ

（続後拾遺集・十一・恋一・695）

30	Hito no Oya no	ひとのおやの
	Kokoro wa Yami ni	こころはやみに
	aranedomo,	あらねども、
	Ko wo omoo Miti ni	こをおもうみちに
	madoinuru kana!	まどいぬるかな！

人の親の心は闇にあらねども子を思ふ道にまどひぬるかな

（後撰集・十五・雑一・1102）

14（29）Mitune　躬恒

31 Suminoe no　すみのえの
Matu wo Akikaze　まつをあきかぜ
huku karani　ふくからに
Koe utisôru　こえうちそうる
Okitu-siranami.　おきつしらなみ。

住の江の松を秋風吹くからに声うちそふる沖つ白波

（古今集・七・賀・360、拾遺集・十七・雑秋・1112）

15（35）Turayuki　貫之

32 Oosaka no　おおさかの
Seki no Simidu ni　せきのしみづに
Kage miete,　かげみえて、
ima ya hiku ran　いまやひくらん
Motiduki no Koma.　もちづきのこま。

逢坂の関の清水に影見えて今やひくらむ望月の駒

（拾遺集・三・秋・170、拾遺抄・三・秋・114）

33 Omoi-kane　おもいかね
Imo gari yukeba　いもがりゆけば
Huyu no Yo no　ふゆのよの
Kawakaze samumi　かわかぜさむみ
Tidori naku nari.　ちどりなくなり。

思ひかね妹がりゆけば冬の夜の川風寒み千鳥鳴くなり

（拾遺集・四・冬・224、拾遺抄・583　異本歌）

16（40）	K a n e m o r i	兼盛
34	Mitugimono	みつぎもの
	Taezu sonôru	たえずそのうる
	Adumadi no	あづまぢの
	Seta no Karahasi	せたのからはし
	Oto mo todoroni.	おともとどろに。

貢ぎ物たえず供ふる東路の勢多の長橋音もとどろに

（風雅集・二十・賀・2202、万代集3816、夫木抄15036）

17（41）	T a d a m i	忠見
35	Idukata ni	いづかたに
	nakite yuku ran	なきてゆくらん
	Hototogisu	ほとゝぎす
	Yodo-no-watari no	よどのわたりの
	mada Yo hukaki ni.	まだよふかきに。

いづかたに鳴きてゆくらむほととぎす淀のわたりのまだ夜深きに　　（拾遺集・二・夏・113、拾遺抄・二・夏・73）

18（42）	M o t o s u k e	元輔
36	Ikabakari	いかばかり
	omoo ran to ka	おもうらんとか
	omoo ran,	おもうらん、
	oite wakaruru	おいてわかるる
	tôki Wakare wo.	とおきわかれを。

いかばかり思ふらむとか思ふらむおいて別るる遠き別れを

（拾遺集・六・別・333、拾遺抄・六・別・219・五句「遠き道をば」）

19（46）	Y o s i t a d a	好忠
37	Mio-no-ura no	みおのうらの
	Hikiami no Tuna no	ひきあみのつなの
	taguredomo	たぐれども
	nagaki wa Haru no	ながきははるの
	hitohi narikeri.	ひとひなりけり。

みほのうらの引網の綱のたぐれども長きは春のひと日なりけり（好忠集・87）

38	Aki no No no	あきののの
	Kusamura gotoni	くさむらごとに
	oku Tuyu wa	おくつゆは
	yoru naku Musi no	よるなくむしの
	Namida narubesi.	なみだなるべし。

秋の野の草むらごとに置く露は夜鳴く虫の涙なるべし

（詞花集・三・秋・118）

20（48）	S i g e y u k i	重之
39	Tukubayama	つくばやま
	Hayama Sigeyama	はやましげやま
	sigekeredo	しげけれど
	omoi-iru niwa	おもいいるには
	sawarazarikeri.	さわらざりけり。

筑波山端(は)山しげ山しげけれど思ひ入るにはさはらざりけり

（新古今集・十一・恋一・1013）

21（51）Sanekata　実方

40 Sakuragari　さくらがり
Ame wa huri-kinu,　あめはふりきぬ、
onazikuwa　おなじくは
nuru tomo Hana no　ぬるともはなの
Kage ni yadoran.　かげにやどらん。

桜狩雨は降りきぬおなじくはぬるとも花の影にかくれむ

（拾遺集・一・春・50・よみ人しらず、拾遺抄・一・春・31・よみ人しらず、撰集抄・73・五句「やどらん」は「くらさん、かくれむ」とも、巻八・第十八「実方中将桜狩の歌の事」はこの歌を実方がよんだとする。＊作者としては不明が正しいか―稿者）

22（52）Mitinobu　道信

41 Kagiri areba　かぎりあれば
kyô nugi-sutetu　きょうぬぎすてつ
Hudigoromo,　ふぢごろも、
Hate naki mono wa　はてなきものは
Namida narikeri.　なみだなりけり。

かぎりあれば今日ぬぎすてつ藤衣はてなきものは涙なりけり

（拾遺集・二十・哀傷・1293、拾遺抄・十・雑下・558）

23（55）Kintô　公任

42 Sirazirato　しらじらと
siraketaru Yo no　しらけたるよの
Tukikage ni　つきかげに

Yuki kakiwakete　ゆきかきわけて
Ume no Hana oru.　うめのはなおる。

白じらししらけたるとし月影に雪かきわけて梅の花折る

（和漢朗詠集・下・804　＊巻軸歌で作者名なし、撰集抄・67、巻八・第十四「公任中将の時梅花を折る歌の事」では公任の作とする。）

43 Asamadaki　あさまだき
Arasi no yama no　あらしのやまの
samukereba　さむければ
Momidi no Nisiki　もみぢのにしき
kinu Hito zo naki.　きぬひとぞなき。

朝まだき嵐の山の寒ければ紅葉の錦着ぬ人ぞなき

（拾遺集・三・秋・210）

24（56） I d u m i - s i k i b u　和泉式部

44 Kuraki yori　くらきより
kuraki Miti ni zo　くらきみちにぞ
irinubeki,　いりぬべき、
harukani terase　はるかにてらせ
Yama no Ha no Tuki!　やまのはのつき！

暗きより暗き道にぞいりぬべしはるかにてらせ山の端の月

（拾遺集・二十・哀傷・4342）

45 Ikaga sen,　いかがせん、
ikani ka subeki,　いかにかすべき、
Yononaka wo　よのなかを

	somukeba　kanasi	そむけばかなし
	sumeba　uramesi.	すめばうらめし。

いかにせむいかにとすべき世の中をそむけば悲し住めばうらめし

（玉葉集・十八・雑五・2546、万代集・3713・五句「すめばすみうし」、和泉式部集・429「すめばすみうし」）

25（57）	Murasaki-sikibu	紫式部
46	Hukimayoo	ふきまよう
	Miyamaorosi　ni	みやまおろしに
	Yume　samete	ゆめさめて
	Namida　moyoosu	なみだもよおす
	Taki　no　Oto　kana!	たきのおとかな！

吹き迷ふみ山おろしに夢さめて涙もよほす滝の音かな

（源氏物語・若菜・49・光源氏）

47	Ima　wa　tote	いまはとて
	Yado　karenu　tomo	やどかれぬとも
	nare-kituru	なれきつる
	Maki　no　Hasira　yo	まきのはしらよ、
	ware　wo　wasuruna!	われをわするな！

今はとて宿かれぬともなれきつる真木の柱よ我を忘るな

（源氏物語・真木柱・412・姫君〈真木柱のこと〉）

26（59）	Akazome-emon	赤染衛門
48	Koe-hateba	こえはてば
	Miyako　mo　tôku	みやこもとおく

narinubesi,	なりぬべし
Seki no Yûkaze	せきのゆうかぜ
sibasi suzuman.	しばしすずまん。

越えはてばみやこも遠くなりぬべし関の夕風しばし涼まむ

（後拾遺集・九・羇旅・511、赤染衛門集・169）

49 Kokoro-boso,	こころぼそ、
tare ka Kemuri to	たれかけむりと
naru naran,	なるならん、
harukani miyuru	はるかにみゆる
Nobe no Tomosibi.	のべのともしび。

心ぼそたれか煙となるならむはるかに見ゆる野辺のともしび

（赤染衛門集・501）

27（60）Kosikibu no Naisi 小式部内侍

50 Ikani sen	いかにせん
ikubeki Kata mo	いくべきかたも
omohoezu,	おもほえず、
Oya ni sakidatu	おやにさきだつ
Miti wo siraneba.	みちをしらねば。

いかにせむいくべきかたもおぼほえず親に先立つ道をしらねば

（沙石集・21、十訓抄・165、古今著聞集・119）

28（65）Sagami 相模

51 Misimae no	みしまえの
Tamae no Makomo	たまえのまこも
Natu-kari ni	なつかりに

Sigeku yukikoo　　しげくゆきこう
otikoti no Hune.　　おちこちのふね。

三島江の玉江のまこも夏刈にしげくゆきかふをちこちの船

（相模集・16、万代集・673、夫木抄・13473）

29（69） N ô i n　H ô s i　　能因法師

52 Kokoro aran　　こころあらん
Hito ni misebaya　　ひとにみせばや
Tu-no-kuni no　　つのくにの
Naniwa watari no　　なにわわたりの
Haru no Kesiki wo.　　はるのけしきを。

心あらむ人に見せばや津の国の難波わたりの春のけしきを

（後拾遺集・一・春上・43）

30（71） T u n e n o b u　　経信

53 Karakoromo　　からころも
utu Oto kikeba　　うつおときけば
Tuki kiyomi　　つききよみ
mada nenu Hito wo　　まだねぬひとを
Sora ni siru kana!　　そらにしるかな！

唐衣打つ声聞けば月清みまだ寝ぬ人を空に知るかな

（新勅撰集・五・秋・323　貫之、貫之集・25・詞書は「月夜に衣うつ所」＊貫之集23番より「延喜十三年十月内侍屏風の歌、うちのおほせにてたてまつる」の内、和漢朗詠集・351　貫之、古今和歌六帖・3303は作者名なし、撰集抄・86　巻八・第三十一「経信大納言と妖しき物の事」では、この「四条の大納言」公任の歌を経信が詠じたとする。）＊経信の歌とするのは、『撰集抄』によるか。以上、この「おぼえがき」の40・42・53の歌は作者名に問題があり、すべて『撰集抄』と関係している。（稿者）

31（74）Tosiyori　俊頼

54 Kaze hukeba　かぜふけば
Hasu no Ukiha ni　はすのうきはに
Tama koete　たまこえて
suzusiku narinu　すずしくなりぬ
Higurasi no koe.　ひぐらしのこえ。

風吹けば蓮の浮葉に玉越えて涼しくなりぬひぐらしの声

（金葉集・二・夏・二度本・145、初度本・211）

55 Yononaka wa　よのなかは
uki Mi ni soeru　うきみにそえる
Kage nare ya,　かげなれや、
omoi-suturedo　おもいすつれど
hanarezarikeri.　はなれざりけり。

世の中は憂き身にそへる影なれや思ひすつれど離れざりけり

（金葉集・九・雑上・二度本・595、三奏本・585、千載集・十八・雑下・1161　＊1160の反歌）

32（75）Mototosi　基俊

56 Tanomedomo　たのめども
ideya Sakura no　いでやさくらの
Hanagokoro,　はなごころ、
sasoo Kaze araba　さそうかぜあらば

tiri　mo　koso　sure.　　　ちりもこそすれ。

たのめどもいでや桜の花ごころさそふ風あらばちりもこそすれ

（続後撰集・二・春中・111、基俊集・８と195、中古六歌仙・126）

57　Yo　wo　komete　　　　よをこめて
naku　Uguisu　no　　　　なくうぐいすの
Koe　kikeba　　　　こえきけば
uresiku　Take　wo　　　　うれしくたけを
uete　keru　kana!　　　　うえてけるかな！

夜をこめて鳴くうぐひすの声聞けばうれしく竹を植ゑてけるかな　　　（基俊集・191、堀河百首・59、中古六歌仙・122）

58　Mukasi　misi　　　　むかしみし
Hito　wa　Yumedi　ni　　　　ひとはゆめぢに
iri-hatete　　　　いりはてて
Tuki　to　ware　to　ni　　　　つきとわれとに
narini　keru　kana!　　　　なりにけるかな！

昔見し人は夢路に入りはてて月と我とになりにけるかな

（和歌一字抄・832、続古事談・26、六華和歌集・1774・四句「成りはてて」）

33（77）Sutokuin　　　　崇徳院

59　Uki　Koto　no　　　　うきことの
madoromu　hodo　wa　　　　まどろむほどは
wasurarete,　　　　わすられて、
samureba　Yume　no　　　　さむればゆめの

	Kokoti koso sure.	ここちこそすれ。

憂きことのまどろむほどは忘られてさむれば夢の心地こそすれ

（千載集・十七・雑中・1125・よみ人しらず、保元物語・3　＊崇徳院の歌）

60	Hamatidori	はまちどり
	Ato wa Miyako ni	あとはみやこに
	kayoedomo,	かよえども、
	Mi wa Matuyama ni	みはまつやまに
	Ne wo nomi zo naku.	ねをのみぞなく。

浜千鳥あとはみやこに通へども身はまつ山に音をのみぞなく

（沙石集・94、言葉集・309・四句「身はするやまに」）

34（79）	A k i s u k e	顕輔
61	Ama-no-gawa	あまのがわ
	yokogiru Kumo ya	よこぎるくもや
	Tanabata no	たなばたの
	Soradakimono no	そらだきものの
	Keburi naru ran.	けぶりなるらん。

天の川横切る雲やたなばたの空だきものの煙なるらむ

（詞花集・三・秋・88）

62	Naniwae no	なにわえの
	Asima ni yadoru	あしまにやどる
	Tuki mireba	つきみれば
	<u>waga Mi hitotu wa</u>	<u>わがみひとつは</u>

Sidumazarikeri.　　しづまざりけり。

難波江の芦間にやどる月見ればわが身ひとつもしづまざりけり　　（詞花集・九・雑上・347、顕輔集・45、後葉集・459）

35（81）Sanesada　　実定

63 Hurini keru　　ふりにける
Matu Mono iwaba　　まつものいわば
toite masi　　といてまし
mukasi mo kaku ya　　むかしもかくや
Suminoe no Tuki.　　すみのえのつき。

ふりにける松もの言はば問ひてまし昔もかくや住の江の月

（林下集〈実定〉・116、住吉社歌合　嘉応二年・1）

64 Nago-no-Umi no　　なごのうみの
Kasumi no Ma yori　　かすみのまより
nagamureba　　ながむれば
Irihi wo aroo　　いりひをあろう
Okitu-siranami.　　おきつしらなみ。

なごのうみの霞の間より眺むれば入日を洗ふ沖つ白波

（新古今集・一・春上・35、林下集・2）

36（83）Tosinari　　俊成

65 Omoi amari　　おもいあまり
sonatano Sora wo　　そなたのそらを
nagamureba　　ながむれば
Kasumi wo wakete　　かすみをわけて
Harusame zo huru.　　はるさめぞふる。

思ひあまりそなたの空を眺むれば霞をわけて春雨ぞふる

（新古今集・十二・恋二・1107）

66 Tare ka mata　　たれかまた
Hanatatibana ni　　はなたちばなに
omoiiden　　おもいいでん
ware mo mukasi no　　われもむかしの
Hito to narinaba.　　ひととなりなば。

たれかまた花橘に思ひいでむ我も昔の人となりなば

（新古今集・三・夏・238）

37（84）Kiyosuke　　清輔

67 Huyugare no　　ふゆがれの
Mori no Kutiba no　　もりのくちばの
Simo no ueni　　しものうえに
otitaru Tuki no　　おちたるつきの
Kage no sayakesa!　　かげのさやけさ！

冬がれの森の朽ち葉の霜の上におちたる月の影のさむけさ

（新古今集・六・冬・607）

68 Usugiri no　　うすぎりの
Magaki no Hana no　　まがきのはなの
Asazimeri,　　あさじめり、
Aki wa Yûbe to　　あきはゆうべと
tare ka iiken.　　たれかいいけん。

薄霧のまがきの花の朝じめり秋は夕べとたれかいひけむ

（清輔集・113、中古六歌仙・84）

38（85）S y u n ' e　　俊恵

69 Haru to ieba　　はるといえば
kasumini keri na,　　かすみにけりな、
kinô made　　きのうまで
Namima ni miesi　　なみまにみえし
Awadisimayama.　　あわぢしまやま。

春といへばかすみにけりなきのふまで波間に見えし淡路島山

（新古今集・一・春上・6、中古六歌仙・152）

70 Sirakawa no　　しらかわの
Hana mo ware woba　　はなもわれをば
omoi-ideyo,　　おもいいでよ、
idureno Tosi no　　いづれのとしの
Haru ka mizarisi.　　はるかみざりし。

白河の花も我をば思ひいでよいづれの年の春か見ざりし

（林葉和歌集〈俊恵〉・131）

39（86）S a i g y ô　　西行

71 Hotoke niwa　　ほとけには
Sakura no Hana wo　　さくらのはなを
tatemature,　　たてまつれ、
waga notino Yo wo　　わがのちのよを
Hito toburawaba!　　ひととぶらわば！

仏には桜の花をたてまつれわがのちの世を人とぶらはば

（千載集・十七・雑中・1067、山家集・78）

72 Yosinoyama　　よしのやま

yagate idezi to　やがていでじと
omoo Mi wo　おもうみを
Hana tirinaba to　はなちりなばと
Hito ya matu ran.　ひとやまつらん。

吉野山やがて出でじと思ふ身を花散りなばと人や待つらむ

（山家集・1036）

73 Mitinobe no　みちのべの
Simidu nagaruru　しみづながるる
Yanagikage　やなぎかげ
Sibasi tote koso　しばしとてこそ
tatidomariture.　たちどまりつれ。

道の辺に清水流るる柳かげしばしとてこそ立ちとまりつれ

（新古今集・三・夏・262）

74 Koko wo mata　ここをまた
waga sumi-kaete　わがすみかえて
ukarenaba,　うかれなば、
Matu wa hitori ni　まつはひとりに
naran to suran.　ならんとすらん。

ここをまたわれ住みうくてうかれなば松はひとりにならむとすらむ

（山家集・1359）

75 Negawakuba　ねがわくば
Hana no moto nite　はなのもとにて
ware sinan,　われしなん、
sono Kisaragi no　そのきさらぎの

Motiduki no Koro.　　もちづきのころ。

願はくは花のしたにて春しなむその如月の望月のころ

（山家集・77、続古今集・十七・雑上・1527、旧国歌大観・1535・二句「花の本にて」）

40（91）Ｙｏｓｉｔｕｎｅ　　良経

76 Hito sumanu　　ひとすまぬ

Huwa no Sekiya no　　ふわのせきやの

Itabisasi　　いたびさし

arenisi notiwa　　あれにしのちは

tada Aki no Kaze.　　ただあきのかぜ。

人住まぬ不破の関屋の板びさし荒れにしのちはただ秋の風

（新古今集・十七・雑中・1601、秋篠月清集〈良経〉・1128）

41（93）Ｓａｎｅｔｏｍｏ　　実朝

77 Kesa mireba　　けさみれば

Yama mo kasumite　　やまもかすみて

hisakatano　　ひさかたの

Ama no-hara yori　　あまのはらより

Haru wa kini keri.　　はるはきにけり。

今朝見れば山もかすみて久方の天の原より春はきにけり

（金槐集〈実朝〉・1）

78 Mono iwanu　　ものいわぬ

yomono Kedamono　　よものけだもの

sura danimo　　すらだにも

awarenaru kana,　　あわれなるかな、

Oya no Ko wo omoo! おやのこをおもう！

ものいはぬ四方のけだものすらだにもあはれなるかな親の子を思ふ

（金槐集・718）

79 Hakonedi wo はこねぢを
waga koe-kureba わがこえくれば
Idu-no-umi ya いづのうみや
Oki no Kozima ni おきのこじまに
Nami no yoru miyu. なみのよるみゆ。

箱根路をわが越えくれば伊豆の海や沖の小島に波のよる見ゆ

（金槐集・593）

80 Ooumi no おおうみの
Iso mo todoroni いそもとどろに
yosuru Nami, よするなみ、
warete kudakete われてくだけて
sakete tiru kamo! さけてちるかも！

大海の磯もとどろに寄する波われてくだけてさけて散るかも

（金槐集・697）

81 Yama wa sake やまはさけ
Umi wa asenan うみはあせなん
Yo nari tomo よなりとも
Kimi ni Hutagokoro きみにふたごころ
ware arame yamo! われあらめやも！

山はさけ海はあせなむ世なりとも君にふた心わがあらめやも

（金槐集・680、新勅撰集・十七・雑二・1204）

42 (96) Kintune　　公経

82 Yamazakura　　やまざくら
Mine nimo O nimo　　みねにもおにも
ue-okan,　　うえおかん、
minu Yo no Haru wo　　みぬよのはるを
hito ya sinobu to.　　ひとやしのぶと。

山桜峰にも尾にも植ゑおかむ見ぬ世の春を人やしのぶと

（新勅撰集・十六・雑一・1040）

43 (97) Sadaie　　定家

83 Oozora wa　　おおぞらは
Ume no Nioi ni　　うめのにおいに
kasumi tutu　　かすみつつ
kumori mo hatenu　　くもりもはてぬ
Haru no Yo no Tuki.　　はるのよのつき。

大空は梅のにほひにかすみつつくもりもはてぬ春の世の月

（新古今集・一・春上・40）

84 Aki to dani　　あきとだに
wasuren to omoo　　わすれんとおもう
Tukikage wo　　つきかげを
samo ayanikuni　　さもあやにくに
utu Koromo kana!　　うつころもかな！

秋とだに忘れむと思ふ月影をさもあやにくに打つ衣かな

（新古今集・五・秋下・480）

85 Koma tomete　　こまとめて

	Sode utiharoo	そでうちはろう
	Kage mo nasi,	かげもなし、
	Sano-no-watari no	さののわたりの
	Yuki no Yûgure.	ゆきのゆうぐれ。

駒とめて袖うちはらふかげもなし佐野の渡りの雪の夕暮

(新古今集・六・冬・671)

44 (98)	I e t a k a	家隆
86	Omoodoti	おもうどち
	soko tomo sirazu	そこともしらず
	yuki-kurenu,	ゆきくれぬ、
	Hana no Yado kase,	はなのやどかせ、
	Nobe no Uguisu!	のべのうぐいす！

思ふどちそことも知らず行きくれぬ花の宿かせ野辺のうぐひす

(新古今集・一・春上・82)

87	Nagame tutu	ながめつつ
	omoo mo sabisi	おもうもさびし
	hisakatano	ひさかたの
	Tuki no Miyako no	つきのみやこの
	Akegata no sora.	あけがたのそら。

眺めつつ思ふもさびし久方の月のみやこの明け方の空

(新古今集・四・秋上・392)

45 (99)	G o t o b a i n	後鳥羽院
88	Yo wo samumi	よをさむみ
	Neya no Husuma no	ねやのふすまの

	sayuru nimo	さゆるにも
	Waraya no Kaze wo	わらやのかぜを
	omoi koso yare.	おもいこそやれ。

夜を寒みねやのふすまのさゆるにもわら屋の風を思ひこそやれ　　（続後撰集・十六・雑上・1093）

89	Ware koso wa	われこそは
	Niizimamori yo,	にいじまもりよ、
	Oki-no-umi no	おきのうみの
	araki Namikaze	あらきなみかぜ
	Kokoro site huke!	こころしてふけ！

我こそは新島守よ隠岐の海の荒き波風心して吹け

（後鳥羽院遠島百首・97、増鏡・26、承久記・古活字本12）

46（100）	Z y u n t o k u i n	順徳院
90	Hanatori no	はなとりの
	hokanimo Haru no	ほかにもはるの
	arigaoni	ありがおに
	kasumite nokoru	かすみてのこる
	Yama no Ha no Tuki.	やまのはのつき。

花鳥のほかにも春のあり顔にかすみてかかる山の端の月

（続後撰集・三・春下・144、順徳院百首・11）

91	Waga Mi kara	わがみから
	Hito no Turasa mo	ひとのつらさも
	ari ya tote	ありやとて
	Kokoro no Toga wo	こころのとがを

motome wabinuru. もとめわびぬる。

わが身から人のつらさもありやとて心のとがをもとめわびぬる （紫禁和歌草〈順徳院〉・1099）

92 Nagaraete ながらえて
tatoeba Sue ni たとえばすえに
kaeru tomo かえるとも
uki wa Konoyo no うきはこのよの
Miyako narikeri. みやこなりけり。

ながらへてたとへば末にかへるとも憂きはこの世のみやこなりけり （承久記・ 慈光寺本・５、承久記・古活字本・14）

まとめ

「おぼえがき」について、以下に稿者がいささか記す。

以上の92首を土岐が選んでいる。「おぼえがき」の部分は土岐の好尚があらわれていると考え、本節で取り上げた次第である。歌は有名な作が多いが、出典は勅撰集に限ることなく幅広い。人麻呂と西行と実朝を各５首選んでいることが注目される。なお土岐には『源実朝』（青少年日本文学 1944年１月 至文堂）や新作能『実朝』（初演は1950年11月、『新作能縁起』1976年６月光風社書店所収）もある。また紫式部の歌が２首とも『源氏物語』の歌というのも興味を引く。作者に関しては、上にも記したように存疑の作もある。歌番号42は公任ではなく『和漢朗詠集』には不明とされているし、53の経信歌も『新勅撰集』では貫之作とされている。この土岐の本が書かれた時代としては致し方のないことだったのだろう。なお42・53歌はともに『撰集抄』に重出しており、その関係もあるのだろう。また出典に関して、後鳥羽院・順徳院歌が、89は『増鏡』または『承久記』、91は家集、92は『承久記』である。勅撰集からの選歌も十分可能であるが、そうはしていない。

おわりに

「わたしが二十五、六ですかね。その時分に歌をローマ字で書いてみた。ことばというものは音なんだから、ローマ字でもって書くてのがいちばんよかろうと思ってね。そして本をこしらえて」と土岐は回想する（「言語生活」1970年２月号)。『NAKIWARAI』出版を契機に、土岐はローマ字書きの字引をつくる仕事に呼ばれるが、ヘボン式では動詞の語尾変化などに対応し難いと気づき、田丸卓郎を訪ね、田中舘愛橘らと日本式ローマ字運動を担う一人となった。

土岐は「横文字百人一首」(『目前心後』1963年７月　東峰出版27〜32ページ、初出は1959年１月。土岐康二氏の教示による。）の中で、黒川真頼（1829〜1906）撰『横文字百人一首』について、「この百人一首をローマ字書きにした和書が明治六年（1873年稿者）三月に刊行されていることは、わが国語改革史の上で貴重な、かつ興味ある一文献といわなければなるまい。」と述べる。この本は木版本で、上欄に歌人名と歌仙絵、下欄に日本式のローマ字で和歌本文（歴史的かな遣い）を記し、和歌の上にふりがなの形でひらがなの読みを付している。ローマ字は活字体と筆記体の両方を使い、和歌は５行書きである。土岐文庫 W49所蔵。また土岐は、「今も昔の百人一首」(『斜面季節抄』1977年３月　木耳社　88〜89ページ）の中で、『横文字百人一首』について、「ぼくはローマ字日本語の文献として愛蔵している」と記し、「つづり方がいわゆる日本式なので、その資料としても貴重である。」と評し、さらに明治初年の『百人一首』をめぐる状況を述べる。自著のローマ字書き『HYAKUNIN ISSYU』については触れていない。

第２章　早稲田大学中央図書館蔵土岐文庫のローマ字資料について

はじめに

土岐文庫は、土岐善麿（1885－1980）の蔵書をご遺族が土岐の母校である早稲田大学に寄贈し、早稲田大学中央図書館が受入れ整理したものである。本章では、土岐文庫のローマ字資料を紹介し、明治時代のローマ字運動揺籃期から敗戦による占領期を経て新しい日本語表記としてローマ字が注目された昭和20年代へ、長年にわたる土岐のローマ字との係わりを土岐文庫の蔵書から瞥見する。

土岐文庫ローマ字資料リスト

本章は土岐文庫のローマ字資料を、ローマ字で表記された図書・雑誌とローマ字運動関連図書等に分けて記す。土岐文庫以外に所蔵されている土岐のローマ字運動につながる資料をリストの最後に付した。リストの先頭に排架番号を置きその番号順とし、書名に続けて奥付に記載された書誌事項を記し、必要に応じて☆印の後に簡単な注記を付した。

ローマ字で表記された図書

A1327

WAKARIYASUI NIPPONGO NO SYOOSINGE　Kôno-Zyôe
　奥付　（わかりやすい日本語の正信偈）（真宗教義信仰讃歌）　訳者　意訳聖典普及会　代表者　河野誠恵　発行者　ローマ字教育会　発行所　ローマ字教育会　発行　昭和26年５月　定価30円

A1328
MEIDI TENNOO SYOOKEN KWOOTAIKOO OOMIUTA　TADA-SAI
　奥付　OOMIUTA　著作兼発行者　多田サイ　発行　大正15年11月　定価30銭
　☆標題紙に TADA-SAI ERABIMATURU とある。

A1329
TUTI NI KAERE　Narumi-Uraburu
　奥付　著作兼発行者　鳴海要吉　発行所　日本のろーま字社　発行　大正３年12月　定価50銭
　☆表紙上部に「AKEBONO BUNKO 1 no Maki」下部に「TOOKYOO NIPPON-NO-ROUMAZI-SYA」とある。
　☆発行所は「日本のろーま字社」とひらがな表記である。

A1330
よこもじほんてびきぐさ　YOKOMOZIBON TEBIKIGUSA. NAMBU YOSIKAZU ARAHASU.

☆複写18枚の１枚目が扉の部分と思われ、下部に「MEIDI GO NEN SAMGATU」その下に「KURATA SYUPPAN.」とある。天理図書館蔵の印がみえる。

☆鈴木マイクロフイルム研究所と印刷された封筒に収められ「明治五年三月　南部義籌著　よこもじほんてびきぐさ」とペン書きされている。

A1331

TOSA NO NIKI.　NAMBU YOSIKAZU TEIZYI.　横文字綴土佐日記　全

奥付　発行者綴字者兼　南部義籌　発行　明治27年10月　定価10銭

☆表紙中央「土佐日記」の表記があり右側に「大日本　東洋新学社蔵版」、下部に「DAI NIPPON. TOUYAUSYINGAKUSYA ZAUHAN.」と表記されている。

A1332

RÔMAZI TEHODOKI

奥付　日の丸文庫１　編輯者兼発行者　楠島文衛　発行所　日本のろーま字社　発行　大正７年12月　定価20銭

☆表紙中央の書名の上に細字で「HINOMARU BUNKO 1」とある。

A1333

KAMIYO NO HANASI　Sibano-Rokusuke　神代の話

奥付　著作者発行者　芝野六助　発行所　日本のローマ字社　発行　大正８年６月　定価20銭

☆表紙上部に「HINOMARU BUNKO」下部に「Nippon-no-Rômazi-Sya」、背近くに縦書きで「ローマ字少年叢書 『日の丸文庫』三」と表記されている。

A1334

GRIMM OTOGIBANASI　Naito-Toyoiti yakusuru　グリムお伽噺

奥付　著作者発行者　内藤豊一　発行所　日本のローマ字社　発行　大正12年７月（初版大正８年10月）　定価40銭

☆表紙上部に「HINOMARU BUNKO 4, 5」下部に「Nippon-no-Rômazi-Sya」、背近くに縦書きで「ローマ字少年叢書 『日の丸文庫』四・五」と表記されている。

☆巻末最終ページに「少年少女の読み物」として日本のローマ字社発行の11冊の広告があり、土岐善麿作「昔ばなし」と土岐善麿作、多梅雅作曲「童謡うらしま」が載る。

A1335

Basya ni notta Kuma　Yanagida-Tomotune

奥付　トルストイ童話集　馬車にのった　くま　かきて　柳田知常　発行所　ローマ字教育会　発行　昭和24年12月　定価50円

☆表紙上部に横書きで「ローマ字書きトルストイ童話集」下部に

「Rômazi Kyôikukwai」と表記されている。

A1336

星の世界へ　童話集　関英雄

奥付　星の世界へ　かきて　関英雄　発行者　岡野篤信　発行　昭和23年7月　定価50円

☆表紙下部に「Rômazi Kyôikukwai」と表記されている。

☆表紙にローマ字の書名と著者名はなく、標題紙に「HOSI no SEKAI e Seki-Hideo」とあり、上部に「Perikan Bunko 5」、下部に「Tôkyô Rômazi Kyôikukwai 1948」と表記されている。

☆奥付ページの上半分にPERIKAN BUNKOの8冊がローマ字表記され、そこに「Hosi no Seikai e」とあるがSeikaiはSekaiの誤植か。

A1337

Nazo no Kuni Tibetto ~Tibetto no Tabi~　Aoki-Bunkyô

奥付　なぞの国チベット　著者　青木文教　発行所　ローマ字教育会　発行　昭和25年12月　定価100円

☆表紙下部に「Rômazi Kyôikukwai」と表記されている。

A1338

Nezumi no Otukai　Toida-Nobu

奥付　ねずみ　の　おつかい　著者　問田のぶ　発行所　ローマ字教育会　発行　昭和25年11月　定価40円

☆表紙下部に「Rômazi Kyôikukwai」と表記されている。

A1339

Akai Hune Aoi Hune　Kitô-Reizô

奥付　みんなであそぼう３　著者　鬼頭禮蔵　発行所　ローマ字教育会　発行　昭和24年12月　定価20円

☆表紙上部に「“Minna de asobô” 3」、下部に「Rômazi Kyôikukwai」と表記されている。

A1340

KOKUGO RÔMAZI TOKUHON　鬼頭禮蔵著

奥付　国語ローマ字読本　著者　鬼頭禮蔵　発行所　ローマ字教育会　発行　昭和21年10月　定価４円

☆表紙上部に「国語ローマ字読本」下部に「RÔMAZI KYÔIKUKWAI」とある。

☆標題紙には「国語ローマ字読本　ローマ字運動本部教育部委員長　鬼頭禮蔵著　1946年　ローマ字教育会版」とある。「はしがき」は土岐であり、後述する。

A1341

NIPPON RÔMAZI TOKUHON　I　NO MAKI

奥付　日本ローマ字読本　著作者兼発行者　八高ローマ字会　発行　改題改定第三版 昭和３年５月（第一版 大正15年３月）　定価15銭

☆表紙上部に「日本ローマ字読本一の巻」中ほどに「はしがき　田

中館博士　田丸博士」下部に「HATIKÔ RÔMAZIKWAI ARAWASU」と表記されている。
☆巻末広告欄があり「ローマ字を学ぶには」として土岐善麿編　文部省認定『女子ローマ字読本一の巻』、「ローマ字書きの読物」として土岐善麿編『短編小説集』、土岐善麿著『百人一首註訳』、土岐善麿作　戸沢辰雄画『おとぎうた』が載る。
☆巻末に社団法人日本ローマ字会の組織（昭和二年二月一日現在）の概要が記載され、会長田中館愛橘、副会長田丸卓郎、土岐善麿、福永恭助、監事穂積重遠、持田巽とある。

A1342
Midorino Kuni no Kodomotati　練習帖１　鬼頭禮藏　６年用
奥付　緑の国の子供達の練習帖１　著者　鬼頭禮藏　発行所　ローマ字教育会　発行　昭和25年３月　定価25円

A1343
太郎とポチの練習帖　鬼頭禮藏著
奥付　太郎とポチの練習帖　著者　鬼頭禮藏　発行所　ローマ字教育会　発行　昭和24年10月　定価20円
☆表紙上部に「文部省検定済ローマ字教科書“Tarô to Poti”練習帳（１）」と記載されている。この記載は「帳」、表紙と奥付は「帖」と表記されている。

A1344

Tarô no Gakkô 4-nen Sansu no 2 Yamanobori

奥付　太郎の学校　４年算数の２　著者　松為周従　発行所　ローマ字教育会　発行　昭和24年12月　定価10円

☆表紙中央部に「Toyama Sihangakkô Kyôzyu Matui-Kaneyori」、下部に「Tôkyô Rômazi Kyôikukwai」と記載されている。

A1345

Tikyû to Tuki　Yabuuti-Kiyosi　地球と月　理学博士　藪内清

奥付　Tikyû to Tuki　地球と月　ローマ字文庫１　著者　藪内清　発行所　日本ローマ字会　支部　京都ローマ字会　発行　昭和24年４月15日　定価25円

☆表紙下部に「Rômazi Bunnko Ⅰ Kyôto Rômazi Kai」と表記されている。

A1346

Gakkô no Mado kara　Kitô-Reizô

奥付　Gakkoo(ママ) no Mado kara　著作者　鬼頭礼蔵　発行所　ローマ字教育会　発行　昭和23年８月　定価（空欄）円

☆表紙上部に「文部省検定済教科書　Rômazi no Kyôsitu Ni-no-Maki」、下部に「Rômazi Kyôikukwai」と記載されている。

☆表紙中央の絵の右に小さく縦書きで「この見本本は、日本式のものですが、同じ内容で、ヘボン式つづり方によるものも発行します。ヘボン式のものを御希望の方は、目録をお調べの上カードに御記入下さい。（ヘボン式によるものの教科書番号、小国五〇六です。）」

とある。

A1347-1

MADO wo AKEYÔ　Hirai-Masao　Hudii-Syun'iti　Tiba-Ryuzô

奥付　Tyûgaku no Rômazi 1 Mado wo Akeyô（日本式版）著作者　平井昌夫　藤井駿一　千葉龍蔵　発行所　ローマ字教育会　発行　昭和24年７月　定価（数字の記載はない）

☆表紙上部に「文部省検定教科書　TYÛGAKU NO RÔMAZI 1―日本式―」とある。

☆表紙題名の下に「18ロ―教　中国728」とある。

A1347-2

SEKAI no TABI　Hirai-Masao　Kitta-Hirokuni　Okano-Atunobu

奥付　Tyûgaku no Rômazi 2 Sekai no Tabi（日本式版）著作者　平井昌夫　橘田廣國　岡野篤信　発行所　ローマ字教育会　発行　昭和24年７月　定価（数字の記載はない）

☆表紙上部に「文部省検定教科書　TYUGAKU NO RÔMAZI 2―日本式―」とある。

☆表紙題名の下に「18ロ―教　中国819」とある。

A2846

Rômazigaki MAN'YÔSYÛ　TADA-SAISI tuduru

奥付　著作者　多田齊司　発行者　多田齊司　発行　昭和９年４月

☆表紙下部に Hanmoto: Kotodama-no-Ya　Uridasi: Maruzen Kabusikikwaisya とある。

☆巻頭に「HASIGAKI」を土岐がローマ字書きで記す。土岐自身、『作者別万葉集』を編み、ローマ字書き万葉集を試みはじめたが、『万葉集』に対する研究も日本語に対する知識も不足していると感じ、ローマ字書きの万葉集を「ローマ字世界」に少し載せたが、関東大震災で原稿を失い仕事が進まなかったと振り返る。『万葉集』をローマ字書きで表す意義を評価し、多田へのあたたかな励ましと賛辞を記す。

A2848

鶯の卵　土岐善麿著

奥付　著者　土岐善麿　発行　春秋社　昭和25年８月　定価　250円

☆標題紙に筆記体で「Uguisu no Tamago　Toki-Zenmaro」とある。

☆各ページ上部に漢詩の和訳をローマ字書きし、下部に漢詩を載せ作者の没年を記す。詩を四季と雑にわけ、巻末に漢字かなまじり書きを置く。

ローマ字で表記された雑誌

D36　1

RÔMAZI SEKAI

ローマ字世界７・８号　第37巻第７・８号　昭和22年９月１日発行　編輯兼発行者　社団法人日本ローマ字会　佐伯功

介　発行所　日本のローマ字社

D36　2

RÔMAZI SEKAI

ローマ字世界９・10号　第37巻９・10号　昭和22年10月１日発行　編輯兼発行者　社団法人日本ローマ字会　佐伯功介　発行所　日本のローマ字社　定価10円

D38　1

Rômazi no Tomo

ローマ字の友　第11巻第２号　昭和24年４月１日発行　編集発行人　岡野篤信　発行所　ローマ字教育会　定価20円

D38　2

Rômazi no Tomo

ローマ字の友　第11巻第３号　昭和24年５月１日発行　編集発行人　岡野篤信　発行所　ローマ字教育会　定価20円

☆表紙裏に「鬼頭先生の『太郎とポチ』が『学校の窓から』といっしょに正式の教科書になって全国で使われるようになりました」とある。

D38　3

Rômazi no Tomo

ローマ字の友　第11巻第４号　昭和24年６月１日発行　編集発行人　岡野篤信　発行所　ローマ字教育会　定価20円

D38　4

Rômazi no Tomo

ローマ字の友　第11巻第５巻　昭和24年７月１日発行　編集発行人　岡野篤信　発行所　ローマ字教育会　定価20円

D39

RÔMAZI SEKAI　1930n. 1gt.~12gt.

☆「ローマ字世界」昭和５年１月から12月号の12冊を合冊製本。巻頭に「SÔMOKUROKU」として昭和６年５月発行の第21巻第５号附録を付す。背表紙に「RÔMAZI SEKAI–20 no Maki」とあり、土岐が総目録を付けて１年分を製本保存したものか。目録は、「Bungeiran」「Hyôron to Kansô」等に分けてタイトルのアルファベット順に並べ各号総ページを記載する。A2846 同様「土岐善麿氏2016/03寄贈」のシールが貼られ、『土岐文庫受入リスト』には載らず。この資料は孫の土岐康二氏（善麿の長男健児氏の次男）の寄贈と思われる。なお「ローマ字世界」については後述する。

ローマ字運動関連図書等

D33　1~28

明六雑誌

売捌所　報知社　稟白　明治７年３月

☆第一別「一　洋字ヲ以テ国字ヲ書スルノ論」（西周）が載る。

A1254

言語学と日本語問題　gengogaku to nippongo-mondai

奥付　Amite：岩倉具実教授退職記念論文集出版後援会　Hanmoto：くろしお出版　発行　1971年９月　定価3500円

☆奥付の書名に「iwakura tomozane kyôzyu, taisyoku kinen ronbunsyû」を併記する。

☆９～29ページに土岐の「田丸卓郎博士」が載る。

A1315　1~4

A1315　1

中学校漢学ノ教科書ヲ改正シテ正則読ニ変更スルヲ論ス　附日本語ヲ書スルニ羅馬字ヲ用ヰム説　南部義籌

☆冊子の表紙右上に「１」と朱書、左上隅に鉛筆書きで「289-1」とある。

A1315　2

中学校漢学教科書及読方改正ノ儀ニ付研究問題ニ対スル鄙見　南部義籌

☆文末に明治43年５月と記載されている。冊子の表紙右上に「２」と朱書、左上隅に鉛筆書きで「289-2」とある。

A1315　3（1）

文字改換ノ儀ニ附演説草案　第三号　南部義籌

☆文末に大正３年11月と記載されている。冊子の表紙左上隅に鉛筆書きで「289-3」とある。

A1315　3（2）

文字改換ノ儀ニ附演説草案　第四号　南部義籌

☆文末に大正４年１月と記載されている。冊子の表紙の左上に「土岐様」と墨書、左上隅に鉛筆書きで「289-4」とある。

A1315　4

羅馬字採用餘論

☆文末に明治44年12月と記載されている。冊子の表紙に南部義籌の記載は無い。表紙右上に「５」と朱書、左上隅に鉛筆書きで「289-5」とある。

A1316　1~4

ローマ字教育講座　第１～４巻

奥付　編者　日本ローマ字会　発行　第１巻・昭和22年８月、第２巻・昭和22年９月、第３巻・昭和22年11月、第４巻・昭和23年２月

☆第３巻117～124ページに土岐の「ローマ字と文学」が載る。ローマ字による「ことばの民主化」の実現に向けて、ローマ字書きの文学作品の登場を願っている。

A1317

RÔMAZI SEKAI　巨人のあしあと　田中舘愛橘博士逸話集

奥付　ローマ字世界　第42巻通巻第448号　編集印刷兼発行者　日本ローマ字会　発行所　日本ローマ字会　発行　昭和27年９月

☆月刊誌「ローマ字世界」の田中舘愛橘（昭和27年５月死去）記念

号。寄稿者に土岐の名前は見えない。

A1318

学習指導要領を中心とした　国語科ローマ字の学習指導

奥付　編集者　ローマ字教育研究所　発行所　ローマ字教育会　発行　1951年12月

☆大村浜「ある問答―中学校の展開例にかえて―」、石黒修「ローマ字のつづり方について」等が載る。(注)

A1319

ことばの教育

奥付　編集　日本ローマ字教育協議会「ことばの教育」編集担当者　京都ローマ字教育研究会　発行　日本ローマ字教育協議会

☆表紙に「1966.4　153号」とある。

A1320

Tarô San の教授法　重竹治著

奥付　著者　重竹治　発行所　日本ローマ字会支部京都ローマ字会　発行　昭和23年12月　定価90円

A1321

ローマ字学習指導法講義　鬼頭禮藏

奥付　著者　鬼頭禮藏　発行所　ローマ字教育会　発行　昭

和26年５月　定価70円

☆表紙上部に「ローマ字教授法研究シリーズ２」とあり、著者名に「文部省ローマ字学習指導要領編修委員　ローマ字教育研究所教育部長」と肩書を記す。

A1322

ローマ字学習指導論　平井昌夫著

奥付　著者　平井昌夫　発行所　開隆堂出版　発行　1952年４月（再訂版）　定価300円

☆表紙書名の下に「RÔMAZI-GAKUSYÛ-SIDÔRON」、著者名の下に「HIRAI-MASAO」と記す。

A1323

ローマ字教育の指針　全文と解説

奥付　編著者　平井昌夫　発行所　ローマ字教育会　発行　昭和22年４月

☆表紙に「土岐善麿監修」とある。肩書はローマ字教育協議会議長・ローマ字運動本部委員長と記す。

☆巻末の広告に「ローマ字教授法通信講座　ローマ字運動本部編　全６巻　B5版プリント各冊30〜35頁」とあり、執筆者11人中に「土岐善麿　文部省ローマ字教科書編修委員」が載り、「第６冊　ローマ字教育の諸問題Ⅱ　ｄ．ローマ字文の表現（土岐）」とある。

☆本文62・63ページに「ローマ字教育に関する参考書」の「１．一般」として「土岐善麿：国語と国字問題。春秋社、昭和22年。」、

「４．ローマ字教科書（中級用）」として「土岐善麿編：ローマ字読本春の巻：風車。ローマ字教育会、昭和22年。」が載る。

A1324

「改訂　ローマ字教育の指針」　解説

奥付　監修　文部省　編修　文教協会　発行所　文教協会　発行　昭和25年８月　定価60円

A1325

ローマ字教育の理論と実際　平井昌夫著

奥付　著者　平井昌夫　発行所　開隆堂　発行　昭和22年11月　定価120円

☆表紙書名の下に「RÔMAZI-KYÔIKU NO RIRON TO ZISSAI」、著者名の下に「HIRAI-MASAO」と記す。

A1326

ローマ字研究読本

奥付　著作者　京都大学ローマ字会　発行所　６・３書房　発行　昭和23年６月　定価25円

A1373

日本式ローマ字　NIHONSIKI RÔMAZI　ドイツ文及び訳文　W.グンデルト　Von Dr. W. GUNDERT

奥付　編者　平岡伴一　発行者兼発行所　日本ローマ字会富

山県支部　代表者　平岡伴一　発行　昭和６年７月　定価上製―非売品　並製―10銭

☆標題紙の中央に「NIHONSIKI RÔMAZI, die japanisch-nationale Lateinschrift Von Dr. W. Gundert」、上部に「富山ローマ字パンフレット第２冊」、下部に「Nippon Rômazikwai Toyama-ken Sibu Nippon Toyama-sigwai Eirakutyô 1931（Syôwa 6n.）」とある。

☆巻末に和同商会内ローマ字文庫の広告があり取次物５冊の中に土岐の「Uguisu no Tamago（特価）54銭」が載る。

A1374

ローマ字綴り座談会　福永恭助著

奥付　著作者　福永恭助　発行所兼発行者　日本ローマ字会　発行　昭和６年５月　定価10銭

☆標題紙上部に「N.R.K.PANHURETTO DAI 7 SATU」、右に「日本ローマ字会出版部」

☆巻末の日本ローマ字会パンフレットの広告に「第一冊　土岐善麿　国字国語問題」「第六冊　土岐善麿　ローマ字日本語の文献」が載る。

A1375

ローマ字文の研究　第四版　理学博士　田丸卓郎著

奥付　発行所　日本のローマ字社　発行　昭和17年９月（初版大正９年11月）　定価１円50銭

A1376

ローマ字文章法　RÔMAZI BUNSYÔHÔ

奥付　編輯者　ローマ字同志会　発行所　新日本社　発行　昭和21年11月　定価３円50銭

A1377

ひとりで学べる新制ローマ字　HITORI DE MANABERU SIN SEI RÔMAZI　Suzuki-Waiti arawasu

奥付　著者　鈴木和一　発行所　牧書店　発行　昭和22年８月

A1378

東大ローマ字会の分ち書きの研究　国語の科学シリーズ第６集　後藤篤行

発行所　日本ローマ字会　発行　昭和27年11月　定価20円

☆奥付なく、裏表紙に「発行のことば」が載る。

A1379

ローマ字正字法の研究

奥付　著者　松浦四郎　発行所　ローマ字教育会　発行　昭和27年９月

A1380

文法字引　田丸卓郎著

奥付　著作兼発行人　日本のローマ字社　発行所　日本のローマ字社　発行　昭和４年８月　定価１円50銭

☆標題紙に「Rômazibun ni Tukau KANTANNA BUNPÔ-ZIBIKI Tamaru Takurô arawasu Nippon-no-Rômazi-Sya」と記載されている。

A1381

羅馬字早学び　RÔMAJI HAYAMANABI.　YATABE RYÔKICHI.

奥付　著者兼出版人　矢田部良吉　発行所　羅馬字会　発行　明治18年６月　定価10銭

A1383

ローマ字国字論

奥付　著者　田丸卓郎　発行所　ローマ字教育会　発行　昭和25年10月第７版（初版　大正３年10月）　定価250円

A1384

国字問題の研究

著者　菊沢季生　発行所・発行年不明

A1385

ローマ字と教育

著者　三木壽雄　発行所・発行年不明

A1459
漢字からローマ字へ―中国の文字改革と日本―
奥付 著者 倉石武四郎 発行所 弘文堂 発行 昭和33年5月

付：土岐文庫以外のローマ字表記図書

土岐のローマ字作品等は、早稲田大学図書館の土岐文庫以外の所蔵資料としても見ることができる。以下に記す。

チ11 04629 明治期図書コーナー
うらしま さるとくらげ うさぎとわに Otogi-syôka Umi no Maki. Urasima, Saru to Kurage, Usagi to Wani. Uta, Toki-Aikwa. Kyoku, Oono-Umewaka.
奥付 著者兼発行者 土岐善麿 出版 日本のローマ字社
発行 1911年3月 定価10銭
☆「はしがき」巖谷小波、「OKUGAKI」田丸卓郎。楽譜の下部にひらがなとローマ字の歌詞、別のページに全歌詞をローマ字とひらがなで記す。作曲者多梅稚は「鉄道唱歌」で知られる。

03A 00603 特別資料室・貴重書室
OTOGIUTA
表紙 HINOMARU BUNKO 2 Toki-Yosimaro Sasie Suzuki-Atusi 表紙左 ローマ字少年叢書 日の丸文庫二 おとぎうた 土岐善麿つくる 出版 日本のローマ字社 発行

1923年４月（再版）

☆「Haru Natu Aki Huyu Kisetunasi」に分けて計51の歌が載る。初版1919年３月、３版1925年11月も特別資料室に所蔵あり。

サホ0025　雑誌バックナンバー書庫

ローマ字世界

第７巻第４号～第33巻第６号（大正６年４月～昭和18年６月）

発行所　日本のローマ字会　発売　岩波書店

☆土岐の寄稿は大正６年から９年にかけて多く見ることができる。主なものを以下に記す。

７巻９号大正６年９月　KODOMO HUROKU

７巻10号大正６年10月　KODOMO HUROKU

７巻11号大正６年11月～７巻12号大正６年12月

Rômazigaki Manyôsyû

８巻３号大正７年３月～８巻３号大正７年12月

Mirai no Sekai

９巻１号大正８年１月　“Rômazi Sekai” 10nen no Kinen

同　Hituzi to Santoro

同　Kamiyo no Maki（Koziki no Rômazigaki）

10巻５号大正９年５月　Atarasii Syakwai ni okeru Kwagaku to Geizyutu〔Bertrand Russell〕

同　Namae no Yomikae

☆「KODOMO HUROKU」は挿絵入りの小型の冊子で、雑誌の巻頭に附録としてはさみこまれている。７巻９号の冊子は「Hokkaidô

Kenbutu」の題で表紙に「Monku, T-Aikwa」「E, K.-Kôitiro」とあり、表紙の絵は、下部に付された解説によると、青森から函館に渡る船の中の様子で、二段ベッドに寝ている上段が洋装の哀果、下段は挿絵を担当した近藤浩一路が絣の着物に袴を着け足袋をはいて横になり、上段の土岐の体の重みで下がった敷布団様のものを右手で指さしている。10号は「Otogi-Mangwa」の題で七五調を交えた文でMatudake採りの少年の冒険話である。「RÔMAZI SYÔNEN」（月刊ローマ字少年　日本のローマ字社刊）にも土岐は寄稿しており、子供を対象としたローマ字の普及への意欲がうかがわれる。

☆「Mirai no Sekai」は「Anatole France Toki-A yakusu」とある。

☆土岐は『百人一首』を図書として刊行後、上記のように『万葉集』や『古事記』のローマ字書きも試みていた。

☆「Namae no Yomikae」は、「善麿」を日本語的でローマ字問題にあうからとして「Yosimaro」と表記していたが、父の呼んだ「Zenmaro」の読みとすることにしたという内容である。

☆「ローマ字世界」の第１巻第１号は、明治44年６月にろーま字擴め会から発行兼編集人田丸陸郎で発行され、後に日本のローマ字社の発行となる。土岐は第26巻第５号（昭和11年５月）まで編集兼発行人を務めたが、土岐の編集兼発行人就任の時期は、「生活と芸術」第３巻第１号（大正４年９月）に載る広告により、大正４年９月発行の「ローマ字世界」（第６巻第９号とあるのは第５巻第９号の誤りと思われる）から「土岐哀果氏編集」であると知られる。

戸山キャンパスの戸山図書館には、土岐が日本のローマ字の歴史を振り返った次の文献がある。

J811　0043　戸山図書館B1研究図書

ローマ字日本語の文献

表紙に「日本文学講座」抜刷　土岐善麿稿と記す。「時枝文庫」の押印、口絵１枚、ページ付１～30ページ、簡易製本、奥付無し。

☆『日本文学講座　第15巻　特殊研究』(1932年３月　新潮社) 293ページ～323ページにある「ローマ字日本語の文献」の抜き刷り。天文18年 (1549)、フランシスコ・サヴィエの日本渡来に始まるローマ字日本語文献から説き起こして、ローマ字賛成の立場から、日本のローマ字日本語文献を時代区分しながら解説している。

図書と抜き刷りに異同があり、『日本文学講座　第15巻』307ページ最終行「この他に当時の戯作者などが趣味的にローマ字を利用した著述もある。」を抜き刷り15ページ最終行は「この他に当時の戯作者などが趣味的にローマ字を利用した著述もあるはずであるが、わたしはまだ実物を見ない。」と記述を増やしている。また、当該書321ページ14行目「〔十二〕実用方面の一端」を小見出しとした部分を323ページ６行目まで抜き刷りに採らず、その経緯は不明だが、抜き刷りを改訂版として作成した可能性はあろう。また、「ローマ字世界」第20巻12号 (1931年12月) 最終ページに「新刊！パンフレット第六冊！」として『ローマ字日本語の文献』の広告が載る。「本文四六版三十六頁　定価10銭」とあり、この抜き刷りとは別であって、『日本文学講座　第15巻』の出版年に先立ち日本ローマ字会出版部から出されたものである。この広告によると、「ローマ字会パンフレット」は第五冊まで既刊で、第一冊は土岐の『国字国語問題』である。パンフレット第六冊『ローマ字日本語の文献』は横書きで、内容は『日本文学講座』と同じである。

なお、『日本文学講座』は全15巻で、日本文学総説、古代から明治に至る時代別の研究、その他鑑賞等を集成したものである。土岐は第11巻に「明治の短歌」を、第14巻「鑑賞・補遺」に「万葉集鑑賞」を執筆している。

おわりに

土岐善麿の最初の歌集はローマ字三行書きの『NAKIWARAI』で、表紙題名の下に「TOKI AIKWA ARAWASU」と記し、奥付には「著作者　土岐善麿」とある。ヘボン式綴りを使い明治43年４月にローマ字ひろめ会の刊行したものである。刊行後、土岐は日本式ローマ字に賛同し、「ローマ字世界」の編集等ローマ字運動を牽引する一人となった。「余情」第７集（昭和23年６月　千日書房）「土岐善麿研究」に鬼頭禮蔵は「ローマ字運動と土岐委員長」と題して「ローマ字運動の陣営に輝く三つのＴがある。」と述べ、田中舘愛橘と田丸卓郎とならんで土岐の名をあげる。昭和20年３月に日本ローマ字会の請願「国民学校ニ国定ローマ字ヲ課スル件」が衆議院で採択され、昭和21年４月にローマ字運動本部設立後、土岐は固辞するものの推されてその委員長となり、昭和21年６月に文部省にローマ字教育協議会ができて議長となった土岐は、ローマ字に対する日本式かヘボン式か等の長年の意見対立を超えて協議会をまとめ、全国の小学校でローマ字が教えられることになった。鬼頭は「草分け以来の運動の旗頭である」と長年にわたる土岐のローマ字との係わりを記している。

なお、この「土岐善麿研究」に斉藤茂吉の寄稿「Nakiwarai について」があり、「歌の言語も、ローマ字的に発展せしめたから、ローマ字としての声調、ローマ字としての韻律といふところがあり、さういふ点で土岐氏の『泣笑』の歌は、当時のハイカラ的、西洋的であつたといふことが出来る。」と述べ、さらにローマ字書きを漢字かなの表記で示して比較し、「ローマ字で書くと、早読せしめずに、ゆつくり相当の努力を持つて読ませられる。これは万葉仮名のみで書いた歌を読ませられるのと似て居る。」と評す。また、同誌に金田一京助は「土岐哀果論」を寄せ、土岐が日本式ローマ字論者であり、東京大学の言語学科がヘボン式を支持して日本式に対立していた中で、学内の金田一が「何れにも一理はあつて、日本式の行き方も決して誤つた行き方ではないということを口にする故に異端者扱いを受けて居たものである。」と回想し、さらに「ローマ字で国語を書く経験を積んだ土岐氏の表現は、漢語を和らげた、すつきりしたスタイルで、書くのも話すのも、実に好ましいものである。」と評価する。

ローマ字の表記法ついては、現代でもヘボン式と訓令式が併用され、たとえば富士山は HUZISAN か FIJISAN か、外国人にわかりやすい表記はどれかなどが話題になる。朝日新聞2019年10月26日朝刊に、ローマ字で姓名を書く時、姓を先にして、姓はすべて大文字とすると政府が決めたという記事があり、これに従えば土岐善麿は2020年１月から「TOKI Zenmaro」と表記する。なお、ヘボン式では、ンをあらわすNはM、P、Bの前ではMであらわすため、善麿はZemmaroとなるが、政府の見解は表記法まではふれていない。

土岐自身は『KOKUGO RÔMAZI TOKUHON』（A1340）の「はしがき」で「日本は今度の戦争にすつかり負けてしまつた。今こそ新しく“文化の国”として、“平和の民”として生まれ変らねばならないが、それがためには広く世界に通用するローマ字で日本語の読み書きをするやうにしなければならない。そしてそれには特に日本語の性質にかなつた日本式ローマ字を使ふことにしなければならない。」と述べ、文末に「Syw. 21n. 8gt. 15nt. Rômazi Undô Honbu nite, TOKI-ZENMARO」と記している。前述のようにローマ字表記に関する対立を超えて協議をまとめ戦後日本でローマ字教育の実現に土岐が尽力したことは、広く知られているとはいえない。世界に開かれた国として戦後日本の在り方を言葉の面から進めることを第一として、自身の功績云々は思考外ではなかったかと想像する。現在、駅名を始め世の中の案内表示のローマ字書きや、ローマ字によるキーボード入力の利便性など、ローマ字運動の果実は生かされていることと思う。

昭和23年（1948）国語審議会委員となり、会長を昭和24年から35年まで務めた。『新 日本語講座９　現代日本語の建設に苦労した人々』（武藤辰男・渡辺武編　1975年４月　汐文社、土岐文庫A1279）において武藤辰男は「第一章　戦後改組の国語審議会とそのかじ取りをした　土岐善麿」で、土岐の尽力を述べる。現代日本語の文字言語・音声言語の両面にわたって戦後日本の日本語の在り方に係わった土岐善麿を稿者は評価したい。

ローマ字を用いて日本語を書くことについて、田中克彦は「世界・日本・ローマ字」（「国文学　解釈と鑑賞」62巻１号　特集「日本語の「国際化」とローマ字」1997年１月）において、ヘボン式は外国人のためであり、「日本人自身のための綴りがいくつか提案された。」とし、続けて「そのいずれをとるにせよ、これは日本語を漢字による囚われの身から、日本の国境外に向けて解き放つ有力な用具である。」と記す。また広い視野から、英語一辺倒の現在を批判している。

土岐は大正６年（1917）３月、ローマ字書きで百人一首の口語訳を付した『HYAKUNIN ISSYU』を Toki-Aikwa の名で著している（著作兼発行人　土岐善麿日本のローマ字社刊　あけぼの文庫２　137ページ　75銭）。ローマ字書きの小型の図書であるが、歌ごとに口語訳と解説を付し、作者名・上の句・下の句のアルファベット順の索引を付けた作りである（第１章参照）。また、『ローマ字日本語の文献』で土岐は黒川真頼著『横文字百人一首』（明治６年刊）を取り上げ、注目する文献であると記す。土岐のローマ字運動に寄せた活動は多様であり、年少者向けの活動として、「RÔMAZI SYONEN」（月刊ローマ字少年　日本のローマ字社刊）にも子供向けにおおはらいや七夕等を題材とした寄稿があり、単行本でも『Mukasibanasi』（明治44年12月　日本のローマ字社）で桃太郎、舌切り雀、猿と蟹等のローマ字表記の読物や、『Dyosi Rômazi Tokuhon』（Toki-Zenmaro amu　1924年６月　日本のローマ字社）の書名で島崎藤村『幼き者に』や北原白秋の童謡等からのアンソロジーがある。

（注）この大村浜は大村はまのことであり、この文献は橋本暢夫編「『大村はま国語教室全15巻別巻１』巻別内容総覧」（2013年８月　渓水社）の業績目録に上っていない旨、大村の研究者である橋本氏（元鳴門教育大学教授・元徳島文理大学教授）からご教示を受けた。

第３章　『鶯の卵』出版の変遷

はじめに

土岐善麿はローマ字普及活動の一環として、ローマ字表記による漢詩の和訳をおこなった。これが『鶯の卵』である。まず概略を記すと、大正13年３月から「アサヒグラフ」に連載、翌大正14年にアルスから出版され、昭和７年に改造社の改造文庫の一冊となった。昭和25年に新装版が春秋社から出た後、さら

アルス版『UGUISU NO TAMAGO』書影・大扉

に昭和31年に新版として同じく春秋社から出版された。土岐没後の昭和60年には、筑摩叢書の一冊として『鶯の卵　新訳中国詩選』の書名で出版された。この間に、当初は集録していた日本の漢詩作品を外し、さらにローマ字表記も外して漢字かなまじり文のみを付すなどの変遷がある。本章の目的は、この変遷を追いながら、土岐とローマ字表記、さらに土岐と中国の詩との係わりを考えることである。

『鶯の卵』誕生

土岐の回想から引く。

> むかしね、ローマ字運動をやっていた時分には、われわれのことばが、どれだけローマ字でもって書いて、そして表現力をもち得るかということをやっていたんですけれどもね、もう一つは、つまり漢字というもののもっている、これは美しいし、また力のあるようなものですからね。しかしそれをわれわれが日本語として表現する場合に、中国の古典の文学とかいうものが、それにどれだけ対応できるかということを、ぼくは自分でもってためしてみようと思ったのが、つまりあの漢詩をわれわれのことばで、日本語で言い表してみるという仕事になっていたわけです。（略）もう五十年ぐらい前ですね。（略）まあそんなことをやっているうちに、だんだんこんどは杜甫を中心にその仕事をやるようになってね、そして百いくつかやりましたね。そ

れでできるたんびに本にしていって、これは、まあそういう専門家からみりゃ、ぼくのようなのは素人なんだから、だから素人にしちゃよくできているというようなことをいわれてね。

（「書斎訪問12　土岐善麿　誰でも書ける時代・読める時代に」聞き手　編集部　「言語生活」1970年２月）

土岐は『NAKIWARAI』の歌人としても文学史上に名を残すが、それに使用したヘボン式ローマ字表記に関して疑問を感じ、日本式ローマ字運動に取り組むことになる。後年『NAKIWARAI』の複刻版出版（特選名著複刻全集　1971年５月　日本近代文学館）に際しては、かなり消極的であったという（稲垣達郎「土岐さんにつながる雑談」土岐善麿追悼特集号　「周辺」第９巻第２号　1980年11月　周辺の会）。土岐とローマ字運動との係わりは本書第２章に述べたように、主体的な取り組みを見ることができる。日本のことばを美しく、音の響きに関心を寄せる手立てとしてローマ字表記があり、ローマ字を広めるために、子供に向けた読物や歌を作り、一般向けに古今の優れた文学作品のローマ字表記を推進した。その中で、『鶯の卵』は、ローマ字運動の中心から離れた後も土岐が大切にあたため育てた作品である。

大正15年版『文芸年鑑』（文芸年鑑編輯所編　1926年２月　二松堂書店）の「文士録」の「土岐善麿」には「東京朝日新聞記者」「日本式ローマ字宣伝文書十余種あり」とあり、「著刊目録」に「漢詩和訳　鶯の卵、散文集　朝の散歩、歌集　空を仰ぐ」とある。なお前年の大正14年版『文芸年鑑』の「文士録」には「文芸部長として今日に到る」との記述がみえる。

『鶯の卵』は前述のように、「アサヒグラフ」に掲載した漢詩和訳をまとめて誕生した本である。

「アサヒグラフ」は日刊で大正12年（1923）１月23日に創刊された。写真を中心とした縦37×横26センチ・16ページ、大判の薄い雑誌で「無休　１部３銭　１か月前金１円」と案内がある。編集兼発行人杉村慶太郎、東京朝日新聞発行所、表紙上部に「The Asahigraph」と英語名を付す。中断を経て、大正12年９月の関東大震災後10月28日に「アサヒグラフ特別号　大震災全記」を出し、翌月11月14日「アサヒグラフ　創刊号」が毎週水曜日発行の雑誌として登場する。『朝日新聞出版局史』（1969年８月　朝日新聞出版局）は「復刊第１号」と記すが、実物の表紙に「創刊号」と表示されている。この号は表紙とも24ページ、発行所　株式会社東京朝日新聞社支店東京朝日新聞発行所、発行兼編輯編発行人　成澤金兵衛、発売所　東京朝日新聞社　大阪朝日新聞社、体裁は先行の「アサヒグラフ」とほぼ同様でページ数は30ページほどになっていく。「１部15銭　１か月55銭」とあり、写真を中心として英文の記事も載る。表紙に「The ASAHIGRAPH WEEKLY」と併記されている。

「鶯の卵」の連載は大正13年（1924）３月５日第２巻第10号に始まる。第１回掲載に次の文がある。

鶯の卵（一）／漢詩和訳の試み／土岐善麿
漢語や漢詩が非現実的、非実用的であることは今更言ふ迄もない。日本語には日本語としての「ことたま」の生命があることも昔から国自慢のひとつだ。その漢字や漢語をそのまゝ日本語のかき現はしに採用してゐるところから、日本の漢字問題が起こる。こゝに連載しようとする漢詩和訳の試みは、趣味としてのほかに、ローマ字による日本語がどんなにその本統の生命を発揮するかを知つて貰はういふのが訳者の野心です。原作の意を十分に伝へてゐるかどうかは読者の鑑賞に任せる。たゞその韻など迄、日本語としておもかげを伝へてみようとしたあたり、必ずしも閑人のすさびと思つて貰ひたくない。鶯の巣にあるものは、鶯の卵かホトトギスの子か。手のひらにのせて、静かにみてくれたまへ。

この文の後ろに×マークで間隔をとって漢詩和訳ローマ字書き漢詩２首を載せる。第１回は「春夜別友人」と「春暁」である。題名の「春夜別友人」に続き漢詩本文と作者名「陳子昂」を記し、行を改めて和訳題名「Haru no Yo, Tomo ni Wakaru.」と詩の和訳ローマ字書きがある。同様に題名「春暁」と本文と作者名「孟浩然」を漢字表記し、和訳題名「Haru no Akebono.」と漢詩和訳ローマ字書きがある。掲載場所は誌面ページの最下部が多いが、全体は囲み線で区切られている。土岐は誌面の余ったところに掲載したと話している。この漢詩部分の体裁は連載

第２回から各回に踏襲されてゆく。

　第２回は３月12日第２巻第11号８ページに「鶯の卵【二】日本式ローマ字による漢詩和訳の試み」とあり、「日本式ローマ字による」との言葉が加えられ、以後この標題である。漢詩は杜甫の「春望」と蘇東坡の「春夜」で、掲載月の季節を意識したか、春の漢詩が続く。「鶯の卵【十九】」（７月９日第３巻第２号９ページ）には詩１首とともに、「読者諸君へ」と題し「和訳にしてみようとお思ひの名篇がありましたら原詩をお知らせ下さい。また訳しぶりに就ての種々なご注意もいたゞければ有り難く存じます。お便りは東京朝日新聞学芸部内の訳者あてに。」と読者への呼びかけがある。和訳に対する土岐の自負をこの文に読み取れる感じを受ける。

アルス版

　大正14年（1925）１月18日にアルスから『UGUISU NO TAMAGO』が発行された。全100ページ、奥付の書名は「鶯の卵」である。大きさは縦15.5×横11.5センチ。定価は１円20銭。ページ付けは、巻頭のローマ字書きの「HASIGAKI」がローマ数字でｉ～xv、目次である「MIDASI.」が１～９、本文の１～100は１ページごとに漢詩和訳１首と原詩、続いて「ローマ字の利益並に日本式綴り方に就て」が漢字かなまじり文で載る。「MIDASI.」は、題名和訳のローマ字書きの次に漢字で原題と作者名を記し、掲載ページを載せる。装丁について、「HASIGAKI」に「表紙に使った模様は、今から300年余り前、文禄２年に、天草で「イソップ物語」をローマ字にやわらげた、あのいわゆる「天草版」の本からとったものです。これは『平家物語』そのほかの天草版とともに、ローマ字運動の歴史から考えても、すぐれた記念品です。」（原文ローマ字を私に漢字かなまじりとした。以下「HASIGAKI」からの引用部分は同様）とあり、海に浮かぶ帆船を図案化した絵が大扉の中央にある。表紙の色は卵の黄身を連想させる黄色だが言及はない。

収録漢詩は四季と雑に部立てされ、春24、夏13、秋15、冬４、「KUSAGUSA」25首、全81首である。配列は各部ごとに中国の漢詩を先に置き、日本の漢詩は後ろに置く。巻頭詩は「春暁」で「春夜」が続き、「アサヒグラフ」第１回掲載の「春夜別友人」は７番目である。

「HASIGAKI」では『鶯の卵』への土岐の思いが、「アサヒグラフ」第１回の文章にさらに加筆して示されている。以下に抜粋して概要を記す。

まず、「アサヒグラフ」連載１年ほどで「80余りになったので、それだけをまとめたのがこの小さな本です。」とあり、続けて「漢字でつづられた詩をローマ字日本語（稿者注　ローマ字表記は Rômazi-Nippongo）になおしてみたものです。もの好きすぎるとも思われましょうが、それには理由も目的もあります。」と述べ、日本では古くから漢字を使用して日本語を表記してきたが、「漢字は漢字、日本語は日本語」であるから「日本語には日本語の命があり」そのことを知らせたい。「漢字と日本語と、この二つを並べて、それのなかみの違いを知ってもらいたい」と記す。

「漢字で書いた詩を日本語になおすことは、しかし、わたくしのはじめての試みではありません。」に続け、大江玄圃や柳沢淇園、室鳩巣の訳業を引いて説明し、さらに唐詩の英語訳を引用する。そして日本語の訳文の表記には日本式ローマ字がふさわしいと述べ、頼山陽の「泊天草洋」のローマ字表記による和訳を紹介する。ただし、もとの詩より訳文がだいぶ長くなっていることを「漢詩をやわらげるにしても、その日本語がもとの作よりも長くなったり、たどたどしくなったりしては、日本語の名誉のためにもかえってよくありますまい。」として、「わたくしは、この点について、わたくしの日本語をいくらか自由に使ったつもりです。」と述べ、「春暁」を例に「かえりよみ」による「春眠暁をおぼえず」では、「漢語で読んでいるのでもなく、さりとてことたまのさきおう日本語として読んでいるのでも」ないと記す。「春眠」を「春の眠り」、「啼鳥」を「なく鳥」などと直訳しても満足できない。日本語は「もっとにおいが高く、響きが強いものです。それをさがし、もとめ、あらわすことが日本語の新しい発見であり、よよのすぐれたもののよみがえりの必要も力も、命も、またここに生まれてくると思われます。」と述べる。そのために、「もとの詩の韻をそのままうつしてみたのもあり」、韻をふまなくても「もとの詩のおもむきを伝えようとつとめて」みたと記す。

このような主旨を述べた後、自身の和訳について「わたくしの日本語がはなしことばになっていないことは、ローマ字運動の主張から考えて、あきたらないことを否めません。ローマ字文はすべて原則として今のはなしことばでつづるべきです。「漢詩和訳」が実用のものでなく、趣味の上から、一般の興味をローマ字にさそうという目的もあったため、この点においてはローマ字論者として心残りがあることをことわっておきたいと思います。」と、『鶯の卵』がローマ字の普及をめざしたものであることを記す。これに続けて頼山陽の「兵児歌」の和訳「Heko no Uta」は俗謡を参考にしたとある。

最後に『鶯の卵』という名称について、「ホトトギスが自ら卵をかえさないで、鶯の巣の中にうみおとすという事実にちなんで、わたくしの「漢詩和訳」がはたして鶯の卵なのか、ホトトギスの卵なのか、自分では知らないという心です。」とあり、この説明は後続の版にまで継承されて記される。「HASIGAKI」の最後は「大正13年12月、目黒の村住まいで、しずかに春を待ちながら　土岐善麿」とある。

本文の漢詩和訳は１首１ページをあて、ローマ字書きでページ上半分に載せ、題名はすべて大文字表記である。その下部に漢字縦書きで原詩の題名と本文を記し作者名を付す。漢詩の原文に返り点等はない。

巻頭の「春暁」を例として示す。題名の和訳は「HARU NO AKEBONO.」。本文は以下の通りである。

Haru Akebono no Usunemuri,
Makura ni kayou Tori no Koe,

Kaze maziri naru Yobe no Ame,

Hana tiriken ka Niwa mo seni.

同ページ下部に縦書きで題名の「春暁」と書き、詩を縦書き４行で記す。

春眠不覚暁　処処聞啼鳥　夜来風雨声　落花知多少

（旧漢字を新字体に直した）

漢詩の次行に作者名「孟浩然」と記す。この和訳は文語文で七・五音にそろえ、漢詩１行に対して和訳１行である。

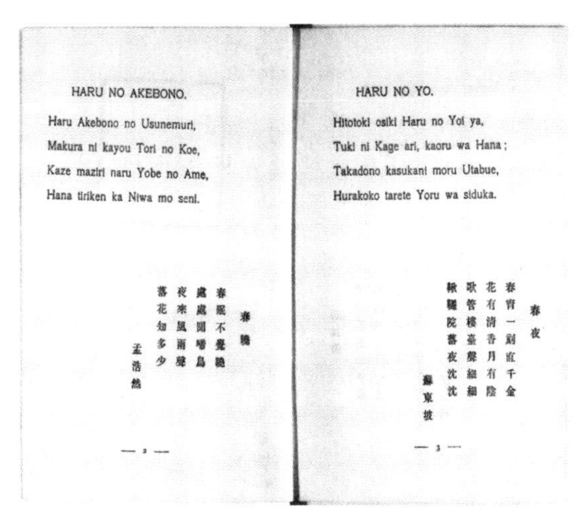

HARU NO AKEBONO.

Haru Akebono no Usunemuri,
Makura ni kayou Tori no Koe,
Kaze maziri naru Yobe no Ame,
Hana tiriken ka Niwa mo seni.

春曉

春眠不覺曉
處處聞啼鳥
夜來風雨聲
落花知多少

孟浩然

— 2 —

HARU NO YO.

Hitotoki osiki Haru no Yoi ya,
Tuki ni Kage ari, kaoru wa Hana;
Takadono kasukani moru Utabue,
Hurakoko tarete Yoru wa siduka.

春夜

春宵一刻直千金
花有清香月有陰
歌管樓臺聲細細
鞦韆院落夜沈沈

蘇東坡

— 3 —

アルス版『UGUISU NO TAMAGO』本文

収録された81首の訳は、七五調等の定型を採用するか韻をふむかさまざまだが、共通する形式として、文語文を使用し、漢詩の行にあわせて訳し、漢詩の行数と同じ行数の訳文とする。

巻末の「ローマ字の利益並に日本式綴り方に就て」は15ページにわたって日本語の表記法にローマ字が最適であると説き、日本式ローマ字が優れている理由を説明する。また、ローマ字についてさらに学びたい読者のためにローマ字に関する図書を紹介する。最後に「読み物としてのローマ字書きの書物も相当に多く出版されているが特にこの『鶯の卵』の著者によつてつくられた通俗的なものは既に次ぎの数種がある。」と以下の図書を価格とともに並べている。日本のローマ字社発行の『昔ばなし』『おとぎうた』『薔薇姫』『百人一首』『運命』『女子ローマ字読本巻一』、新潮社発行の『現代短編小説集』である。

改造文庫版

昭和７年（1932）４月５日、改造社から『鶯の卵』が改造文庫第二部第七十二篇として出版された。装丁は文庫の体裁に統一され、縦16センチの菊半截判という小型の本で、右綴じ全252ページである。標題紙は横書きだが、「漢詩邦訳に就て」３〜18ページ、続く19ページに「凡例」、「目次」は21〜31ページにあり、すべて縦書きである。収録漢詩はアルス版と同様、四季と雑に部立てされており、中国の作品を先に置き、春49、夏12、秋34、冬６、雑33首を載せ、それらの後ろに日本の作品を春11、夏7、秋4、冬2、雑22首を載せる。アルス版に収録した詩に、アルスから出版後も「アサヒグラフ」に連載を続けた新たな和訳を加えてまとめたものである。目次は漢詩題名のみを載せ和訳した題名はない。巻頭はアルス版と同じ「春暁」で、配列全体には変更がある。

「漢詩邦訳に就て」は、冒頭「漢詩の日本的なよみ方には一種特別の伝統があつて、いはゆる返り点に従ひ、詩吟句調で鑑賞することが普通になつてゐる。」と述べ、続いて大江玄圃らの訳業や英語訳等にふれ、例示等もアルス版とほぼ同様の内容だが、和訳を行うにあたって試みたことをさらに詳しく記す。

和訳により「日本語の方が漢語より長く」なり、「漢語を無上にあり難がる人々は、それを漢語の長所日本語の短所と考へ」るが、「わたしは、この点で、もつと古い時代に範をとり、できるだけ緊縮した日本語で、同様の情趣を伝へようう（ママ）とつとめた」。「即ち、原作の一句を七五一句になほして、長さにおける比較からは非難されないことを努めてみた。」と述べ、「直訳でなく、もつと香気の高い、響きの高い日本語の表現があるはずである。」と「春暁」の訳を示し、さらに「妬花歌」を例に「原作の韻を日本語として合はせることも困難ではないやうである。」と説明し、終りに「兵児歌」を例としてあげる。アルス版で述べた内容を繰り返しながら、全体として訳業への自信を深めた様子がうかがえる記述となっている。

「凡例」に日本式ローマ字使用と、「ローマ字日本語になれない読者が、それに親しみのつくまで、また親しみをつけるためにも、漢字仮名まじりを添へることが、便利であるとの意見に従つて、それを併せかゝげることにした。」と述べる。終りに『鶯の卵』という書名についてアルス版と同様に「わたしの漢詩邦訳も、鶯の巣にかへるホトトギスの子とみられるか、あるひは本ものゝ鶯の卵か雛になつてみなくては判らない、そんな意味をふくめたのである。」と記す。

本文はアルス版と同じく、ページ上部にローマ字書きを載せ、下部に漢詩、そのとなりに和訳を漢字仮名まじり文で記す。

巻末に「日本式ローマ字綴り方に就て」を載せる。

土岐の著作は他に改造文庫第２部に、『自選歌集　空を仰ぐ』（第66篇・1929年４月）、編著『作者別万葉全集』（第101篇・1931年６月）、『作者別万葉以後』（第102篇・1931年７月）があり、土岐編荷田在満著『国歌八論』（第186篇・1932年９月）は1943年11月に『増訂国歌八論』として出版されている。『空を仰ぐ』は大正14年（1925）10月に改造社から「現代代表自選歌集」の企画として、当時の代表的歌人の自選歌集のひとつとして発行され、その後文庫に収められたものである。

なお、『増訂国歌八論』には「増訂版のはじめに」の題で土岐の文が載るが、文末に「昭和十八年二月　紀元節の朝」と記し、土岐としてはめずらしいことかと稿者には思われ、奥付に「定価60銭　特別行為税相当額２銭　合計62銭」との記載から、戦時下の出版物の様子がうかがわれる。特別行為税は昭和18年から戦時下の理容や印刷等にかけられた税である。

春秋社　新装版

昭和25年（1950）８月５日、春秋社から『鶯の卵』が新装版として出版された。横書き左綴じで大きさは縦19センチのいわゆるB6判の文芸書の体裁をとり、定価250円である。書名は表紙カバーに筆文字の漢字とかな、扉にはローマ字を筆記体で記し、さらに次ページに「鶯の卵」と「UGUISU NO TAMAGO」を併記する。収録漢詩は四季と雑に部立され春61、夏13、秋46、冬８、雑49の計177首である。雑誌「余情」（千日書房）の昭和23年６月１日発行の「土岐善麿研究」に収録されている土岐の「『鶯の卵』拾遺」には漢詩和訳７首が載るが、これも追録されている。

「目次」１〜９ページ、本文ページ付け５〜195ページ、「漢字かなまじり書き」197〜222ページ、「あとがき」１〜３ページである。本文は漢詩１作品ごとに１ページをあて、和訳のローマ字書きを上段に横書きで記し、下段は縦書きで漢詩の題名と作品、その横に作者名を記し、生年と没年齢とを小さく添える。「漢字かなまじり書き」は、改造文庫版ではそれぞれの詩のページにあったが、掲載ページを付して巻末にまとめられ、新かな遣いに改められている。

「あとがき」からひく。

漢字でかかれた詩を日本語になおし、それをローマ字でつづる仕事をわたくしがはじめてから、早いもので、もう二十五年あまりの月日がたちました。“鶯の卵”という題で、大正十三年の春から一年ぢかく、‘アサヒグラフ’に連載し、それをまとめた小さな一冊をアルスから出しましたが、昭和七年ごろ、改造文庫におさめるときには、新しく幾章かをさし加えました。

そののちも、わたくしは気のむくままに、ときどきこの仕事をつづけていましたが、こんどまたあらためてそれらに手を入れ、さらに新しく四十余章を足してみたのが、この一冊です。同時にはじめのころ採つておいた日本人の詩は、すべてはぶいてしまいました。それでこれは、大陸のすぐれた詩人たちの名作選ということにもなります。

日本人の詩をはぶいた経緯や理由は明記されていないが、漢詩名作選としての方向が示される。ローマ字表記に関しては「ローマ字でかいた日本語に慣れていただきたいためにこそこの仕事をしてみたわけで、漢字をはなれた日本語そのものの美しさ、ことばのひびき、それを知つていただきたい」と日本語としての美しさやひびきをもとめることを繰り返す。

日本語を「もつと美しく、正しく、ひびきの高いものにすることは、われわれ自身の責任であり、たのしいつとめといわなければなりません。現代日本語、平生のはなしことば、これをいいものにしてゆくことは、もちろん大切な仕事で、国民全体の文化的な義務であります。この“鶯の卵”に使つてあることばは現代のものというよりも、すこしふるいものになつていますが、日本語の改革にたいする方法として、いくらか参考にはしていただけましよう。」、そして「すでに小学校からローマ字教育をすることになつた時勢でもありますし（稿者注　昭和22年度から小学校・中学校にローマ字教育が導入された）、この“鶯の卵”が上級の副読本あるいは参考書にでも使われることになれば、わたくしはさらにうれしくおもいます。」と結ぶ。

そして、「いま日本は、新しく民主国家をつくりあげようとしているときにあたり、国語の問題、その表記の問題は、じつに重大な意義をもつています。」と述べ、新しい時代の日本語をみすえた土岐の思いがつたわる。最後にこの本の構成を記し、漢詩和訳の試みについて僅かにふれ、『鶯の卵』という書名についての言及はない。

春秋社　新版

昭和31年（1956）６月８日、春秋社から『新版　鶯の卵』が出版された。縦書き右綴じ大きさは縦19センチ、定価350円、収録漢詩は四季と雑に部立され春54、夏14、秋46、冬８、雑45の計167首である。巻頭に「はしがき」１〜10ページがあり、「目次」１〜14ページ、本文ページ付け３〜256ページ、「あとがき」は257〜261ページで嵯峨寛が記す。本文は１作品ごとに１ページをあて、ページ右側の上段に漢字かなまじりで和訳を置き、下段に漢詩を置く。和訳には読み仮名を付し、漢詩は題名の下に作者名を記す。ページ左側に小さな活字で注があり、さらに各部ごとに補注を置く。この形式は前年刊行した『新訳杜甫詩選』（1955年11月　春秋社）とほぼ同様である。

「はしがき」にはまず『鶯の卵』の経歴を、「大正十四年一月に初版を出し、次いで、「改造文庫」の中に収められたが、いずれも絶版となった。それで昭和二十五年八月に春秋社から新装版をだしたが、これもいまは、倉庫のうちに、一冊も無くなったというわけである。」と記す。この新版で、新装版の作品群にある杜甫の詩は３首を残して10首が省かれている。それにもふれつつ、「『新訳杜甫詩選』をまとめた現在において顧みると、訳者自身、措辞その他について、未熟不満の点は当然すくなくないし、修補を加える用意もややできたかと思うので、このさい、できるだけの整理をおこない、訳詞の適正をも期しておこうという気になった。」と述べ、「晋の陶潜以後、唐宋元明清に及ぶ諸家の長短百六十七首を――旧版のうち杜甫の律詩十首は『新訳杜甫詩選』のほうに入れた――収めてあるが、それも詩史的に体系をつけようとしたわけでなく、作者の閲歴や作品の解題などについても、くわしいことはすべて省略に従い、むしろ訳者のそぞろごとを書きそえておいたに過ぎない。解釈等に関する教科書的、副読本的なものは、他に信頼すべきものがいくつか刊行されているからである。」と記す。杜甫は土岐が特別に傾倒した詩人である。『新訳杜甫詩選』を昭和30年（1955）11月に春秋社から出版し、翌31年に再版されたものを「第１」として、続く「第２」から「第４」を昭和36年（1961）にかけて出版した。これらを中心として再編したものが昭和45年（1970）刊行の『新訳杜甫』である。

「はしがき」には続けて、詩を訳すことに関して広瀬淡窓やヘルマン・ヘッセ等をひき、「さて、『鶯の卵』の初案と改稿のあいだに、（中略）三十年の昔と今と、わたくしにとっても努力と省察の空しいことであり、遂に多く原作をけがすのそしりを免れ難いものといわなければなるまい。然し、中国の詩の選訳を試みながら、そのこともまた常に、淡窓のいわゆる「眼を高きに著くる」工夫の一つとなることは、老境の幸福のうちにかぞえるべきであろうと思っている。」と述べる。

新版にはローマ字書きが無い。これについて「はしがき」は「敢えてローマ字部分を省くことにしたのである。」と記す。「わたくしは、日本の国語問題の解決、国語教育の推進、その社会的進展のためには、ローマ字表記を考えることなしに成し遂げ難いという信念を持っているものであるが、『鶯の卵』の企画と内容は、今日において、もはや必ずしも、それに適応した資料でないと思うようになったからである。言い換えれば、中国の詩を文語体の格律をもって訳し試みることは、むしろ過去的なものであることをさとったことにもなるのである。ローマ字日本語の効用は、現代語的表現において、もっとも適当に発揮せられるはずである。」と記す。これは、和訳に使用した言葉が古典語であることにふれたアルス版の「HASIGAKI」に「今のはなしことばでつづるべきです」と記して以来の気持ちを反映していると感じる。

そして、昭和29年（1954）２月から30年代にかけて土岐の自宅で月１回開いた「杜甫を読む会」を真田但馬、松井如流達とともに続けてきた嵯峨寛に謝意を述べ、最後に書名について記す。「ウグイスの巣の中には、ホトトギスが、そのたまごを産むという。ウグイスはそれとも知らず一様にたまごを育てる。たまごがかえると、ウグイスの巣の中からホトトギスもとびはなれてゆく。このことは、ふるく万葉人も知っていた。巻九に、そのことをよんだ長歌がある。この一冊にはホトトギスのでないウグイスのたまごが、いくつあるか、訳者は知らない、というわけである。」。この一種謎めいた文がこの新版で復活している。「アサヒグラフ」連載から三十余年、土岐のウグイスのたまごは、いったい何を指すか。

『鶯の卵』の変遷に伴う作者名・題名の異同

アルスから改造文庫、春秋社の新装版を経て『新版　鶯の卵』に至る間の土岐の「努力と省察」（新版「はしがき」）を、漢詩作者名や和訳題名の修正からも読み取ることが出来る。以下、その異同を見る。アルス版をア、改造社版をカ、春秋社新装版をシ、春秋社新版をシンと表記し、必要と思われる場合は「アサヒグラフ」掲載の「鶯の卵」、後述する『新訳詩抄』（1970年9月　光風社書店）の記載も付記する。なお旧字体は新字体に変えた。

和孔密州東欄梨花　蘇東坡　ア・カ・シ　→　東欄梨花　蘇軾　シン

『新訳詩抄』には「和孔密州」を付し作者名は蘇軾。「東坡に代って今の山東省青島の西北方にある高密の守となった孔安翰の作に和したもの」と解説している。「和孔密州」が必要と判断したか。同書「蘇軾、字は子瞻、眉州眉山の人、東坡居士としてよく知られている」とある。

早秋独夜　白居易　ア・シン　→　古秋独夜　白居易　カ・シ
　アサヒグラフは「古秋」、『詩抄』は「早秋」。

憫農　李公垂　ア・カ・シ　→　憫農　李紳　シン
　部立は、アとカは夏の部、シとシンは秋の部。

洛中訪袁拾遺　孟浩然　シ　→　洛中訪袁拾遺不遇　孟浩然　シン

送別　王維　シ　→　山中送別　王維　シン

客中作　李白　カ・シ　→　客中行　李白　シン
　『新訳詩抄』は「客中作」。

三月晦日　賈島　カ・シ　→　三月晦日贈劉評事　賈島　シン

作者名　高青邱　ア・カ・シ　→　高啓　シン
　『新訳詩抄』に「高啓、字は季迪、号は青丘、また青邱ともかき、蘇州郊外の地名に因む」。

作者名　王陽明　カ・シ　→　王守仁　シン
『新訳詩抄』に「王守仁、字は伯安、字の陽明でもっともよく知られている」。

作者名　徐氏　ア・カ　→　徐氏（耿庭柏母）　シ
『新訳詩抄』の目次は徐氏。本文に（耿庭柏母）を記す。「アサヒグラフ」も同じ。

筑摩叢書版

昭和60年（1985）３月、筑摩書房から筑摩叢書として、『鶯の卵』が出版された。土岐没後５年、生誕100年の年である。「新訳中国詩選」と副題が付く。図書の体裁は叢書としてそろえられ、内容は『新版　鶯の卵』を踏襲し、「はしがき」と本文漢詩はそのままであるが、目次には漢詩題名の下に和訳を付す。巻末に嵯峨寛の「あとがき」と澤田瑞穂の「『鶯の卵』解説」がある。「本書は、春秋社版では『新版　鶯の卵（新訳中国詩選)』であったが、今回嵯峨寛氏の校閲を経て、『鶯の卵　新訳中国詩選』と改めた。」と奥付前のページに注記される。この「新訳中国詩選」という記載は春秋社の広告に書名の下に丸括弧で記されるが、新版の図書自体への記載を稿者は確認していない。昭和25年（1950）刊の新装版「あとがき」に「大陸のすぐれた詩人たちの名作選」ということばがあり、この意図を表すものであろう。

『新訳詩抄』へ

昭和45年（1970）９月30日、光風社書店から『新訳詩抄』が刊行された。箱入り布装の539ページ、縦21センチ、『新訳杜甫』（1970年３月20日）と対をなす体裁である。「あとがき」に「五十年前の『鶯の卵』の当時を回顧し、孟浩然の「春暁」を最初において、最後のところに、唐代初期の長短数編を収めることにし、各詩人の年代や系列を考慮しながら、陳子昂以来、およそ一千数百年のあいだをいくつかの部に分けて、五言から七言へ、絶句から律詩へというふうに、いちおう整理したのである。」とある。本文は１ページに１作品をあてた『鶯の卵』より自由な形をとり、配列も唐を10区分し、宋金元明清を７区分、最後に唐代初期と時代区分した中に作者ごとに詩を並べる。和訳をページ上段、下段に原詩をおき、〔訓読〕を書き下ろし、左側に注がある。『鶯の卵』の詩はほぼすべて収録されており、巻頭詩が孟浩然の「春暁」であることは一貫している。

和訳例

試みにアルス版、改造文庫版、春秋社新装版と新版春秋社版の「春暁」を並べてみる。異なる箇所等には稿者注を☆を付して記した。この和訳は春秋社の新版に至るまでことばの変更がなく『新訳詩抄』に至る。『斜面方丈記』（1957年２月　春秋社）は「春眠」と題して、吉川幸次郎の『新唐詩選』の指摘に正しく応じ得る和訳であると「中国文学の専門家からほめていただいたことがある。」と記すように自信の訳だったようである。

アルス版

HARU NO AKEBONO.

Haru Akebono no Usunemuri,
Makura ni kayou Tori no Koe,
Kaze maziri naru Yobe no Ame,
Hana tiriken ka Niwa mo seni.

春暁　春眠不覚暁／処処聞啼鳥／夜来風雨声／落花知多少　孟浩然

改造文庫版

HARU AKEBONO.

☆和訳ローマ字書きは同前。題名の助詞「NO」をはずした。「アサヒグラフ」掲載第一回とアルス版は「HARU NO AKEBONO.」。ページ下部の漢詩の脇に並べて縦書きで漢字かなまじりを以下のように表記する。

春あけぼの

春あけぼののうす眠り
枕にかよふ鳥のこゑ
風まじりなる夜べの雨
花散りけんか庭もせに

春秋社　新装版

HARU AKEBONO

☆ローマ字書きは同前。題名のピリオドを取る。巻末にまとめて「漢字かなまじり書き」を横書きで記し、新かな遣いとなる。

春あけぼののうす眠り
枕にかよう鳥のこえ
風まじりなる夜べの雨
花ちりけんか庭もせに

春秋社　新版

☆ローマ字書きは無く漢字かなまじりのみをページ上部に縦書きして漢字にルビを付す。

春あけぼの

春(はる)あけぼのの　うすねむり
まくらにかよう　鳥(とり)の声(こえ)
風(かぜ)まじりなる　夜(よ)べの雨(あめ)
花(はな)ちりけんか　庭(にわ)もせに

なお、筑摩叢書版は新版と同じである。

光風社『新訳詩抄』

☆和訳は同じだがルビを付さない。和訳と注の間に「〔訓読〕春眠暁をおぼえず、処処啼鳥をきく。夜来風雨の声、花落つること知んぬ多少ぞ。」を載せる。

もう１首、４つの版を並べてみたい。『鶯の卵』に収録した杜甫の詩は、律詩を『新訳杜甫詩選』に収め、絶句は『鶯の卵』に残した。代表作の五言である「絶句」を引く。

アルス版

ZEKKU.

E wa hukamidori Tori siroku,
Yama aokere ya Hana zo koki,
Kotosi no Haru mo tada sugite,
Itu ka kaeran Hurusato ni.

絶句　江碧鳥逾白／山青花欲燃／今春看又過／何日是帰年
杜甫

改造文庫版

☆ページ下部の漢詩の脇に並べて縦書きで漢字かなまじりを以下のように表記する。

江は深みどり鳥しろく
山青けれや花ぞ濃き
今年の春もただ過ぎて
いつか帰らむ故郷に

春秋社　新装版

☆巻末に「漢字かなまじり書き」がある。

ZEKKU

E wa hukamidori Tori siroku,
　Yama aokare ya Hana zo koki.
Kotosi no Haru mo mata sugite,
　Itu ka kaeran Hurusato ni.

江はふかみどり鳥白く
　山青かれや花ぞ濃き　　　☆「青けれや」を変更
ことしの春のまた過ぎて　　☆「ただ過ぎて」を変更
　いつか帰らんふるさとに

春秋社　新版

☆ローマ字書きは無く漢字仮名まじりのみをページ上部に縦書きして漢字にルビを付す。「『新訳杜甫詩選』には杜甫の絶句をはぶいておいたが、これは、その代表作の五言一首。起承は杜甫慣用の対句仕立て、浣花渓か錦江あたりの風趣であろう。鳥はサギ、花はツバキか。」と注記する。

絶句

河(かわ)はみどり　鳥(とり)いや白(しろ)く
山(やま)は青(あお)く　花(はな)ぞもゆれ
この春(はる)も　また　過(す)ぎゆくに
帰(かえ)るべき　日(ひ)は　いつならん

☆全体がかなり変わっている印象を稿者は受ける。

光風社『新訳杜甫』

☆「絶句二首」として載る。

江はみどり　鳥いや白く

山は青く　花ぞもゆれ

この春も　また過ぎゆくに

いつならん　帰るべき日は

☆前掲訳と訳語の語順等を変えている。

〔訓読〕江は碧にして鳥いよいよ白く、山は青くして花然えんとす。今春まのあたりにまた過ぐ、いずれの日かこれ帰年。

昭和27年（1952）８月、吉川幸次郎と三好達治共著の『新唐詩選』が岩波書店から岩波新書の一冊として出版され、入門書として当時のベストセラーとなった。当然、土岐も目にしているはずである。これの和訳を引く。

江は碧にして鳥は逾よ白く

山は青くして花は然えんと欲す

今の春も看のあたりに又過ぐ

何の日か是れ帰る年ぞ

評語

アルスから『鶯の卵』が刊行された翌々月大正14年（1925）３月発行の「層雲」（発行編集人・小沢武二、評議員主幹・荻原井泉水　層雲社）に「漢詩和訳『鶯の卵』（土岐善麿氏著）を読みて」

と題した書評が井泉水と思われる（SSS 記）として載った。「HASIGAKI」で述べた土岐のローマ字和訳の意図を紹介し、「此点に於て、ローマ字運動の闘士たる著者が此の試みをされた事は甚だ意義のある事と云はねばならない。」と評価している。

『読書についての断想』（阿部芳治　1933年３月　限定私家版非売）は「『車塵集』と『鶯の卵』」に昭和６年（1931）12月の日付で、佐藤春夫の漢詩和訳の書に続けて土岐のアルス版に言及し、「なかなか手際のよい押韻のローマ字詩に還元されて、しかもなほ原詩の味をも相当に残してゐる。」と評価する。さらに、昭和８年（1933）２月の日付の「追記」で改造文庫版が出たことを紹介し、内容が充実したと好意的な文を記している。阿部芳治は『小樽高等商業学校　創立二十周年記念論文集』（昭和６年10月　小樽高等商業学校研究室）に、「前博文館出版部長　帝国生命保険会社広告課長（現）」と紹介がある。

春秋社から昭和25年（1950）に刊行された版については、吉川幸次郎の文を引く。吉川幸次郎は土岐と親しい研究者であり、「周辺」に寄稿する知友であった。『吉川幸次郎全集　第18巻』（1970年１月　筑摩書房）に載る書評は、「土岐善麿氏『鶯の卵』」（昭和25年「日本教育新聞」）と題して、次のように始まる。「中国の詩のフアンは、なかなかたえない。なかでも土岐さんは大のフアンである。だいいち年期がはいっている。この訳詩集も、大正の末ごろからのしごとといえば、私などはそのころまだ大学生だった。訳がこなれきっているのは、歌よみだから当然のこととして、原詩の理解が、大へん正確である。私は全巻を、原詩と対照しながら読んだけれども、首をかしげたところはほんの一二か所しかなかった。近ごろかけだしの専門家などおよぶところではない。」。「人人のための中国詩集、少なくともその一つだと、安心していえる。」と紹介し、「私は、中国の詩人に代って、土岐さんにお礼をいうと共に、二つのことをのぞみたい。ここに訳されたのは、大部分、抒情的な小詩である。長い詩、ごつごつした詩、たとえば韓退之などの詩、それも訳して頂けたら、中国の詩の全貌は一層よく紹介されるだろうということが一つ。もう一つはごく小さなことで、作者の死んだ年が、いちいち西暦で書き入れてあるのは、大へん便利だが、西暦と中国の時代との対照表、六一八から九〇七までが唐といった風の、ごく簡単なもので結構なのだが、それも添えてあれば、一そう便利だろうということ。」と記す。

土岐は『新訳詩抄』でこののぞみに応える。『鶯の卵』で載録しなかった韓退之を収録し、「韓愈（退之）の詩は総じてゴツゴツしたものが多く、そこに特徴もあるが」（220ページ）と吉川と同じことばで解説している。他にも李賀、李商隠等新たに加わる詩人たちも多く、和訳対象が広がる。「およそ大正の十年代から今日まで、清忙生活の中で不即不離のあいだにつづけてきた自修的作業ともいうべきものであり、わたくし自身の「ことばの生活」を反省しながら、そのうちの古典性と韻律性とを実証した遺懐の一つなのである」（『新訳詩抄』あとがき）と述べる。「自修的作業」は最晩年まで続いた。

おわりに

昭和47年（1972）２月、土岐は知人たちと雑誌「周辺」を創刊し、短歌をはじめさまざまな作品を載せている。中国の詩や詩人に関する文も多く、最晩年には、昭和54年（1979）５月「周辺」第８巻第２号から昭和55年（1980）３月刊第８巻第５号まで、５回にわたって『百人一詩画譜』について執筆した。『百人一詩画譜』の画を「周辺」の挿絵に使用したところ好評を得たので、土岐が漢詩和訳を付して５回にわたり連載し、本にまとめて出版する意図もあったようであるが、昭和55年４月15日の土岐の逝去により、掲載和訳は51首にとどまった。

土岐自身は専門家ではないと繰り返し述べたが、「大好きな杜甫」と言い、漢詩に親しみ学び、和訳を続けた。読解をふくめ土岐の和訳がより良い表現となってゆく軌跡を追って評価を加えることは稿者には不可能だが、専門家の高い評価は吉川幸次郎が土岐の訳業に寄せた短歌「からうたをうつせる人はさわにあれど読みただしきはこの翁こそ」（「土岐善麿大人をことほぐやまとうた」「短歌研究」第12巻第５号　1955年６月　日本短歌社）からも十分伝わると考える。

「周辺」第８巻第４号には「中日平和友好の歌」が再録として載る。趙樸初の詩を土岐が訳して渡辺浦人が曲を付けた歌である。この訳にも『鶯の卵』以来育んだ和訳の思いが生かされている。昭和48年（1973）７月に武蔵野女子大学において、日本文体論協会の大会の公開講演会に土岐は「中国詩の翻訳について」と題して講演した。

昭和53年（1978）10月に中日和平友好条約（日本では日中平和友好条約）が発効し、土岐もこれを受け、「周辺」（第7巻6号1978年12月）に短歌「日中抄」を載せている。土岐は昭和35年（1960）に文字改革視察日本学術代表団、昭和39年（1964）に日中文化交流協会代表団、そして昭和48年（1973）国交正常化後に訪中日本文化界代表団のそれぞれ団長として中国を訪問し、また、日本中国文化交流協会の創立に係わり理事となり後に顧問を務めるなど、日本と中国との文化交流に深く係わり続けた。鶯の卵は孵化して飛び立ち、それは鶯かホトトギスか、思いをめぐらせる。

第4章　早稲田大学中央図書館蔵
土岐文庫の洋書資料について

はじめに

土岐善麿（1885－1980年）は歌人、新聞社に勤務したジャーナリスト、教育者・研究者などとして幅広い活躍をした人物だが、母校の早稲田大学図書館にはご遺族から蔵書が寄付され、土岐文庫（文庫17）として公開されている。1985年２月に寄贈され、その目録は『土岐文庫受入リスト』（1987年10月、以下『リスト』と記す）として作られ、Ａ和書302点（そのうち85点は土岐の著作）、Ｂ中国書161点、Ｃ洋書70点、Ｄ雑誌（和文）38点、Ｅ雑誌（中文）３点、Ｗ和漢古書244点と記す。上記の点数は『リスト』によるもので和書の中に雑誌が入るなどしている。和漢古書のうち特別資料室に蔵されている本もあり、また大型本の棚に別置されている本もある。晩年の土岐は杜甫の研究をしており、日中の親善にも尽力するなど、全体に幅広い蔵書構成である。なお1945年５月25日の空襲で東京目黒の土岐の自宅は全焼し家財を失った。蔵書もその後に集められたものである。

土岐自身も現代短歌の歌集は東京都立日比谷図書館（現在は東京都立中央図書館）に寄贈し、『東京都立日比谷図書館蔵　現代短歌目録　1966年９月30日現在』（日比谷図書館編集・発行　1967年１月）として記録されている（土岐文庫にはA2195として所蔵）。

また友人の石川啄木関係の資料は土岐が1987年11月に、土岐自身の蔵書や原稿とともに日本近代文学館に寄贈したが、この間の経緯については、冷水茂太「土岐善麿先生と啄木資料」（日本近代文学館　第55号　1980年５月）に詳しい。土岐は図書館関係の業績も多く、資料の保存・維持には関心を持っていたのである。

土岐文庫の洋書

前述したように土岐文庫は多岐な内容をもつ。土岐は京極為兼や京極派の再評価と研究をし、また田安宗武の研究により早稲田大学より文学博士の学位を得るなど、研究者としての顔を持っている。新聞社勤務が長く、また歌人として高く評価されているため、その研究は素人の仕事と思われがちだが、方法は諸本研究を含む本格的なものである。

さて、本章ではエスペラント語を学んでいた土岐の蔵書を含めて『土岐文庫受入リスト』で「洋書」とされている70冊を記し、簡単な説明を付した。稿者は外国語に不案内であるが、学生時代に司書課程で洋書の目録法を学んだことを思い出して、図書館学的に扱えればと考えるものである。またエスペラント語の本に中国の絵本が多いことも、漢字表記があるため力を得た。なお和書の内にも A1478　いとう　かんじ著『ザメンホフ　上中下』のようなエスペラント関係の著作も多く含まれている。

凡　例

1、土岐文庫の『リスト』には、受入登録番号、書名、著者名（記さない場合もある）、冊数、「摘要」としてC1からC70の番号が付されている。これは図書の受入登録番号とは別のものである。以下は「摘要」の番号のCを省略して用いる。

2、書名・著者名は原則として『リスト』による。

3、書名・著者名を記す。中国の簡体字は日本の現行の字体にした。また＊をつけて、その本の著者名（生没年など）、日本語の書名、発行年月（月の記載のない本もある）、発行所、ページ数、そして私に注記を入れた。そして＊＊として、日本語の翻訳がある場合にはその情報などを記した。

洋書のリスト

1　Reflections on God, Self and Humanity　Ando Takatura
＊安藤孝行（たかつら）　1911－1984年　哲学者　Tenri Jihosha　1968年　119ページ　献辞あり

2　Aristole's theory of practical cognition　Ando-Takatsura
＊Martinus Nijoff　1965年２版（初版は1958年）　344ページ　献辞あり

3　The Kyōgyōshinshō　Shinran　Translated by Daisetz Teitarō Suzuki（C3とC4は一つの箱に入る）
＊親鸞　1173－1292年　『教行信証』Sinshū Ōtaniha・Kyoto　1973年６月　442ページ　奥付に「親鸞聖人御誕生八百年立教開宗七百五十年記念」とある。

4　Collected Writings on Shin Buddhism　Suzuki Daisetz Tei

tarō

＊鈴木大拙（1870－1966年　本名貞太郎　仏教学者・思想家） Sinshū Ōtaniha・Kyoto　1973年５月　262ページ　奥付はC3と同じ。

5　The other Power — The Final Answer Arrived at in Shin Buddhism — Yamamoto Kôsho

＊山本晃紹　1898－1976年　Published by The Karinbunko（山口県） 研究社出版（印刷） 1965年12月　146ページ

6　History of Japan　Ienaga, Saburō

＊家永三郎　1913－2002年　歴史家　1953年７月　Japan Travel Bureau（東京） 研究社出版　259ページ　写真あり　索引・年表あり

7　Japan in World History　Sansom G. B.

＊George Bailev Sansom（1883－1965年） 1951年　研究社出版　94ページ

＊＊サムソンの『世界史における日本』（岩波新書　大窪愿二訳　1951年）とは別の内容である。サムソンはイギリスの貴族で、戦前の日本でイギリス大使館員を勤めるなどした。その『日本文化史』は名著とされる。

8　The Great Rord — The Life and Times of Chu Teh — Smedley Agnes

＊スメドレー　1890－1950年　Monthly Review Press　1956年初版、該本は1972年刊のペーパーバック版　460ページ

＊＊『偉大なる道　朱徳の生涯とその時代』岩波文庫　上・下　阿部知二訳　1977年10月・12月。朱徳は1886－1976年。中国人民解放軍の総司令官の将軍。この本はその60歳までの物語で、スメドレー

の死により終わった。「長征」では毛沢東と行動を共にした。

9　Sources of Chinese Tradition　Compiled by Wm. Theodore de Bary　Wing-tsit Chan　Burton Watson

＊コロンビア大学出版　1960年　976ページ

10　Chinese Researches　Wylie Alexander

＊ワイリー（1815－1887年）　イギリスの東洋学者・宣教師　中国の宗教史など著書多数　本リスト65にも著書が載る。1966年　コロンビア大学出版　成文出版社（台北）（TAIPEI）　271ページ

11　Taro, L'enfant Japonais

＊『日本の子ども太郎』Kiyosi KAMEDA, Masao KAKUO　1957年8月　24ページviiiページ　写真あり　出版事情未詳

＊＊日本の生活を紹介した本で、フランス語。

12　Tokyo on a five day pass; with candid camera by Horace Bristol

＊1951年　凸版印刷　ページ付はなし

13　Tibet today

＊『今日西藏』写真集　外文出版社出版（北京）　1974年　116ページ

14　Rambles and Reflections in the English Netherlands　Kudo Naotarou

＊工藤直太郎（1895－　英文学者）『ザ（ママ）・イングリシュ・ニーザーランズ』　広文堂書店（東京都）　1964年4月　100ページ

15　A Stranger in East Anglia　Kudou Naotarou

＊East Anglian Magazine Ltd　1976年　106ページ

16　A List of the Genera of Helminth Parasites　Satoru Kamegai

＊1956年１月　Meguro Parasitological Museium　31ページ

亀谷了（1909－2002年　医学博士・内科医・土岐の主治医・寄生虫の世界的権威）

＊＊この本は寄生虫のリストで全文英文。亀谷は1953年に資料を提供して目黒寄生虫館を設立し館長となった。同館は研究、公開をしており、2013年より公益財団法人。亀谷は目黒区名誉区民。

17　Studies of Broadcasting

＊日本放送協会（東京）　1980年３月　158ページ　黒野郷八郎編

18　La tradition secrète du Nô　Zeami

＊世阿弥　Librairie Gallimard　1960年　368ページ、索引込み378ページ　フランス語　René Sieffert（訳）　フランス装

以下19～57まではエスペラント語の本である。

19　Chinesische Akrobatik

＊『雑技剪集』 外文出版社出版（北京）　1974年　中国の曲芸、写真入り、106ページ

20　Antaŭ kaj post Ŝtormo

＊『暴風雨前后』 1974年　外文出版社出版（北京）　絵本

21　Brilanta ruĝa stelo

＊王佩家・編 『閃閃的紅星』 1974年　外文出版社出版（北京）絵入り　ページ付なし

22　El la revuo orienta vol.1

＊『JEI 50年の歩み　1920－1930　第１巻』 日本エスペラント学

会　1976年８月　献辞あり

＊＊JEIは日本エスペラント学会

23　Fundamenta Leksikono oklingva　Hukuta Masao

＊『基礎エスペラン８カ国辞典』 福田正男（1978－1979年） 全巻合冊発行　1979年４月　732ページ　たて25.7センチ　朝明書房（東京）

＊＊エスペラント・フランス語・英語・ドイツ語・ポーランド語・スペイン語・イタリア語・オランダ語・ローマ字日本語の８か国語に、「(必要に応じて) ラテン語」を併記する。「まえがき」他に初版の出版年の記述なし。

24　Geografio de Cinio

＊『中国地理知識』 外文出版社出版（北京） 1974年　110ページ写真入り

25　Vizito al Lernejo　Guan Hua

＊管樺 『上学』 外文出版社出版（北京） 1977年　60ページ　写真入り

＊＊著者は作家。1988年第７期全国政協委員（文化芸術界）など。

26　Koloraj Nuboj　Haŭ Ĵan

＊浩然 『彩霞』 外文出版社出版（北京） 148ページ　さし絵あり

27　Kapti Vulturon Viva　Huang Zheng

＊黄鉦原 『話捉老禿鷹』 外文出版社出版（北京） 1977年　59ページ　絵本

28　Utaaro de Isikawa Takuboku　Isikawa Takuboku

＊石川啄木（1886－1912年）の短歌の翻訳　宮本正男（1913－1989

年　エスペランチスト・社会運動家）著　1974年　l'omnibuso, kioto（出版）　118ページ　献辞あり

29　Krutaĵo Fluganta Aglo

＊広東人民出版社編　『飛鷹崖』　1975年　外文出版社出版（北京）　ページ付なし　絵本

30　Kvin herooj sur Langja-monto

＊『狼牙山五壮士』　外文出版社出版（北京）　ページ付なし　絵本

＊＊出版年は図書館のラベル貼付のため見えず

31　505 Elektitaj Poemoj el Mannjoo-ŝuu

＊小坂狷二　『エスペラント訳　万葉集　五百五首抄』　1958年10月　小坂狷二先生古稀祝賀記念行事委員会　日本エスペラント学会　212ページ

32　Interŝanĝo de riz-semoj

＊李徳復　『換稲種』　1976年　外文出版社出版（北京）　ページ付なし　絵本

33　Spurado Lin Hong-ru

＊蘭鳩儒・原著　『追踪』　外文出版社出版（北京）　1977年　ページ付なし　絵本

34　Kanalo ruĝa flago　Lin Min

＊林民　『紅旗渠』　外文出版社出版（北京）　60ページ　写真あり　地図あり　出版年は図書館のラベル貼付のため見えず

35　Liu Venhjue　Loŭ Giaben

＊『劉文学』　楼家本・絵　1977年　外文出版社出版（北京）　絵本

＊著者名の記載はなし

36　Noveloj de Lusin　Lu Xun

＊ルー　シュン　魯迅（1881－1936年）『魯迅小説集』 中華全国世界語出版協会（北京） 1963年1月　463ページ　Ĵelego　葉籟士の献辞あり

37　Noveloi de Lusin　Lu Xun

＊『魯迅小説集』 1974年　外文出版社出版（北京） 488ページ　口絵あり

38　Sovaĝa Herbaro　Lu Xun

＊魯迅 『野草』 1974年　外文出版社出版（北京） 87ページ　口絵あり

＊＊日本語の翻訳には竹内好・高橋和巳・秋吉収などがある。

39　La Komunista Manifesto　Marx Karl

＊カール・マルクス（1818－1883年）『共産党宣言（エスペラント版)』 1948年2月　ナウカ社（東京） 48ページ

40　Elektitaj Verkoj de Maŭ Zedong vol.2~4　Maŭ Zedong

＊毛沢東（1893－1976年）『毛沢東選集』 外文出版社出版（北京） 2巻　1973年　456ページ、3巻　1975年　280ページ、4巻　1976年　438ページ

＊＊中国語版5巻は1951－60年に最初に出版されたが、その後も1977年版など多数ある。日本語版は毛沢東選集刊行会編訳　三一書房（京都）1955年などがある。

41　Eternan gloron al la granda gvidanto kaj instruisto prezidanto　Maŭ Zedong

＊『偉大的領袖和導師　毛沢東主席永垂不朽』 外文出版社出版

（北京） 1976年10月　37ページ

42　Pri dek gravaj interrilatoj 25 aprilo 1956　Maû Zedong

＊毛沢東 『論十大関係』 外文出版社出版（北京） 1977年

＊＊1956年４月25日に毛沢東は中央政治局拡大会議で『十大関係を論ず』の講話を行った。

43　Norman Bethune en Ĉinio

＊『白求恩在中国』 1975年　外文出版社出版（北京） ページ付なし　絵本　医者の物語である。

44　La Nova Testamento de Nia Sinjoro kaj Savanto

＊Jesuo Kristo（イエス・キリスト）『新約聖書』 1912年　613ページ

45　El Orienta Florbedo　Osaka Kenji

＊小坂狷二 『詩集』 1956年３月　天母学院（愛知県）発行　104ページ（うち楽譜７ページ） 訳詩と自作詩など188首

46　Kial en Ĉinio ne troviĝas inflacio　Peng Guanghi

＊彭光玺 『中国為什么没有通貨膨張』 1977年　外文出版社出版（北京） 52ページ　写真あり

47　Pramejo litorinkonko

＊馬正泉・馬立 『海螺渡』 1975年　外文出版社出版（北京） ページ付なし　絵本

48　Aventuroj de Pioniro　Privat Edmond

＊エドモン・プリヴァ（1889－1962年） 1963年３月　143ページ　写真あり

＊『エスペラントの歴史』などの著者。後述。

49　Riverdefenda Skemo

＊『江防図』 根据〈〈江海洪流〉〉革命故事改編　是有福・著　1977年　外文出版社出版（北京）　ページ付なし　絵本（白黒）

50　Vortoj de Romain Rolland　Rolland Romain

＊ロマン・ロラン（1866－1944年）『ロマン・ロランのことば』（ロマン・ロラン語録）　1977年　朝明（あさけ）書房（東京）　82ページ

51　Sagâ Kapto de Granda Huzo

＊杜煒・編絵　『智捕大鰐魚』　1974年　外文出版社出版（北京）　ページ付なし　絵本

52　SESDEK TRADICIAJ POPOLKANTOJ DE JAPANUJO

＊松葉菊延　『日本伝統民謡60曲集　普及版』　1968年１月　天母（あも）学院（名古屋）　136ページ　楽譜・イラスト付き

53　Sun Vukong Trifoje Batis Skeletospiriton

＊王星北・改編　『孫悟空三打白骨精』　1974年　外文出版社出版（北京）　110ページ

54　Unua Sesio de la Kvara Tutlanda Popola Kongreso de la Ĉina Popola Respubliko（Dokumentoj）

＊『中華人民共和国第四届全国人民代表大会第一次会議文件』　1975年　外文出版社出版（北京）　ページ付なし　写真あり

55　Viktimoj de la atombombo　JUI-Ĉunŝin

＊由比忠之進（ゆい　ちゅうのしん、1894－1967年）『エスペラント訳　原爆体験記』　1968年７月　朝明書房（東京）　134ページ　写真あり　この本については後述する。

56　Dongting-a POPOLA KOMUNUMO　VU ĜOŬ

＊呉周 『洞庭人民公社』 1975年　外文出版社出版（北京） 55ページ　写真あり

57　Zamenhofa Legolibro vol.2~3

＊ザメンホフ（1859－1919年　エスペラント語の創始者）『ザメンホフ読本』 城戸崎益敏編　1941年９月　日本エスペラント学会（東京） 第２巻　51－96ページ　第３巻　99－144ページ　第１巻の所蔵はない

58　Indiana University Conference on Oriental-Westsrn Literary Relayions　Indiana University

＊1955年　ノースキャロライナ大学出版　241ページ　東洋文学の解説書（論文）

59　The Translations of Ezra Pound

＊『エズラ・パウンド』 パウンドの詩文集　エズラ・パウンド（1885－1972年　アメリカの詩人） 1910年　New Directions（ニューヨーク） 408ページ

＊＊詩は外国語と英語を併記。また能の英訳も多く、『砧』などを掲載。この本の出版者 James Laugblin の土岐宛手紙（英文、タイプ打）、パウンドの著作リスト（日本語、土岐以外の人の筆跡）がはさまれている。

60　Anthology of Japanese Literature　Donald Keene

＊『文学選集』 ドナルド・キーン（1922年－2019年） 1955年　Grove Press（ニューヨーク） 442ページ　上代から19世紀半までの日本文学に関する論文。さし絵あり。

61　A sad toy　A Unigue and Popular Japanese Poet, Takubo

ku‘s Life and Poems　Takamine Hirosi

＊『悲しき玩具』（1912年刊）　石川啄木（1886－1912年　歌人）タカミネヒロシ　高峰博（1891年－）訳　1962年10月　東京ニュースサービス（東京）　154ページ　啄木年譜・索引あり

62　Cat town　Hagiwara Sakutarou

＊『猫町』　萩原朔太郎（1886－1942年　詩人）　英訳・George Saitou　十字屋書店（東京）　1948年11月　25ページ　木版画入

＊『猫町』は1935年11月　版画荘刊の小説。

63　The life and thoughts of Li Ho

＊『李賀の生涯と思想』　工藤直太郎（1895－2000年）　1969年4月　早稲田大学出版部（東京）　106ページ索引2ページ　英文の本

＊＊工藤は英文学者、早稲田大学教授など。

64　The Autobiography of a Chinese Poet　Tu Fu

＊杜甫（712－770年）　Florence Ayscough　450ページ　フランス装。杜甫の詩の翻訳だが、伝記なども含む。地図あり

65　Notes on Chinese Literature　Wylie A.

＊ワイリー（1815－1887年）　1964年　経文書局股份有限公司（台湾）　307ページ

＊＊ワイリーは本リスト10に既出。

66　The Book of Songs　Waley Arthur

＊アーサー・ウェーリー（1889－1966年）　1960年　Grove Press　358ページ　ウェーリーは中国や日本の詩歌、『源氏物語』の英訳で知られる。この本は中国の歌の英訳。

67　Chinese Poems　Waley Arthur

＊1961年　Unwin Books　London　181ページ

68　The 300 T'ang Poems

＊『英訳唐詩三百首』 英訳者　Innes Herdan　1973年　遠島図書公司（台北） 518ページ

＊＊英文と漢詩を併記する。

69　The Big Sky　Guthrie A.B. Jr.

＊Pocket Books Printed in the United States of America　1947年　436ページ

＊＊ガスリーはアメリカの作家。Alfred Bertram Guthrie Jr.　1901－1991年。『ビッグ・スカイ　流浪の白人インデイアンの物語』は山根邦雄訳、東宣出版　1984年10月、他がある。

70　Paul Valéry　Robert Marcel

＊Maison Franco_Japonaise TÔKYÔ　1936年６月　日仏会館　78ページ

＊＊バレリー（1871－1945年）はフランスの詩人・批評家

71　Leaves of Grass　Whitman Walt

＊ホイットマン（1819－1892年　アメリカの詩人）『草の葉』 1919年８月　オクスフォード大学出版　392ページ

＊＊詩集『草の葉』は1885年に初版が出版された。なお該本は2016年３月に寄贈され『リスト』に未記載である。

20 から 35 には中国で発行されたエスペラント語の絵本が目立つ。紅衛兵が活躍していた時代を反映して、赤いスカーフを首に巻いた絵が多くみられる。

洋書の内容について

C17（以下は本来のCをつけて記す）の『Stadies of Broadcasting』に関連して日本放送協会（ＮＨＫ）と土岐との関係を述べると、土岐は1934年１月にＮＨＫの放送用語並発音改善調査委員になっている。東京生まれの土岐の発音やアクセントが標準的と考えられていたもようである。その後も関係は続き、『ことば随筆』（1957年３月　宝文館）の最後の「自己紹介」（284ページ）にもＮＨＫの放送用語委員とあり、1980年３月に同委員を辞し顧問となった。

次のC22の献辞は

Sinjora Toki Zenmaro / La 3 －au Septembro / K. Baleg
（稿者注　/ は改行。以下同じ。Sinjora はエスペラント語で「様」の意）

とある。

C55は、由比（ゆい）忠之進の著作で、原爆を取り上げている。この本には原爆の写真が収められているが、カメラを首から下げた温和な表情の由比の写真もある。由比といえば、アメリカのベトナム戦争に反対して自殺した人物として知られている。『日本エスペラント運動人名事典』（柴田巌・後藤斉編　2013年10月　ひつじ書房）は参考文献を完備した労作であるが、由比の項には、若くしてエスペラント語に接しその普及に尽力したことを記述する。また当時ベトナムを攻撃していたアメリカに協力した日本政府だが、佐藤栄作首相の訪米を前に由比は1967年11月11日に首相官邸前で抗議の焼身自殺をした（12日に死去）。また同事典には『原爆体験記』のエスペラント訳の本書を、由比は福田正男に託して自殺したという。当時は日本国内でもベトナム戦争反対の運動があり、べ平連（ベトナムに平和を！市民連合）などが活躍していた。なお土岐と由比とは直接の交友はなかったが、エスペラント語という接点から認識はしていたもようである。12月11日の由比の追悼集会は、土岐、小坂狷二らにより開かれた。

C69の『The Big Sky』はガスリーの小説である。扉にギトラー（1909－2004年）の献辞がある。Dr. Robert L. Gitlerはアメリカ図書館協会から日本に派遣された図書館人である。ワシントン大学教授だった1950年12月に来日。51年４月にジャパン・ライブラリー・スクール、日本図書館学校を慶應義塾大学図書館学科内に開設し、近代的でアメリカ的な図書館司書の養成教育を実施した。日本にもそれ以前から司書の養成システムはあったが、統一的な目録カードや利用者援助などは実施されていなかった。56年に名誉博士、同年９月の退職後も再三来日し日本の図書館教育に尽力した。61年11月に勲四等旭日章。

土岐は東京都立日比谷図書館長（1951－55年）となり、日本図書館協会の理事長（1952－57）になるなど、図書館関係の業績がある。土岐は1951年に日比谷図書館長になると、図書館の勉強のため図書館専門職員講習会を受けたが、講師のギトラーたちの考え方に共鳴し、以後親交を結んだ。日比谷図書館の三角形の建物の案もギトラーに相談したという（土岐「新しい日比谷図書館に寄せる」「ひびや（都立日比谷図書館）」創刊号　1958年１月）。土岐がギトラーの講義をいつ受けたのかは不明である。1951年の第１回図書館専門職員講習会の指導者講習会の講師一覧には土岐の名前もあり、新聞記者の経歴を生かしてジャーナリズムを担当している。この講習は図書館の専門家や各地の図書館長などが受講しており、受講者全員が講師を兼ねている。司書資格を得る（与える）ための講習で、各分野の専門家や各地の図書館長が集まったため、相互に教える形になったのだろう。ギトラーの名は講師名にない。しかし、「図書館雑誌」1951年８月　45巻８号の表紙となっている集合写真には「昭和26年度・図書館専門職員養成講習　第１回指導者講習会」とあり、ギトラーが第一列中央にすわり、その横には４人の外国人女性が写っている。この写真撮影の日（日時は不明）にギトラーたちが講義したと推測したい。

なお、C69 の本の扉には

To / Toki Sensei / in appreciation of / his wisdom, / vision / and sincere friendship / 　/ Robert Gitler / R G（花押）/ ギトラー / Christmos, 1953

とあり、土岐の学問、ビジョンを感謝し、友情を感じている。なおギトラーは名字にちなみ虎も好んだという。なお、なぜ

『The Big Sky』を贈ったかは不明である。ガスリーは『研究社英米文学辞典　第３版　1985年』によれば、モンタナ大学卒業後20年余新聞に関係、その後大学で創作を教えたという。映画『シェーン』のシナリオでアカデミー賞を受賞している。このようなガスリーの経歴を見ると、土岐は読売と朝日の新聞社に32年間勤務（1908－1940年、最初読売新聞、後に東京朝日新聞では記者をはじめ論説委員などを歴任し55歳で定年退職、社友となる）し、早稲田大学（1947－1956年３月、70歳で定年退職）で教え、また新作能を作るなど、ジャーナリストであり創作もしたという点で二人に共通点の多いことが知られる。

その他

土岐の蔵書にエスペラント語が見られるが、土岐とエスペラント語の関係を少しみてみたい。

まず石黒修（いしぐろ　よしみ　本名修治（よしはる）　1899－1980年）の「土岐氏のエスペラント」（「余情」第７集　土岐善麿研究　1948年６月　千日書房）をやや補足しながら要約する。東京朝日新聞社の社員だった土岐は、昭和２年（1927、43歳）４月にジュネーブの海軍軍縮会議に特派員として派遣され、欧米を見て12月に帰国する。出発に先立ち、大学でも学んだ英語の他に「やさしくて役に立つと聞いている」エスペラント語を学びたいと石黒に依頼し、時間は「週四回、一回一時間、として、約四十時間位はある」とのことで、石黒が文法（あわせて石黒著の独習書を土岐は自習）、由里忠勝（1900－1994年）が会話を担当したとこ

ろ、進歩がすばらしく、一か月位で話せるようになったと記す。欧州旅行中は十分に役立ったという。帰国後も、

　土岐さんは、帰朝されてからも、エスペラントに一段とみがきをかけられた。
　エスペラントの集りに出たり、外国から来た同志の歓迎、エスペラントについての執筆など、おすにおされぬ日本エスペラント界の名士として、世界の平和、人類の幸福という理想主義的なこの語の普及運動に尽力されて来た。

と記す。

　石黒修はエスペラント語の著書に『エスペラントの学び方独習三十日』（1925年　日本評論社、1931年博文館より改訂発行。この改訂の本は坪内逍遥の逍遥文庫（早稲田大学　文庫06）にも530として収められている）があるなど非常に多い。石黒は日本語教育の分野でも活躍し、『日本語の問題　国語問題と国語教育』（1940年修文館）等の著作がある。中京大学教授などを務めた。一方、土岐に会話を教えたという由里忠勝は前掲の『日本エスペラント運動人名事典』には、「日本のプリヴァと呼ばれた雄弁家」とある。なおプリヴァはプリバーとも記される。

　土岐文庫の和書のところにもエスペラント関係の本が並ぶ。A1478からA1489までの12点19冊である。A1478　１－８はいとう　かんじ（伊東幹治）の『ザメンホフ　１－８』である。永末書店刊。８冊。A1483は『エスペラントの父　ザメンホフ』

（伊東三郎著　岩波新書　1950年4月）、A1484はE・プリバー著『エスペラントの歴史』（大島義夫・朝比賀昇訳　1957年11月　理論社、上掲の48にプリヴァの著作がある）、A1485は『エスペラント便覧』（坂井松太郎・福田正男・加藤孝一編　1967年9月　要文社）、A1486は『新撰　エス和辞典』（岡本好次著　1926年5月　鉄道教科書株式会社、土岐の本は1946年6月刊の55版）、A1487は『新撰和エス辞典』（岡本好次編　1935年5月　日本エスペラント学会、土岐の本は1941年12月刊の5版）などである。『新撰和エス辞典』は縦12.5センチ、横9.0センチ、228ページと説明25ページの小型の本で、携帯に便利にみえる。『新撰エス和辞典』は縦16.0センチ、横7.7センチ、ページ数は序xxii、本文802ページ（附録も含む）である。広告に記す深緑色の布表紙は今は退色している。引き方はエスペラント式のローマ字引きである。A1488は『日本エスペラント学事始』（伊東三郎著　1977年5月復刻版　理想閣）、A1489は『エスペラント・より美しき世界のために』（日本エスペラント学会　＊発行年月など書誌情報は未詳だが、日本エスペラント学会が会員に毎月配布する機関誌のもよう。学会の役員名に土岐も理事として名をつらねている。肩書は文学博士）。

土岐の『ひとりと世界』（1948年3月　日高書房）はザメンホフの伝記を記した本である。1927年に東京朝日新聞の特派員として渡欧した土岐は、第19回万国エスペラント大会にも出席した。この本の付録の「緑星巡礼」には、その旅の様子が描かれる。当時はエスペラント語がさかんだったため、旅先で有用だった模様である。『ひとりと世界』は土岐文庫になく、早稲田大学図書館ではヌ10　4884として地下1階の研究書庫に収める。

最近は英語が共通語化して、エスペラント語はあまり話題にのぼらない。共通語・世界語として、土岐の生きた時代には人気のあった言語であるのに残念である。中国は国土も広く言語が複雑なためにエスペラント語が広く行われていた。田中克彦の岩波新書『エスペラント―異端の言語』(2007年6月) はエスペラントの成立や享受の歴史を述べ、現在のエスペラントの使用状況にふれる。少数の使用者しか持たない言語を母語とする人びとにとって、エスペラントの学習は容易で、有効なコミュニケーション手段になるという。また日本語の話し手にとっては、膠着語に近いため学びやすいともある。参考にしたい意見である。稿者もエスペラント語はできないが、今回の作業でも辞書を引くことはできた。

なお、石黒の文章の載る雑誌「余情」第7集 (1948年6月) の「土岐善麿研究」には、岩田正の「教壇の土岐先生」も載る。早稲田大学の学生だった岩田は土岐の「上代文学」の講義を受講し、『万葉集』を習ったという。明快な講義のため、他の講義には欠席がちだった岩田も、すべて出席したとある。昔は講義に出席しないことが誇り高い学生の態度であり、現在の大学との差異の大きさに驚く。そして、土岐は窪田空穂の『万葉集評釈』を持参し、「自分の意見には必ず、空穂先生の意見を対置し、たしかめた。茂吉、迢空の説は従であった。」と記す。岩田の文は、土岐に対する深い尊敬と信頼にあふれている。

そこで土岐文庫所収の窪田空穂の『万葉集評釈　一巻』(A20

67-1、初版は1943年６月　東京堂、土岐の本は1944年８月刊の再版）を見ると16番歌（旧国歌大観番号）「冬ごもり」や53番歌「藤原の」（短歌）などに、諸注釈の比較などの詳しい書き込みが見られる。土岐が持参したという手沢本だろう（なお『万葉集評釈二巻』には「土岐君／空穂」という空穂の署名がみえる）。

以上、土岐文庫の土岐の蔵書を一冊ずつ手に取り調査をした。先人を身近に感じられた事をうれしく思う。

付記

早稲田大学の蔵書はインターネットでWINEとして検索できる。また貴重書の画像も提供されている。同様のサービスをしている大学は全国に多い。

第５章　土岐善麿と図書紹介

――「生活と芸術」の新刊書紹介欄から考える ――

はじめに

図書館人としての土岐善麿を論じた拙編著『土岐善麿と図書館』（2011年６月　新典社）中の曾根博義論文「土岐善麿と『読書標』」によって、図書の紹介者としての土岐の姿は初めて明らかにされた。本章は「読書標」の時代（1926～1930、全九〇号）よりさらにさかのぼり、「生活と芸術」誌上に掲載された「新刊」欄にその萌芽をみつけられるのではないかと考え、新刊書に土岐が付記した短評を取り上げ、土岐の実践を検証しようとするものである。なお「生活と芸術」は昭和42年（1967）２月発行の復刻版で土岐文庫では全冊を見ることができる。原本は第１巻第２・３・９・12号、第２巻第１・２号、第３巻第１～９号の計15冊が蔵され、欠く号があるが、これは、昭和20年（1945）の空襲で土岐の家が全焼し、古い蔵書が残っていないためであろう。

「生活と芸術」の概要

「生活と芸術」は大正２年（1913）９月に創刊された月刊雑誌で、大正５年（1916）６月に第３巻第10号の廃刊号まで全34冊、毎号千部程が世に出された。編集は、当時土岐哀果を名乗っていた土岐がひとりで行い、東京市芝区の自宅に「生活と芸術社」という名の編集所を置き、発行は西村陽吉（辰五郎）が経営する東雲堂書店であった。土岐の29歳から31歳にいたる活動である。土岐は読売新聞社の記者であるとともに、同じころ「文章世界」の選歌評の担当や「ローマ字世界」の編集にも携わっていた。

文学史上における「生活と芸術」の意義等については、多くの論評がある。『雑誌新聞文献事典』（天野敬太郎編纂・深井人詩補訂　1999年９月　金沢文圃閣）には解題に論文の索引も付される。ここでは、土岐自身のことばによって、「生活と芸術」創刊の経緯をみるにとどめる。

この雑誌を土岐は「小さいながら青春の一記念であった」（「復原版にそえて」『生活と芸術　全三巻』 1965年３月　明治文献資料刊行会）と回想し、「『生活と芸術』の思出」（『晴天手記』 昭和９年４月　四條書房）には

> 雑誌は菊版、およそ六十四頁を標準とし、内容の都合で、ページを増しもし、減じもした。そういふ点にも、この雑誌の自由性があつたわけだ。

と記す。出版の動機については、石川啄木とともに創刊を計画した雑誌「樹木と果実」が実現できなかったことに対する思い、友人大杉栄と荒畑寒村が雑誌「近代思想」を創刊しその内容から刺激をうけたこと等を述べ、主な寄稿家として長谷川天渓、

杉村楚人冠、堺利彦、上司小剣、笹川潔、相馬御風、島村抱月等30名をあげ、

> およそかういふ顔ぶれであつた。これでもわかる通り、いはゆる詩歌を中心としたものではなく、広い意味におけるソーシアリスト、あるいはリベラリストといふやうなものと文芸一般に興味をもつたものの自由な結合であつた。

と述べる。そして

> 『生活と芸術』は無論東雲堂が一文も編輯費を出すわけではなく、原稿料も払わなかつたが、ただ毎月若干の広告料が入つたのである。それを僕が預つて、入つただけを使つてしまうために、原稿をかいてくれた諸君を晩餐会に招くことにしたのだつた。

と、雑誌寄稿者への謝礼はなく、自由な結合であったという。このような方針は、晩年の活動の場とした雑誌「周辺」に連なる土岐の変わらぬ姿勢であり、生き方であるといえるかもしれない。

「生活と芸術」創刊号は扉に土岐の詩があり、多彩な寄稿者による評論や戯曲、短歌とともに、石川啄木の「病室より」と題する随筆が載る。この啄木の随筆について、

故石川啄木の『病室より』は、彼の文章の最後のものであらう。之は西村酔夢君の厚意で手に入れることができた。

と創刊号巻末の「消息」にある。「生活と芸術」創刊の大きな理由が石川啄木との雑誌刊行の約束であったことから、掲載がかなったことを喜ぶ様子がうかがえる。

なお、明治文献資料刊行会の復刻版には別冊が付され、小田切秀雄の「『生活と芸術』―その歴史的意義―」に詳細な考察があり、「新刊紹介」欄の図書も雑誌の巻号順に索引されている。また、『現代日本文芸総覧　上巻　文学・芸術・思想関係雑誌細目及び解題』（小田切進編　1969年11月　明治文献）に全34冊の細目が収録され、「新刊」欄の図書名も記されている。

新刊欄について

「生活と芸術」の新刊図書の紹介欄は、「新刊」という名称で、毎号ほぼ２～３ページをあて、たまに４～５ページを占める場合もあった。第３巻第４号から定価を下げ、雑誌全体の紙数を半減したが、「新刊」欄を載せた号（第３号第５号および第６号）には２～３ページをあてている。

対象は生活と芸術社に寄贈された図書で、それに短評を付して紹介する。欄末には「寄贈雑誌」として雑誌名のみが載る。筆者は土岐であるが、記名のある号は第１巻第８号などわずかである。

「生活と芸術」全34冊のなかで、「新刊」欄を欠く号は、創刊号と第1巻第12号（1914年8月）、第3巻第2号、3号、4号（1915年10月、11月、12月）のみである。第3巻第7号（1916年3月）と第3巻第8号（1916年4月）は「新刊」と見出しをつけた欄はないが、ページの隙間を利用した場所に短評を割り込ませた形で紹介している。

「新刊」欄を欠いた第3巻第2号の「MEMO」欄（稿者注　雑誌の編集後記のような土岐の文）には、

> 新刊書の紹介も今月は失敬する。左に、その机上におかれたものを列挙して、著者並に出版者の諒恕をねがふ。

と記し5冊の図書の書名、著者名、出版社名をならべている。

また、第3巻第3号の「MEMO」には

> 新刊書をどつさりいただきながら今月もまた一冊も紹介しないのは心ぐるしい。この方面は、今までおこたらなかつたのだが、どうかもう一と月御ゆるしを乞ふ。

と気にしている。土岐の編著『万葉短歌全集』の校正と、新聞社の仕事や妻子の病気など「僕は一日として自身の時を持たない」と第3巻第2号の「MEMO」に見え、多忙を理由にしたくない気持ちはありながら残念な様子であり、「新刊」欄への思いもうかがえる。

紹介文は100字足らずのものから600字近いものまであるが、

寄贈を受けた図書の分野を問わず取り上げている。その事は、「投稿規約」に「編輯者に於て、この雑誌に掲載せんと欲するものだけを厳正に選び、他は遠慮なく捨つ」とあることと対照的で、出版情報の提供を優先した姿勢をうかがうことができよう。また、創刊号の巻頭裏表紙に「内容」と称する目次があり、左側ページには「生活と芸術広告目次」が載るが、そこには太字で「信用なき店舗の広告は掲載せず」とあることから、広告料収入を断っても誌面掲載への信頼を優先している。

「新刊」欄で目を引くのは、ロシア語をはじめとする翻訳作品への評で、原作者と作品の内容を概説し、自身の感想を述べるとともに、翻訳文の文章としての評価も付記する。土岐自身がロシア文学に関心をもち自ら翻訳を試みていたことや、日本語表現に深い関心を寄せていたことも関連していると思われる。

また、「生活と芸術」が短歌雑誌の面をもつことから、当然ながら短歌関係の図書も多い。窪田空穂、若山牧水、斎藤茂吉など第一線の歌人の歌集、それらの門下人の歌集、旧制の中学校内に置かれた同人たちでまとめた選集まで紹介している。第２巻第４号は、大正３年（1914）12月発行で、翌年用日記の東雲堂編『短歌日記（大正４年)』の短評が載る。

各頁に古今の短歌を抄出したところ各月の初めに新歌人の筆蹟をあらはしたところ、装釘の小ざつぱりしたこと用紙の上質なこと、短歌隆盛の今日、いかにも思ひつきな帳簿である。

これは広告文ともいえそうだが、短歌の投稿を受けるこの雑誌の読者への親切でもある。

他に特徴的と思われることは、ローマ字関係図書や大杉栄達の社会主義関係の図書に親身な評を付して、啓発に努める姿勢が感じられる点である。

「新刊」欄は、まず見出しとして書名を他より大きな活字で記し、そのとなりに著者名・訳者名を並べる。図書紹介の短評があり叢書名も文中に記すことが多い。続けて末尾に丸括弧を開き、版・装丁・頁数・金額・出版地の住所・出版社名を記して括弧を閉じる。この体裁のものが各号に５～14点、平均しておおよそ10点前後が掲載されている。

評について

では具体的に各号の評を読む。まず第１巻の「新刊」欄を号ごとに読み、おおよその傾向をみたうえで、第２巻第１号から終刊号までは主な短評を取り上げることにしたい。

本章の考察対象である新刊書の紹介欄は創刊号にはなく、第２号から開始される。以下、外国人名は表記そのままを写し、原作者と訳者は行をかえて記されているが、ここでは見やすさを考慮して「・」で区切った。

第１巻第２号　大正２年（1913）10月

シユニツラア作・楠山正雄訳『廣野の道』、トルストイ作・

加能作次郎訳『三つの死』については400字程の紹介で、ロシア文学に関する知識を披露しつつ、翻訳の文章にも言及している。アンドレーフ作・伊東六郎訳『アナテマ』とともにロシアへの思いをうかがわせる。

紫式部作・与謝野晶子訳『新訳源氏物語』について、

> この物語は、読んでおかなければならぬもののやうに思ひながら、僕はつひあのヌラヌラした文章が面倒なので、今日まで遠ざかつてゐたが、かうして現代語で読ましてもらふと、なるほどおもしろくなくもないと思ふ。千年前に、こんな作の出たのは、いかにも日本の名誉に違ひない。

と記す。なお、ロシア文学翻訳書の後ろに『新訳源氏物語』が続いたため、文中に「日本人が日本人の作を訳すといふことが、時代が違ふと、さうなるといふことが、何か不図ふしぎなやうに感じられた」とある。

高島米峰著『噴火口』に対して「一般の人に一読をすゝめたい」とあり、伊藤銀月著『完成大日本民族史』には「会心の著書といふべきである」と記す。

鉄道院編『鉄道沿線遊覧地案内』は非売品であるが「鉄道院は本書翻刻の許可を博文館に与へて一般に発売せしめてゐる」と親切な紹介をしている。これらの著者名を「作」ではなく「著」と記すのは、小説や戯曲などの創作と、それ以外の批評や案内書等を内容によって、「作」と「著」とに使い分けており、次号以降もこの使い分けが踏襲されるが、第１巻第４号から後は、「作」を外国語の原著者に使用して訳者を「訳」と記して並べ、他は「著」に統一することが多くなる。

第１巻第３号　大正２年11月

ルツソー作・三浦関造訳『エミール』、トルストイ作・相馬御風訳『アンナ、カレニナ』、モウパツサン作・吉江孤雁訳『水の上』、ズーデルマン作・鈴木悦訳『死の歌』と翻訳書４冊の紹介が載る。それぞれ著者や創作の背景、翻訳のレベルまでを評する行き届いた紹介である。『死の歌』には「海外文芸叢書の第五篇である」と叢書名も記す。三木露風作『白き手の猟人』は詩集から１篇をひいて紹介している。杉村楚人冠著『ひとみの旅』は内容紹介とともに特におもしろく読んだ箇所をあげる。

第１巻第４号　大正２年12月

岩村透著『芸苑雑稿　第二集』の内容を紹介しつつ著者と文章をほめ「一気に読みをはらせずにはおかない」と紹介して、挿入写真にも言及し「更に第三集において、著者がもつとすべて新しい芸術について、十分な説話と紹介とを吝まないことを希望したいと思ふ」とある。ハウプトマン作・小野秀雄訳『ヘンシエル』、チエエホフ作・伊東六郎訳『女天下』は内容紹介とともに訳文もほめる。鈴木大拙著『スエデンボルグ』では著者の主張に同意しないながらも否定はしない。しかし、高橋五郎訳『ゲーテー感想録』に「訳文がいかにも生硬蕪雑」、ゲーテ作・西岡東水（稿者注　奥付の著訳者名は西岡俊雄）訳『ヘルマン』については、「この翻訳を読んだのでは、その原作がいかに最も美しく最も完全なものだらうかといふ想像がつきにくい」と評し、さらに表紙と扉に「ヘルマン」、函に「ヘルマンドロテーア」、本文に「ヘルマンとドロテーア」とあることを指摘して、「かう表題を幾様にも統一なく現はしてあるなども、あまり愉快なことでない」と批判している。

加藤咄堂著『書窓車窓』は５行ほどの短評で、渡辺霞亭著『渦巻　上中二巻』はポピユラア・ノベルと評する。

斉藤茂吉著『赤光』の評は600字以上を費やすが、かなり批判的な言辞が見られ、後の茂吉との論争を思わせる。

第１巻第５号　大正３年（1914）１月

カリン・ミヒアエリス作・佐藤緑葉訳『エルジエ、リントネル』、レオ・トルストイ作・加藤一夫訳『闇に輝く光』、バーナード・シヨウ作・堺利彦訳『人と超人』、アンドレ・ジイド作・和気律次郎訳『オスカア・ワイルド』の４冊について、内容の紹介とともに優れた翻訳であることを強調している。

尾山篤二郎著『さすらひ』は著者の最初の歌集であり「心を動かされるのが少くない」と評す。竹久夢二著『昼夜帯』は画集と詩集の二部構成という紹介の中で、「例の女の瞳などは忘れやうとしても忘れないものであるが、近来はそれがやゝマンネリズムになつて」と評しているのが興味深い。国木田独歩遺著『独歩詩集』は「独歩氏の遺稿中、その初期における詩作を集めたもので『嬉しき祈』以下六十一編を収めてある」と概要を記し、装丁にも言及している。喜田川守貞著『類聚近世風俗志』はまず「この書、原名を守貞漫稿といふ」と述べ、出版の経緯や内容の紹介を記し「研究のためはいふまでもなく、漫読してもさまざまな興味をあたへられる」とまとめている。この書の売価を「価四円特価三円」と文末の括弧内に記し、細やかな気配りを感じる。三木露風著『露風集』は「著者の詩を愛するものにとつて、この選集は実に美しい宝玉であるに違ひない」と述べる。渡辺霞亭著『渦巻　中巻』を取り上げ、「この書については前号にかいておいたが、また十二月十二日に発行された第八版を寄贈されたので、それを報告しておく。第一版の発行は十一月廿一日であるから、その間まだ廿日しか過ぎていない」とあり、「新刊」欄が生活と芸術社、つまり土岐宛に寄贈された図書を紹介するものであることがわかる。また、この「第八版」とは、版を改めたものではなく増刷された第８刷のことであることが想像できる。

第１巻第６号　大正３年２月

ジョン・ラスキン著・沢村寅次郎訳『美術と文学』は、まず概要を紹介した後に翻訳への敬意を記し、さらに「この大部のものに僅少な定価（稿者注　文末に「六百八頁価一円二十銭」とある）をつけた出版書肆の大胆を特記したい」と評価する。

石井柏亭著『欧州美術遍路　下巻』、与謝野晶子著『夏より

秋へ』、前田夕暮著『歌話と評釈』、青木武助著『大日本歴史集成　中巻』の４冊については、好意的な中にも批評を含む文章である。

第１巻７号　大正３年３月

モオパツサン作・中村星湖訳『死の如く強し』も、概要とこの小説の意義を述べ、「一字一句いやしくもせぬといふやうな翻訳振りが愉快である」と翻訳に言及する。関如来著『五色の酒』、相馬御風著『第一歩』、黒田鵬心著『都市の美観と建築』が随想・評論、金子薫園著『草の上』、内藤鋠策編『御白遺稿』（稿者注　田波御白の遺稿歌集）、岩井緑汀著『紺青の夜』は歌集、伊丹青輪子著『青輪子句集』（稿者注　奥付の著作兼発行者は伊丹善次郎）が続く。さらに南波杢庵著『薩摩琵琶歌　図式の曲譜』、宮田秋童著の『薩摩琵琶歌石童丸』と同『桜狩』と琵琶歌の図書が並ぶ。

荒木郁著『火の娘』は著者や作品の内容についてかなり詳細な解説を記し、「森林太郎氏が序詞（稿者注　該書には「題詞」とある）を書き、尾竹一枝が装幀をしてゐる」と紹介し、箱紙の意匠にもふれている。書誌的事項を記す文末の丸括弧の前に「（陽）」とあるが、この評のみ発行人の西村陽吉が書いたものであろうか。

「新刊」は海外文学の翻訳書の紹介から始めて多分野の図書を取り上げるが、この号では薩摩琵琶歌の曲譜まで紹介している。曲譜への評はないが、なんとも多彩な新刊欄である。

第１巻第８号　大正３年４月

「生活と芸術」の表紙に「内容」として目次がある。この号には、「新刊……哀果生」と記述者が明記されている。シユモラア著・山田伊三郎訳『国民経済学原論』は600字近くを費やして経済学書の内容を紹介し、訳者についても述べる。長瀬鳳輔著『末路のナポレオン』は伝記、松本文三郎著『仏典の研究』、プツセツト著・大川周明訳『宗教の本質』、ロージヤース著・藤井健次郎・北吟吉共訳『西洋哲学史』は宗教哲学分野の図書である。さらに黒田鵬心著『趣味雑話』、ビヨルンソン作・島村民蔵訳『若き葡萄の花咲く頃』、ヒルン著・本間久雄訳『芸術の起源』、安成二郎訳『女と悪魔』、坂本健一訳『ヘロドトス』、三宅驥一・草野俊助共訳『ストラスブルガア　植物学』、片野文吉訳『ルバイヤツト』、馬場孤蝶訳『モオパツサン傑作集』、荒畑寒村訳『シヨウ警句集』と並べて、古い外国の詩から植物学まで多くの分野の図書を紹介する。

図書の紹介方法の手本となるような「新刊」欄である。翻訳書は原題を示し「全部翻訳したものである」という情報を伝え、図書の今日的な意義といった内容や装丁にも言及し、また図書を上梓するに至る著者の考えにも言葉を添えるなど行き届いた文章である。

第１巻第９号　大正３年５月

ドストエフスキイ作・昇曙夢訳『虐げられし人人』には「こ

の大作が日本に紹介されたことは、寧ろ一種の驚異の心をもつて、訳者に敬意を表しなければならない」と述べ、久津見蕨村著『ニイチエ』は著者が「ニイチエ研究者として知られた人」と始める。阿部次郎著『三太郎の日記』は「近来最も敬重すべき真摯な著述として、一読をすゝめる」と結ぶ。福士幸次郎著『太陽の子』は詩集、尾島菊子著『紅あざみ』とピエール、ルイ作・矢口達訳『不朽の恋』は小説、伊藤野枝訳『婦人解放の悲劇』については、エンマ・ゴルドマンの３論文とエレン・ケイの１論文を合わせて１冊にしたものだが、「近時の婦人問題に対して正常な理解をもたうとすれば、この諸論文を見逃してはならない」と述べる。前田晁編『島の少女』は「かういふ文壇に声名ある人達によつて少年少女の読物のつくられることは、いろいろの点から歓ばしいことである」とあり、アンデルセン作・内田新也訳『無画画帖』は、独文と和文を並べた構成を紹介した後、「翻訳の文章はもつと推敲する余地があつたと思ふ」と批評する。

この号では少年少女向きの図書も除外せずに取り上げている。

第１巻第10号　大正３年６月

ゲーテ作・高木敏雄訳『伊太利純(ママ)行』（稿者注　純は紀の誤植）は内容を紹介した後に翻訳の優れていることにもふれる。平子鐸嶺著『仏教芸術の研究』は「近来の快著」と評す。黒田鵬心著『日本美術史講話　上巻』は「例の趣味叢書の第三編」、内田魯庵著『沈黙の饒舌』は「大正文庫の第十二篇」と叢書名を記す。生田虎蔵(注)著『涙より闘ひへ』では、「著者はどういふ人か知らない。未だ嘗て聞かない名であるが」と述べ「多少雑駁」と評しながらもきちんと内容を紹介している。

(注) 生田虎蔵は、明治21年（1888）～昭和38年（1963)。著書に『豆栗集』(1913年　非売品)、『涙より闘ひへ』(1914年　曙光社　山口県大田村) などがある。『豆栗集』奥付にある著者の住所が山口県のため、山口県立図書館のホームページから生没年を知った。山口大学出身の日本大学法学部小野美典教授の教示によると、中西輝麿著『昭和・平成　豊関人物誌』(1996年６月　私家版、2015年５月刊『昭和・平成下関市人物誌』はこの本の増補版　私家版) があり、同書には山口県長府市の人、俳人として地域の指導にあたったとある。『涙より闘ひへ』が出版時に広く評判になったことは、大杉栄の書評に見える (『大杉栄全集　第五巻文芸論集』 1964年９月　現代思潮社、初出は「近代思潮」第２巻第９号　1914年６月)。『涙より闘ひへ』は評論・随筆・小説・詩・翻訳を収めるが、大杉はその翻訳の巧みさを賞賛している。同名の山口県人には、鉱山を経営し、「日本鉱業会誌」76巻の11月号 (通巻869号、1960年) に会員 (期間は1906～1960年) として載る人物がいるが、同一人物かは不明である。

若山牧水著『秋風の歌』には歌への批評とともに「吾人は、この作者の親友として」と、早稲田大学の同級だった牧水への言葉がある。

モオパツサン作・小野秀雄訳『ベラミー』に翻訳者の労苦を思い、大町桂月校註『徒然草』は「徒然草と、方丈記、東関紀行との三篇に校訂を加へ、註解を附けたものである」と内容を記し、序文に「古典を知らざる人は、余りに薄ツペラ也」とあることに対しては「古典を知らないとどれほど薄ツペラに見えるか、それはわからないが」とひとことあるのが面白い。田村俊子著『恋娘』は短編集、牧野義智著『支那外交史』は「すべて事件の実際によつて記述し、外交の経過に卓上の論断を試みるやうなところのないのが斯種の著書として最も推賞すべきである」と新聞記者らしい評価を記す。田中館愛橘・芳賀矢一・田丸卓郎合著『ローマ字独げいこ』は日本のローマ字社刊、川副櫻喬著『Konjaku Monogatari』はローマ字ひろめ会刊である。『Konjaku Monogatari』は『今昔物語集』から抜粋した10篇を現代文にしてローマ字で表記したもので、「『ローマ字文庫』の第一篇とあるが、どうか是非続刊してほしい」と激励している。

前号までの「新刊」欄は２ページか３ページであったが、この号は４ページある。

第１巻第11号　大正３年７月

三宅雪嶺著『世の中』は処世論、建部遯吾著『教育行政研究』は世界各国の教育行政を研究する。相馬御風著『自我生活と文学』、矢口達訳『移民文学』、吉江孤雁作『霧の旅』と文学書を並べる、佐藤緑葉訳『人間屠殺所』は評中に「原著者ウヰルヘルム・ラムスウス氏」と記す。次に佐藤緑葉作『塑像』があり、「一方に世界的名作の翻訳を、一方に自家会心の創作を、時と同じくして出版した親友の得意さが想はれる」とし、誌面に並べて紹介した編集者土岐の計らいを感じる。水津嘉之一郎著『ラヂウム講話』はラジウムの温泉や医薬分野での流行から書きはじめ、理学士の科学的な著書であり面白い講話と評する。小野賢一郎著『新聞記者の手帳』は「著者の新聞記者生活に於ける産物」とあり、旅行記や話題の事象など多方面に及ぶ内容で、出版は料理屋の女将だった荒木郁の出版業最初の刊行と記されている。

第1巻第12号　大正3年8月

この号には新刊書欄がない。

第2巻からは、特に目に留まったものを抄出していくことにする。

大正3年9月刊第2巻第1号の巻末の「MEMO」欄に「この雑誌も第一巻全十二冊を発行し終わつた。いよいよ第二巻第一号である」と書き出して、12冊でやめようかと発行者に諮ったところ、続けましょうといわれたと記し、「編輯者がやめようかといつても発行者がつゞけようといふのは一面からいつて、まことに有りがたいことである。かうなると、編輯者として『無為の忙しさ』を嘆ずるのは、自身の無智、無力を表白するに過ぎない」とある。

しかし土岐がひとり奮闘する様子は次の状況でも知ることができる。第2巻第2号の発行が遅延し、この号の「MEMO」欄に「初めて経験したことである。不愉快なものであるが、已むをえない事情が」あり、それは「急速を要する翻訳に従事したため」と、「投稿の選抜がそれの性質上他に任すことのできないために、編輯全体の手がつけられなかつたのである」と述べ、「読者の諒恕を請ふ」と結ぶ。

また、第2巻第4号の「新刊」欄は4ページをあてているが、末尾に6冊の図書の書名、著者名、出版社名を並べ、「左の数冊は都合により次号に紹介す、著者並に寄贈書肆の諒恕を乞ふ」とある。

第2巻第3号　大正3年11月

尾山篤次郎編『大正一萬歌集』について、200字余りの短文のなかで、図書の概要を紹介し、評価を記した後、「しかし漫読してみると、まだ大部佳品を逸してはゐないか」と述べ、「この際、もう一歩進んで明治から大正にかけての短歌を『国歌大観』(注) のやうな様式で集録したら、益するところが少なくないであらう」と指摘し、「これまでの新しい短歌も、もう今では歴史中のものとして扱つていゝ、これからは、更に数歩新しいものが出て来なければならない」と締めくくる。ここで土岐が逸したという「佳品」がどのような短歌であるかは興味深いところであるが明らかにできない。

『国歌大観』のような様式とは、短歌を網羅的に収集し索引を付すということと思われる。「大観」を提案し、「新しい短歌」への思いを述べていることは記憶しておきたい。

(注) 和歌索引書。松下大三郎他編。『万葉集』・勅撰集を収める

正編は1901－1903年、私家集などを収める続編は1925－1926年刊。歌集編と索引編（各句索引）からなる。作品ごとに歌番号を付し（国歌大観番号）検索の便をはかっているが、それにより検索が効率化した。この本が広く用いられたため以後の歌集や研究書もこの歌番号を踏襲するなど、研究に寄与した。後に『新編国歌大観』（1983－1992年　角川書店）10巻20冊もこの方式に従い新編国歌大観番号が付された。『新編』は電子化され、CD-ROMや「日本文学Web図書館」でも利用できる。

第２巻第４号　大正３年12月

大杉栄著『生の闘争』に「最近の我が思想界が提供せられた最も尊重すべき著述とするに躊躇しない」と評価する。文末に「序なから」として、この本に引用された土岐の数編の詩句は「全部伏字にせられてゐるが、あのやうな穏健平凡な思想すらが抹削せられたことに対し、作者として一種奇異の感を抱かざるをえない」とある。

翌大正４年２月発行の第２巻第６号は発売禁止とされ、東雲堂にあった50冊余りは没収、編集所である土岐の家にも刑事が来た、と次号第２巻第７号「MEMO」欄に記されている。第６号に掲載した文章が、「思想上の一問題として、最近の文壇に一種の反響をつくつた。これはこの雑誌の光栄であつて、編輯者の欣幸とするところである」と書いている。編集者としての雑誌発行の熱意をうかがわせるとともに、当時の思想弾圧の様相を知ることができる。

第２巻第５号　大正４年１月

Narumi-Uraburu『Tuti ni kaere』と Natume-Sôseki『Nihyakutôka.』。ローマ字書きの図書をローマ字書きで紹介する。

第２巻第10号　大正４年６月

夏目漱石著『硝子戸の中』について「現在の記述よりは過去の回想の方が量として多いのがなんとなく物足らず感ぜられる」と「現在の事象に関する記述」に興味が多いとしながらも、「しかしこの著者の断片的な自叙伝の一部として、回想もまた別様の興味を惹起せしめる」と評している。

この号の「新刊」は５ページと多く、また寄贈雑誌として「東洋哲学」から「美術と文芸」まで54冊の誌名が並ぶ。第１巻のころは30冊程度の号が多かった。欄末に「寄贈図書について」と題し「新刊書並に雑誌の寄贈は、すべて左記宛御送りありたし」と、土岐の自宅に置いた生活と芸術社の住所と社名を記す。このようなお知らせは雑誌裏表紙にも繰り返される。

翻訳書４冊を並べ、訳文について次のような評を付す。森田草平訳『カラマゾフの兄弟』の抄訳を「訳者の労は多とする」と述べ、若月紫蘭訳『青い鳥』について英訳本からの既訳に不備があったため、新しく原本から改訳した訳者の「芸術的良心を推重しなければならぬ」と評価している。矢口達訳『クリスマス・カロル』には「訳者も、訳しながら、よほどおもしろくてたまらなかつたらしい」と述べ、舟木葉之助訳『ウヰルヘルム・テル』の訳に対しては「訳筆には多少たどたどしいところはあるが、クラシツクをこなさうとした苦心は尊ぶべきである」とある。

北原白秋著『わすれなぐさ』は序文を引用した後「なめし革の装幀も手触りよく印刷も美くしく、近時出版中の一異色とすべきもの、いかにも詩集らしい詩集である」と図書の装丁も紹介している。

第３巻第１号　大正４年９月

歌集、小説、翻訳書等14冊を紹介する。

北原白秋著『雲母集』は歌集、水野盈太郎著『凝視』と与謝野寛著『鴉と雨』は詩歌集、内藤鋠策編『石川啄木』は編者が選んだ150首を載せる「傑作歌選　第八輯」である。

『石川啄木』について

> 啄木の歌の如きものを、かういふ形式の小冊にすることは、それの性質上疑問もあるが、唯一端に接することはできるから、啄木を知らぬものは一読するもよからう。

とあり、啄木の友人としてその短歌を深く知る土岐ゆえに、批判に近い冷淡な文章と読める。

三上於菟吉著『春光の下に』は、「著者自費出版の長編小説である」と紹介した後、500字余りを費やして小説論とも言えそうな批評を記す。

向軍治著『世界の進歩』はローマ字書き36ページの冊子で

「近時喜ぶべき出版物の一つである」としながらも、

> 著者のローマ字の綴方、書方について記者多少の異見をもつが、こゝには言ふべき限りでない。

と結ぶ。

「新刊」欄を欠く第３巻第２号〜第４号の後、第５号〜第６号は少し体裁が変わる。各図書は◉の下に書名を太字で表し、丸括弧に入れた著者名が続き、改行なく短評があり、文末の丸括弧内は前と同様に判型、装丁、頁数、定価、出版地住所、出版社名が記される。第３巻第７号〜第10号（廃刊号）には独立した「新刊」欄はなく、ページの余白に分散して図書の紹介が載る。最後まで寄贈図書の紹介を怠らなかった誌面であった。

同時代の他の雑誌の新刊欄

「生活と芸術」の創刊は「近代思想」に刺激を受けたこともきっかけのひとつであった。前掲「『生活と芸術』―その歴史的意義―」で小田切秀雄は、

> 大杉栄・荒畑寒村の『近代思想』とともに折からの大正初年においての社会的自覚・生活者的実感・それらによる体制批判等を内容とした一つの文学動向の中心となり、『近代思想』ほどに鋭くはなかったがそれだけにかえって多面

> 的に人民的・革命的な文学潮流の展開を試み、それは日本近代文学史のその後の発展に大きな影響をおよぼしたのであった。

と指摘する。

また、岩城之徳は「国文学　９月臨時増刊号」（第８巻第12号　1963年　学燈社）で、「生活と芸術」について

> 雑誌は哀果の先輩や友人の協力によって文壇とか、歌壇とかいったせまい面に制約されない自由な企画と編集のもとに、文芸雑誌というよりむしろ『近代思想』の僚誌というべき社会思想雑誌として成長、一応の目的を達し歌壇的にも生活派の名を得たが、まもなく哀果の思想的ゆきづまりによって廃刊した。

と解説している。また、『現代思想史年表』（山田宗睦　1961年　三一書房）の「生活と芸術」の項には「官憲の圧迫で廃刊をよぎなくされた」とある。

廃刊事情については、土岐が廃刊号に記した「廃刊について」や土岐の回想文から、廃刊の明確な理由を読み取ることは困難であろう。「廃刊について」で土岐は「なぜ廃刊するのか、――その事情も理由も、数へれば、単一ではない」として、廃刊を決意した上で自身に問えば「要するにイヤになつたから、と答へるほかはない」と記す。この言葉は大杉が、大正３年９月発

行「近代思想」の廃刊経緯に「僕等が此の雑誌をいやになつた理由に就いては」と記したことばに呼応した使用とも思われる。「近代思想」廃刊が「生活と芸術」廃刊に影響した点は小田切の指摘にもある。つまり土岐の「思想的ゆきづまり」以外にも、「近代思想」の廃刊や土岐自身の勤務多忙、さらには大正４年の読売新聞社会部長兼婦人部長就任によって責任も増したことなど様々な理由があり、結局、理由は一つではないと考えたほうが土岐の行動に近いと考える。

では、「僚誌」であった「近代思想」の新刊紹介欄を見てから、さらに同時代の他の雑誌の図書紹介欄をみよう。

「近代思想」は大杉栄と荒畑寒村によって大正元年（1912）１0月に創刊された月刊雑誌で、発行所は近代思想社である。第１巻第１号に「発刊事情」として大杉が発行にいたる経緯を記し「計画は古いが仕上げはおおまごつきにまごついて出来た初号だ。ろくな編輯の出来やう筈がない」とある。発刊時の雑誌奥付には「編集兼発行人大杉栄　印刷人荒畑勝三」と記す。途中に中断をはさみ、大正５年１月まで全27冊が出された。「生活と芸術」創刊号には大正２年９月１日発行の「近代思想」の広告が「反逆者の芸術」と横書きの語を伴って載り、対向ページに「青鞜」の「二周年記念号」と記された広告が並び目を引く。

「生活と芸術」と「近代思想」の関係については小田切も前

掲書に、僚誌として互いに支えあった関係と論じている。土岐はほぼ毎号に詩や短歌等を寄稿した。

「近代思想」第1巻第3号（1912年12月）の「社告」に

> こんど読者諸君の御便宜の為めに、殊に新刊紹介欄を拡張して、新刊書籍の懇切なる紹介批評を試みると共に、本社に於て新本古本の取次販売を致します。

とある（第1巻第4号も同文）。新刊紹介に力をいれるという紹介欄はどのようなものだったか。

表紙は「近代思想」と誌名を横書きして、表紙下部に、目次を四角枠の中に縦書きする。その目次には、編集後記のような「(雑録)」と称する欄、「読んだゞけ」という批評欄もある。新刊紹介欄は目次に示されていない号が多い。欄の名称は「新刊紹介」、「新刊」、「新刊読後」、「新刊批評」である。紹介する図書の書名は本文より大きめの活字を用い、著者名は丸括弧内に記す。紹介文は1000字余のものもあるが、多くは300字程度である。評者名を文末の丸括弧内に氏名の一部分で示すが、無記名の場合もある。記名が多いのは荒畑寒村の（寒）で、大杉栄が（栄)、安成貞雄は（貞雄)、安成二郎は（二郎）として記す。名に続いて再び丸括弧を開き、図書の定価と出版社の住所及び出版社名を記して括弧を閉じる。編集の都合のせいか、新刊書紹介欄以外のページに紹介している号もあり、最終号となった第3巻第4号は、「新刊批評」に7冊、「新刊紹介」に1冊、欄名のない所に１冊が載る。

紹介する図書の数は３～５冊程度で、多くて９冊である。対象とした図書は誌上で紹介するに値すると判断して選ばれた図書であると思われるが、選択基準等は示されていない。

土岐の著作は、第１巻第10号でトルストイ・土岐哀果訳『隠遁』新陽堂、第１巻第11号で土岐哀果著『不平なく』春陽堂、第２巻第４号で土岐哀果著『佇みて』東京堂、第３巻第４号で土岐哀果編『万葉短歌全集』東雲堂が紹介されている。『不平なく』は「蟻」と題する土岐の文章と同じページに紹介文が載る。「端的に自己の生活を詠ひ出て」と評価し、文末に「猶、哀果は九月一日から『生活と芸術』と題する雑誌を東雲堂から出すそうである」と知らせている。『佇みて』の評は、土岐の満州朝鮮旅行の歌集であると紹介し「ばかに気の利いた、贅沢な装釘だ」と続き、気に入った歌として５首を引用して、「全体に『黄昏に』や『不平なく』に見られたやうな、いゝと思ふ歌が尠い」と記す。評者名はない。

『隠遁』についての評は600字程あり、４篇の物語に「隠遁の年の夏のトルストイの日記」と巻末に「仲田氏の論文『隠遁と死』」を付した図書であることを紹介し、「自分はトルストイの思想に同ずる者ではない、然し卌年間の煩悶と、八十余で猶理想に邁進した此の老人を思ふと、厳粛な感に打たれる」と結ぶ。(寒) と記名がある。「生活と芸術」の評に頻繁に見られる翻訳文への言及はない。

『万葉短歌全集』は「新刊批評」という名称の二か所の一方

に載る。100字足らずの短評で、作家別の編集であることを紹介し、「詩歌には極く縁の遠い僕等までが、易々と此の古典を通読することが出来る」とあり、評者名は記されていない。

「近代思想」の図書紹介欄の評は、全体として辛口というか、評者が疑問とする点や主観的な言葉を記すことが多い。「生活と芸術」の図書紹介欄が寄贈された図書を網羅的に紹介しようとしていたことに比して、より個性的と感じられる。

大杉栄に関連して、土岐の「生活と芸術」の新刊紹介にある大杉の著作の評をみよう。

第２巻第４号で『生の闘争』、第２巻第５号にダギン著・大杉訳『種の起原』とル・ボン著・大杉訳『物質非不滅論』、第３巻第５号『社会的個人主義』、第３巻第８号『労働運動の哲学』が載る。『生の闘争』の評は前述したので、他の４冊を見る。『種の起原』は「新潮文庫の一なり。訳者は若き日本のアナーキストとして、我が思想界に重きをなせる人」と紹介し、理解が深いと賛辞を並べている。『物質非不滅論』は実業之世界社「最新知識叢書」の第一編であることを伝え、「吾人は、かゝる最新知識の紹介を訳者及び出版者に対して感謝し」この叢書が「続々刊行せられんことを期待するものなり」と記す。なお、なぜかこの第２巻第５号の新刊評は文語文である。

『社会的個人主義』は「前著『生の闘争』以降一年間の論文集」であると紹介し、大杉の主張を引用して紹介する。文末に「唯、組版後政府当局によつて抹殺を余議(ママ)なくされた跡の随処にあるのは一種の異観である」とある。『労働運動の哲学』の評は全文を次に引く。

> 労働運動、特にサンヂカリズムの哲学性質を闡明した、日本、否世界における最初の且つ唯一の著書であるが、不幸にも発売禁止の命に接した。生活と芸術叢書の第四編。（東雲堂）

「政府当局」の出版統制が強化されつつある当時の様子がうかがわれる。

「近代思想」以外の同時代の他の雑誌に図書紹介欄はどのようであったか。読者層が重なり合うと考えられるので、「生活と芸術」に広告が載る雑誌を取り上げる。

「アララギ」（明治41年創刊、アララギ発行所）毎号ではないが図書紹介欄がある。第７巻第１号新年号大正３年１月は「新刊寄贈」という欄を設け、書名・著者名・出版社名を記す。第８巻第２号大正４年２月の「後記」に「土岐の『街上不平』も新たに出版」と紹介がある。第10巻第１号（大正６年１月）〜４号と第８号、第10号には「新刊紹介」欄を掲載している。

「心の花」（明治31年創刊、竹柏会出版部）には「新刊紹介」が毎号載る。書名・著者名・出版地は「市外」または市内の町名・出版社を記し、無記名。

「詩歌」（明治44年創刊、白日社）は「寄贈新刊書」の欄があり、書名・著者名を記す。評はない。

「スバル」（明治42年創刊、昴発行所、創刊１年目の編集発行名義人は石川啄木）「事務室より」「編集室より」「紹介」「消息」などの欄名に新刊書紹介が載る。

「ほとゝぎす」（明治30年創刊、正岡子規の援助により柳原極堂（きょくどう）が松山に創刊した短歌雑誌。拠点を東京に移してからの発行・編集人は高浜虚子、ほとゝぎす発行所）「新刊紹介」はほぼ毎号２～３頁が載る。「司馬太」と記名。書名・著訳者名の後に紹介文。次に判型・装丁・頁数を記し、文末は丸括弧内に定価・出版地・出版社を記す。

「水甕」（大正３年創刊、尾上柴舟主宰）大正６年（1917）６月の第４巻第６号に、「最近の歌書」という欄があり、書名・著者名・短評・判型装丁・ページ数・定価・発行所の町名・発行所名が載る。

「我等」（大正３年１月創刊、編集兼発行人萬造寺斉、「我等」発行所、岩波書店発売、全10冊）第一年（稿者注　「年」という表記を使用）第１号、大正３年（1914）１月に「新刊批評」を編集協力の佐藤春夫が記す。「スバル」の後継誌である。

以上のように雑誌に図書紹介欄を設けることは比較的普通に行われていたようだが、掲載数や紹介欄掲載の頻度、図書の装丁・ページ数を記述する点で「生活と芸術」の「紹介」は、他誌との比較においても充実していた。少なくとも、寄贈を受けた図書を広く紹介しようとする姿勢が他の雑誌より際立っていたと稿者には感じられる。

さてここで、土岐と親しい友人の堺利彦が作った「へちまの花」について触れておくことにする。

「へちまの花」は大正3年（1914）1月、後にへちま型と呼ばれた小型新聞版4ページで創刊された。大正4年（1915）6月第17号から雑誌の形態となり大正4年9月に「新社会」と改題。「主筆・堺利彦　編輯長・貝塚渋六」とある。貝塚渋六とは堺の号で、貝塚は収監されていた千葉監獄の地名で、渋六は食事の四分六飯（米四分麦六分の飯）から名乗ったという。発行の売文社社員に堺利彦・大杉栄・荒畑寒村等がおり、「特約執筆者」として土岐や安成貞雄・安成二郎の名前が掲げられている。第1号にさっそく土岐は「へちまのはな」と題して「よのなかをなんのへちまとしぶろくがしちぶさんぶのかねもうけかも。ぶんしようをうりものにするよわたりにへちまのはなはきいろかりけり。」という2首を寄せた。

図書紹介欄としては、「提灯行列」または「新刊提灯行列」という欄を設けて、6冊程度の図書と雑誌を紹介する。まず書名と著者名を載せ、評の文末の丸括弧内に定価、出版地、出版社が記される。評者名を記すことが多い。「小雑誌仲間」という欄も第11号と第12号にある。

売文社は明治44年（1910）の暮に、赤旗事件の刑期を終えて出獄した堺利彦が自宅を事務所として創設した。有料で文章の代筆を行うことを中心に、翻訳や清書等を営業種目としていて、幸徳秋水らの大逆事件を始め社会主義運動への弾圧の厳しい時代に、先駆的な考えを持つ人々の拠点となった。「へちまの花」

には毎号営業内容が掲載され、売文社の宣伝紙でもあった。

売文社を舞台とする木下順二の戯曲『冬の時代』(注) から「へちまの花」の様子を想像してみようと思う。劇の冒頭にスライドで映される文章には、

> この作品はいまから約五十年まえ、明治の終りから大正の中期へかけて、日本の東京に実在した「売文社」という不思議な「社」を舞台として—
>
> (『木下順二作品集第8巻』1971年5月　未来社　149ページ)

とある。『冬の時代』の初演は1964年であり、その50年前の1914年は「生活と芸術」の発行期間と重なる。第2幕は「へちまの花」創刊まもない頃の設定で、堺利彦をモデルとする渋六を中心に編集会議を開いている。渋六の「『へちまの花』一部金三銭、一年分金三十銭。惜しむに足る程の金額にあらず」という台詞は、「へちまの花」の実物の1面に「定価一部代金三銭一年分金卅銭（惜むに足る程の金額に非ず）」と記されるままである。さらに、ノギと称する人物が「この新刊書の紹介欄ですがね、題して「新刊提灯」としちゃどうです。どうせ悪口ア書かないで提灯持ちをするんだから。」と言い、渋六は「なるほど。いっそ「提灯行列」とつけたらどうだい？」と応じる。図書紹介を「提灯持ち」と称する考えを堺がもっていたかは不明であり、台詞はあくまでも演劇の中のことであるが、当時の様子を垣間見られるように感じられ、あえてここに引用した。

（注）木下順二『冬の時代』「展望」1964年９月号に発表、単行本『冬の時代』（1964年10月　筑摩書房）出版。初演は劇団民芸によって、1964年９月３日から22日まで東京の東横ホールでおこなわれ、続いて大阪、京都などで公演。宇野重吉演出、出演は滝沢修、小夜福子、鈴木瑞穂、芦田伸介、大滝秀治等。（菅井幸雄『木下順二作品集第８巻』解題　1971年５月　未来社）

「新刊提灯行列」に取り上げられた土岐の『街上不平』の評は、

哀果君最近の長短歌百首余篇を収む。歌人としての君は僕の批評の及ばぬ所であるが、『白き手の労働者』といふ自覚を持つて、上の世界を睨み、下の世界を眺めて今進退に立迷うてゐる君の態度が僕には頗る面白く見える。

（第16号　大正４年５月。しぶ六と記される）

この堺の評は「生活と芸術」第２巻第９号大正４年５月に貝塚渋六名「『街上不平』を読む」に、２ページにわたってさらに詳しく述べられている。

土岐は同号の巻末「MEMO」欄で、感想を寄せられたことに感謝し、「手厳しくやつてもらひたい」と記している。

「へちまの花」への土岐の寄稿は、第９号に「ルバシカの人より」という文章があり、この題はルバシカを着た土岐に偶然会ったことを「へちまの花」が記事としたことに対して、自分の意見を述べるために使用したものだが、風刺や皮肉を売り物にした社員の文章とは異なるも、楽しそうな様子がうかがえる。また生活を詠んだ歌を募った紙面に多くの人にまじって土岐も歌を寄せている。

「近代思想」「生活と芸術」「へちまの花」の３誌紙の新刊書紹介欄をもう少しみよう。荒畑寒村著『シヨウ警句集』（泰平館刊）の紹介文と比較する。３誌ともに大正３年４月の号に載っている。

「近代思想」第２巻第７号「新刊紹介」欄の全文
寒村はシヨウが嫌ひである。『シヨウの奴め、こんな事を云つていやアがる』とぶんぶん怒りながら翻訳して居た。併し是れを以て、此の翻訳がぞんざいであると速断されては困る。十分一字一句の末まで理解して居るから、シヨウの言ふ所を批評し得るのである。好きな物を訳す時は、興に乗ずる誤解があるが、嫌ひなものは却つて気が減けるから間違がない。嫌ひなシヨウを訳して原稿料にしたのは、事それ自身が一の警句である。敢えてシヨウ好きにすゝむ。(貞雄)

「生活と芸術」第１巻第８号の「新刊」欄の全文
シヨウの警句集を作るべく、それは寧ろシヨウの作品全部そのまゝでいゝ位、シヨウは警句づくめである。その警句づくめの中から警句中の警句を集めたこの一冊が、いかに愉快なものであるかは、読まないうちに十分想察されるであらう。読んで案を打たざるもの夫れ幾人ぞ、卓上の珈琲碗は早く片づけておかないと危ない。

「へちまの花」第３号の「新刊提灯行列」欄の全文

シヨウの流行は遂に其の警句集を出さしむるに至つた。恐らく此本はシヨウ劇の訳本よりも善く売れるであらう。そして此本の読者の一小部分がシヨウ劇を読みたいといふ気を起こすであらう。兎にかく此本は誰にでも推察し得る非常に面白い本である。寒村君の訳筆は既に世に定評がある。ついでに一つこゝに警句を抜いておく。『人間は最高の山頂までも攀登れるが、然し、そこに永くは住めない』（広告欄参照）

「近代思想」の（貞雄）は安成貞雄で、大正３年３月号から主筆となった。「近代思想」は、大杉と荒畑の２人が責任者であったが、３月から貞雄の弟の安成二郎が編輯長となり責任者が４人となった。バーナード・ショーについて、「近代思想」創刊号の次号である第１巻第２号大正元年11月号に「シヨウ劇梗概」として堺利彦は劇の要約を書き、続いて第３号にもショー作品の公演評を書いている。安成貞雄は第４号に「家政婦所得税論」としてショーの演説の紹介文を載せ、これは『シヨウ警句集』に収められた。同じ号に堺は「人と超人」の題でショーの脚本翻訳の連載を開始し、第2巻第6号大正3年3月号には「シヨウの警句」という題で翻訳を載せている。荒畑の身近で接触しショーに一言ある者の評であり、荒畑の身近な仲間内の評である。

「生活と芸術」のこの号は、新刊書紹介欄全体が前述したように充実した内容である。その中でこの評は他の評に比べて、いかにも親しい友の著書への紹介であり、「卓上の珈琲碗」云々からも日頃の交流がうかがえる。

「へちまの花」の評は評者名が記されていない。文末に「広告欄参照」とあるが、この評のすぐ下に大きな文字を使った広告が紙面に割り付けられている。「へちまの花」自体が売文社の営業広告を主目的の一つとしていたこともあり、売れることを願った紹介文である。

明治末から社会主義思想への弾圧が増し、言論や出版、印刷物の販売への取り締まりが強化される中で、これらの3誌紙が僚誌として存在したことは小田切進の指摘するところであるが、その協力関係を新刊紹介欄からも垣間見ることができる。

なお本章では触れることができなかったが、新聞にも新刊紹介の欄があり、試みに土岐の在籍した当時の読売新聞を見ると、「書籍と雑誌」という名称で、書名・著者訳者名・大きさ（判）・ページ数・定価・出版社住所・出版社名が記載される欄がある。社会部記者だった土岐がこの欄に係っていたかは不明だが、図書そのものを表す記載事項が「生活と芸術」の記載と同様であるのが楽しい。

土岐善麿は大正５年（1916）６月に「生活と芸術」を廃刊し、大正７年（1918）８月に読売新聞を退社、同年10月に朝日新聞に入社する。前掲曽根論文に「大正10年代、1920年代前半の東京朝日新聞の紙面で目をひくのは学芸欄、読書欄の充実である。」とある。東京朝日新聞社の中で土岐の足跡を曽根論文から要約引用すると、大正11年２月「学芸欄」開設、大正12年10月土岐善麿が学芸課長になり、翌大正13年４月に学芸課は学芸部として独立して土岐が学芸部長になる。大正13年（1924）９月「読書ページ」という読書欄ができた。大正15年６月に土岐が調査部長になり、大正15年８月に『読書標』１号が発行された。新聞読者が希望すれば無代で贈呈され、月刊で全90号を出した。昭和９年（1934）５月に土岐は調査部を去って論説委員となり、『読書標』は同年６月終刊となる。つまり、土岐は『読書標』の「生みの親であり、育ての親で」、発行期間と土岐の調査部長在任時代とが「ぴったり重なる」と曽根は指摘している。曽根に付け加えれば、「なるべく多く」の新刊紹介という方向は、図書館員にとっても有益な情報であり、『読書標』が無料で配布されたこととあいまって、国内や海外（植民地）の図書館員にも利用されたのである。

なお曽根は「絞られた良書の批評より、なるべく多くの新刊の内容の紹介の方が大事なのではないか」という『読書標』による土岐の意見を記すが、この認識は「生活と芸術」の新刊書紹介欄における土岐哀果の実践に既に示されていたのである。

現在、紙媒体以外の電子の世界も含めた情報環境にあって、情報発信の在り方も過去から大きく変化している。匿名性の高い多様で大量な情報に翻弄されかねない状況である。それだからこそ、信頼できる情報源の確かな情報が求められているとも言える。

付記

元日本大学教授・文芸評論家の曾根博義先生は2016年６月19日に永眠されました。多くの執筆の構想があったと思われ残念です。土岐についても、続稿を期待しておりましたがかないませんでした。本章は曾根先生の『読書標』の論文に触発されて書いたものです。なお、曾根先生は大量の資料を使っての実証的な研究で知られていますが、その膨大な蔵書は日本近代文学館に寄贈され、曾根文庫として閲覧可能です。

第６章　教員としての土岐善麿

土岐はローマ字運動ばかりではなく、周知のように歌人・ジャーナリスト・国語国文学者・随筆家・図書館人・国語審議会委員長その他さまざまな活動をしている。土岐研究が進まない理由のひとつは、その幅広さに研究者がついていけないことにあると考えられている。図書館人としての功績を小林矩子（土岐の同僚だった現・武蔵野大学名誉教授）が論じたのは、最適の人がなした功績である(注１)。

本章では、土岐の教員としての活動をとりあげたい。

出講一覧

早稲田大学文学部　1947年（昭和22年）４月から1956年３月まで

窪田空穂の後任として「上代文学」（記紀歌謡）と『万葉集』を講じた。なお、1948年には早稲田大学より田安宗武の研究により文学博士の学位を受けている。教員である土岐について、岩田正「教壇の土岐先生」（「余情」第７集「土岐善麿研究」1948年６月　千日書房、土岐文庫には所蔵せず、早稲田大学図書館　文庫10　西垣文庫には7889、7890の２部を所蔵）は、金曜日の一時から三時半まで、『万葉集』の講義には窪田空穂の『万葉集評釈』

(注２) を傍に置いていたという。岩田は「明るいはりのある」口調や、「学問に対する熱心さ、先輩への謙虚さ」などを記す。

「短歌」(角川書店) 1980年６月の土岐善麿追悼号では窪田章一郎、藤平春男などが執筆し、土岐の幅広い活動を描写する。藤平は、早稲田大学で土岐が研究会の指導や卒業論文や修士論文の審査もしたこと、講義は「明快で生彩な講義ぶりとともに学生への影響力は大きかった。」とする。1954年９月の総長改選においては、当選の可能性はないと知りつつ、周囲の要請により立候補し、講師ながら結果として次点になったほどの人望を記す。井上宗雄は「周辺」終刊号 (1980年11月) の「土岐先生の思い出」(『和歌　典籍　俳句』 2009年２月　笠間書院に再録) で教室内外の土岐の姿やその後の交流のことを語る。当時は土岐が東京都立日比谷図書館長として図書館再建の激務にあたっていた頃であり、学生とともに学ぶ時間が貴重だったのかと稿者は思う。土岐は日比谷図書館を退職した70歳を自らの停年 (土岐はこの表記を使用　稿者) として早稲田を退職した。戸谷高明も井上と同時期に受講し、後に卒業論文、修士論文の指導を受けたと『古代文学の研究』(1965年３月　桜楓社、土岐文庫 A1545) の跋に記す。なお序文は土岐が書いている。

武川忠一には『土岐善麿』(短歌シリーズ・人と作品11　1980年10月　桜楓社、土岐文庫 A1945) があるが、土岐の出講よりも前の卒業生である。同書の土岐年譜は詳しい。

『遠隣集』(1951年４月　長谷川書房) の「朝の路」六首中には「優秀なる卒業論文の追記をみればあゝかつて特攻隊に加はり

き」があり、第二次世界大戦に出征して学窓に帰った学生、帰れなかった学生の存在を思わせる。また『早稲田抄』(1955年8月　長谷川書房)にも早稲田大学在職中の詠が見え、「金曜抄」五首中には「年どしに君らを迎へ老いゆけど早稲田は楽し若き日のごと」がある。

大谷大学　1948年から1952年度

土岐の『斜面方丈記』(1957年2月　春秋社、土岐文庫A33)中には「京都数日」として、5年前の昭和23年(1948)11月以来同大学に出校しているとある。東京在住の土岐は、一回三日間計6時間(この1時間は1コマ90分のこと　稿者)で年に30時間、5月と6月と、10月と11月とあと1回、5回にわけて京都に通ったとある。大学図書館の利用や、京都の知友との交友の楽しさも記されている。また『遠隣集』(上掲)の「京都数日」十首の中には「老学長もかたき床几に腰すゑてゐみつつ聞かすわが第一講」他が載る。

なお出講年度は大取一馬(龍谷大学名誉教授)の教示による。大取の恩師の石原清志(龍谷大学、釈教歌などが専門)によれば、土岐は京都で谷山茂(大阪市立大学・京都女子大学、中世文学・中世和歌)と会っており、石原も同席したという。土岐の幅広い交友がしのばれる。

慶應義塾大学　1967年　大学院　1976年

1、『杜甫周辺記』(1967年9月　春秋社、土岐文庫A26)によれば、文学部の「詩歌講座」に１週１回、10回、20時間の講義をしたとある。

２、池田弥三郎の「四月一五日一六日のこと」（「短歌」1960年６月の土岐善麿追悼号）によれば、大学院の連続講義を依頼し、その内容の連載は「土岐善麿研究」として「短歌」1952年10月号から53年８月号　24巻11号から25巻８号までの10回に及んだ。準備に一年かけたというように、周到に準備された院生の質問に土岐が答えている。土岐の記憶力にも驚くが、土岐が覚えていない細部についても、質問者や池田が補足している。

武蔵野女子大学　1965年から1978年まで

初めての専任教員であり、資料も多いため、次節に記す(注３)。

その他、冷水茂太編の土岐年譜（「周辺」　終刊号　1980年）の1939年の項には「八月初旬から十五日間、敷香の夏期大学講師として樺太を訪問」とある。

「周辺」終刊号の渡部寿美子「土岐善麿先生と私の思い出」には、文化学院美術部の渡部が、同院文学部の土岐の講義を受けたとあり、「新聞講座」を金曜日午前にもち、「内容はその時々の世の情勢や編集の事など」で、1936、37年頃の事とある。「よく茶系統の背広を着ておられた。」とも記すが、晩年も同様である。文化学院のことについては、武川年譜、冷水年譜に見えない。

なお、学校での講演は多数ある。

武蔵野女子大学について

武蔵野女子大学のことについては、土岐自身も新聞などに「仏教系の女子大」で教えたと記す。新設の大学で、土岐は設置前から教員の人選にも協力した。日本文学科主任教授。出講日は火曜日の一日。当時の担当科目は加藤歌子の「文学部日本文学科教員一覧　昭和編」（「武蔵野日本文学」15号　2006年３月）・「短期大学部国文学専攻　昭和編」（同16号　2007年３月）にみえる。土岐の担当は、1965年度は「日本文芸史」（当時は通年科目が普通だったため４単位）・「仏教と日本文学」（４単位）、66年度「仏教と日本文学」・「詩歌演習Ⅰ」（２単位）、67年度から77年度までは「仏教と日本文学」・「作家作品研究Ⅲ」（４単位）である。ただし、69年度のみ「作家作品研究Ⅲ」がなく「図書館通論」を担当している。これは、大学が卒業生を出しカリキュラムの変更が可能になり、司書・司書教諭課程が新設されたためである。日比谷図書館長を務め、日本図書館協会の理事長をした土岐には適任の科目ともいえる（後述）が、70年度からは図書館短期大学の学長を退官した岡田温が「図書館通論」を担当した。

土岐は1978年３月に定年退職する（それまで主任教授）。それ以前は定年制度がなかった。退職後は名誉教授。４月からは非常勤講師となり「仏教と日本文学」のみを担当し、79年３月に退任した。翌80年４月15日に94歳10か月で亡くなった。「武蔵野女子学院報」28号　1980年７月は土岐を追悼する。「仏教と日本文学」は１年生の必修科目だった。「仏教と日本文学」は短期大学生も学部生と一緒に受講したが、短大では1968年度から1976年度まで担当だった。

大伏春美は武蔵野女子大学の第３期の卒業生で、土岐の講義を67・69年度に受講している。以下に少し詳しく記してゆきたい。当時は全く無知な学生だったので、土岐の偉大さ、立派さを知ったのは最近の十年ほどであり、残念な事をした。

土岐の「仏教と日本文学」の講義は印象に残っている。他の教員の講義内容は一切思い出せないのだから、明快ですばらしい講義だったのだろう。土岐は90分の講義中マイクも使わず立って話した。普通のことと思えるが、80代の教員というだけでも稀有であり、非常に元気だったのだと思う。60代くらいに見えた。しかし高校の文学史で習った人物が目の前で講義しているのは、驚くべきことだった。「仏教と日本文学」の講義は上代から近世までの日本文学に見える仏教関係の記述の説明が中心だった。まずは仏足跡歌が取り上げられた。長広舌か広長舌かも問題にしていた。講義にテキストはなく、黒板に書かれた。『万葉集』では戯笑歌が取り上げられた。巻16の3841（旧国歌大観番号、以下同じ。本文は窪田空穂『万葉集評釈　11』1952年２月　東京堂　土岐文庫A2067　11、などによる）「仏造るま朱(そほ)足らずは水溜る池田の朝臣が鼻の上を掘れ」（大神朝臣奥守）は池田の朝臣の赤鼻をからかった歌。同巻の3853「石麿にわれ者申す夏痩せによしといふものをむなぎとりめせ」では夏痩せの吉田連老(おゆ)、字は石麿にウナギを食べるようにとすすめた歌、次の3854も「やせやすも生(い)けばあらむをはたやはたむなぎをとると河に流るな」で、二首ともに大伴家持の作。稿者たちはこれらを習った。そのような歌もあるのだと知見が広まったし、有名な歌でもあった。ただし仏教思想を取り上げたりはしなかったので、不思議に思った。後年、稿者自身が教員になって考えたのは、難しい内容を初めから話すよりも、おもしろく親しみやすい話にして、学生に興味を持たせたかったためだろうということである。土岐は早稲田大学で『万葉集』を講じており、どの歌でも教えることはできたのである。

『梁塵秘抄』も扱われた。土岐の父の土岐善静は僧侶だが多才な人物で、仏教の教えを歌にした聖歌も作っている。「法(のり)の深山(みやま)」は四季の山の様子を歌い、曲は越天楽である。なお、『梁塵秘抄』の歌詞も越天楽に乗せると歌うことができる。『百人一首』については、生家等光寺の本堂から玄関まで、札をもって走ったという。『方丈記』も習った。五つの災害の説明の後、末尾の「不請の阿弥陀仏両三遍唱えて止みぬ」について、長明は悟りを開いたとの考えを示した。「不請」は自然に口から出る「阿弥陀仏」であり、仏に救われていたのだと説明した。この「不請」については諸説あり、他から請われずにや、願う所のないとか、「不承不承」のいやいやながらなど、いろいろな解釈がある(注4)が、土岐は自分のはからいではなく阿弥陀仏と自然に口から出たという。そして、主流ではない解釈だといった。土岐は「方丈記念仏考」(「武蔵野女子大学紀要」 第1号 1966年3月、『老壮花信』1967年11月 東京美術 に再録)で自説を紹介しているが、そこでは「不請」についてはあまり明確に論じてはいない。

それから、一茶に触れた後に芭蕉の『幻住庵の記』で一年を終わった。当時の講義科目は一年間の通年が普通だったため、レポートの提出も一回で、内容も自由であった。後日レポートが返却されたが、友人は担当教員名を「土岐先先」としたため、うしろの「先」は鉛筆で囲んであった。早稲田時代に詠んだ「題目は選ぶにまかすレポートを早くまとめて諸君も遊べ」(『遠隣集』の「新春抄」 1951年4月　長谷川書房) のように、評価は常にレポートだったらしい。

武蔵野での卒業生による土岐の講義の思い出はほとんど記されていないが、同僚の文章がある。土岐は火曜日の午後、3・4校時に出講しており、親しい同僚も曜日を合わせていた。専任教員が週一回の講義で済んでいるというのも、半世紀前の大学らしい。土岐と一緒に昼食のテーブルを囲んだのは、さねとう　けいしゅう（実藤恵秀　中国文学)、吉田澄夫（国語学・国語学史)、坂崎担（しずか）（美術史)、石田瑞麿（仏教学）などであるという。石田は「先生の研究室は学問的なサロンの雰囲気があった。(中略）そこにはただの、あらずもがなの世間話はなかった。わたしはその席にあって、学問の底知れない深さをいつも思い知らされ続けて来たように思う。」(土岐への追悼文「土岐善麿先生のこと」「大法輪」 1980年7月号、後に一部を省略して『歎異抄　その批判的考察』1981年10月　春秋社　所収、土岐文庫A496）と記し、土岐の武蔵野の思い出や、校外のバス旅行にもふれている。

次に図書館関係について述べる。土岐は1951年3月に東京都立日比谷図書館の館長になり、戦災で焼失した図書館の新築（再建）に尽力し、以後も日本図書館協会理事長など図書館関係の仕事もしている。51年には司書資格を取得した。土岐と図書館のことは大伏春美・大伏節子編著の『土岐善麿と図書館』（2011年６月　新典社）にまとめたが、授業との関連で簡単に述べる。土岐が日比谷図書館の館長だったことは受講の学生たちは知っていたが、同図書館について触れたのは一回のみだった。図書館の土地が三角形のため、建物の面積を最大限に広くするために三角形にしたという。黒板に三角形を書き、中に長方形を書いた。長方形では一辺にそった建物となり面積は小さくなる。三角形の中に三角形を書いて、そうすれば大きな建物になるとした。説明は以上で、館長だった、苦労したなどとは言わなかった。後に私は土岐の著作や佐藤政孝の『東京の近代図書館史』（1998年10月　新風舎）などを読み、第二次世界大戦で焼失し、戦後バラック二階建ての建物で開館していた日比谷図書館は利用者が建物を取り囲んで入館待ちをしていたことなどを知った。そして、人望もあり実行力のある土岐に館長職が期待され、土岐もそれに応えたのである。「三角形の図書館成れり書きて消し消しては書きしわれの設計」が歌集『歴史の中の生活者』（1958年２月　春秋社）の「日比谷」５首の中にある。三角形は土岐の発案である。もちろん設計図は東京都建築局の高橋武士を中心に書かれた。「建築界」６巻11号（1957年11月　理工図書）には設計図が載る。土岐が普通の教員ならば、日比谷図書館に関する苦労話をしたり、自作の短歌を紹介したりしただろう。また、学生は雑談が好きである。しかしそのような事は一切なかったから、その苦労や高潔さを学生たちは知らなかった。土岐の講義は「図書館通論」よりも「仏教と日本文学」の方がおもしろかった。また、国立国会図書館勤務などの経験がある図書館の専門家である岡田温の「図書館資料論」の講義は具体的でよかった。一年で「図書館通論」が土岐から岡田に代わったのも当然であろうし、持ちコマ数の関係もあるだろう。しかし、土岐の図書館関係の取り組みは、都立日比谷図書館協議会議長、都立中央図書館協議会議長（都の中央館が日比谷から中央に替わったための名称変更）を1960年から1980年に亡くなるまで務めるなど、長く続いた。また小林矩子は（注1）の著書の中で、上記の議長をした会議の資料が司書課程・司書教諭課程研究室にもたらされたと記す。

そもそも土岐が武蔵野女子大学に司書・司書教諭課程を作ったのも、女性には奉仕の精神があるからという理由だった。図書館は無料で本や資料を提供し、また利用者の質問には資料を用いて対応する。それを奉仕の精神と考えたのである。女性は子育てなど人に奉仕する事が多いと当時は考えられていたので、司書は女性向きの仕事とされた。

土岐は講義中に「杜甫をトホトホしています。」と言っていた。杜甫研究をしていたのである。『杜甫門前記』（1965年４月　春秋社）、『杜甫周辺記』（1967年９月　春秋社）、『新訳杜甫』（1970年３月　光風社書店）、『杜甫への道』（1974年７月　光風社出版）などがあり、「周辺」にも杜甫関係の文章を書いていた。そして、講義中に著書のことには言及しなかった。自慢はしないのである。土岐の杜甫研究は吉川幸次郎が高く評価している。

以上、幅広い活躍をした土岐善麿であるが、教員としての活動をまとめた。土岐の受講者のひとりとしては、土岐の講義は高度であり、猫に小判というか、全くもったいないことをした。半世紀後の反省である。

注

（１）「図書館人としての土岐善麿（その１）、（その２）」。講演を文字化して「武蔵野女子大学日本文学」第16号、第17号　2007年３月、2008年３月に掲載。拙編著『土岐善麿と図書館』（2011年６月　新典社）に再録。

（２）『万葉集評釈』は東京堂から刊行されたが、第一巻が1943年６月刊で巻１所収、第二巻から第一二巻（巻２から巻20）は1947年12月から1952年７月にかけて出版されたため、土岐の持参していたのは第一巻と思われる。土岐文庫 A2067。

（３）大伏春美「土岐善麿と『学園抄』――教師、学究として――」（「語文」（日本大学）145輯　2013年３月）で、武蔵野女子大学時代の作歌を取り上げた。本章と重複する所もある。

（４）「不請の阿弥陀仏」は難解な箇所とされ、諸説がある。簗瀬一雄『方丈記全注釈』（1971年８月　角川書店）の補注や、木下華子『鴨長明研究――表現への基層』（2015年３月　勉誠出版）にまとめがあるが、木下の整理によれば、山田昭全の「衆生が請わずとも救いの手を差しのべる阿弥陀仏」の意と、貴志正造の「不請」を「不承」（不承不承）の意とし、「自分の心から望むものではない（口先だけの・申し訳程度の）念仏」とする、との説に大別する。なお木下は山田説に賛成する。

付記

土岐自身は武蔵野女子大学における講義の内容について、「学生と読む」（『斜面周辺記』 1975年6月　光風社書店　182～183ページ）において簡潔にまとめている。

（付）『土岐善麿と図書館』補遺と正誤表

（1） 前著を出版後に知りえた「土岐善麿　図書館関係書誌」の補遺を記す。

1951年（昭和26年）　66歳

２月　「日比谷図書館長に土岐善麿氏」『毎日新聞』２月28日
＊専任者のいなかった日比谷図書館長に土岐が３月１日付けで都教育委員会から発令されると報じる。記事の土岐の肩書は教科用図書検定調査会委員長。

３月　「動く図書館」『時事新報』３月29日「随想」　＊日比谷図書館の整備拡充にむけた表明。「すべての蔵書が公民としての教養のために利用され、利用に供されてこそ公共図書館ははじめてその存在が認められる。」と抱負を語り、「ぼくは『館長室』におさまつて、ハンコをおすだけに来たのではない。」と記す。

1955年（昭和30年）　70歳

３月　「対談　生きた宗教」『大法輪』22巻３号Ｐ22～28　土岐は日比谷図書館長。対談相手の安藤正純は文部大臣。安藤は旧知の間柄で、土岐の日比谷図書館長時代、時の文部大臣として協力した。　＊社会教育について意見交換するなかで、土岐の発言に「私は教育というものがもつと全一的な規模で進められていくべきだと思う。社会教育の方についてもあなたがひとつ理想を立てて、そうしてバラバラでない形のものをやつていつてもらいたい。僕なんかもいま公共図書館のことをやつているが、あれは特定の生徒、学生を入学させた形でない一つの教育だと思つていますよ。」がある。

1957年（昭和32年）　72歳

10月　「仏教徒の心境」『安藤正純遺稿』P750～754　安井誠一郎編集発行　安藤正純先生遺徳顕彰会発行　＊土岐が日比谷図書館退職後に、安藤正純から慰労の手紙を受け取った思い出に加えて、日比谷図書館復興の建設過程に安藤の力があったことを記す。

（2） 92ページの写真について。

写真は1951年（昭和26年）の全国図書館大会・日本図書館協会総会のときのものだが、「最前列のほぼ中央にひときわ大きな体格の人物」とあらわした人物を「ギトラーさん」であると、今まど子氏（中央大学名誉教授）からご教示を受けた。お礼申しあげる。ロバート・ギトラーについては本書第4章の240～242ページに言及した。

（３） 正誤表 訂正箇所に下線を付す。

ページ	行	誤	正
101	17	『図書館講義要綱』	『図書館学講義要綱』
105	9	関しての書いた	関して書いた
113	10	132から148	132〜148
127	6	のです	のです。
149	下から４	図書館見聞録	図書館見聞記
237	下から17	会長	理事長

初出一覧

第１章 『HYAKUNIN ISSYU』
　第１節　本文の翻字と解説　書き下ろし
　第２節 「Oboegaki」の翻字
　　徳島文理大学文学論叢第38号　2021年３月
第２章　早稲田大学中央図書館蔵土岐文庫のローマ字資料について
　　徳島文理大学文学論叢37号　2020年３月
第３章 『鶯の卵』出版の変遷　書き下ろし　大伏節子執筆
第４章　早稲田大学中央図書館蔵土岐文庫の洋書資料について
　　徳島文理大学文学論叢第34号　2017年３月　大伏春美執筆
第５章　土岐善麿と図書紹介
　　――「生活と芸術」の新刊書紹介欄から考える ――
　　徳島文理大学文学論叢第35号　2018年３月
第６章　教員としての土岐善麿
　　徳島文理大学文学論叢第37号　2020年３月　大伏春美執筆
(付) 『土岐善麿と図書館』補遺と正誤表

本書所収に際し初出の題名を変えました。中心執筆者は上記のごとくで、相互に見直すなどの作業をしている。初出後に加除・訂正したところがある。ご指摘くださった方がたにお礼申しあげます。

あとがき

このささやかな著書を出版できたことを非常にうれしく思う。土岐善麿先生に関する2冊目の著書となる。先に『土岐善麿と図書館』(2011年6月8日　新典社)を出版したが、その契機は武蔵野女子大学教授だった小林矩子先生にある。先生は同大学で土岐先生の同僚だったが、司書・司書教諭課程の中心として同課程の発展と充実に尽力した。1970年代には全国的に稀少な課程であり、この課程自体土岐先生の発案とされている。小林先生から土岐先生の図書館関係の文献リストを作るよう依頼され、コピーを集めた。それらを読むと、図書館に対する深い理解と建設的な意見が書かれ、私どもを魅了した。公立図書館に勤務経験のある大伏節子には、刺激的だった。「仏教と日本文学」の講義で知っていた土岐先生とは別の研究者像ができあがり、深く勉強したいと思うようになった。それが前著出版の契機となった。

本書のための資料集めから、図書館に関して考えることも多かった。明治・大正期の資料についてである。たとえば、『鶯の卵』は、母体となるローマ字書きの漢詩の和訳の初出は「アサヒグラフ」であるが、原資料を見るためまず早稲田大学の図書館の雑誌庫(有数のコレクションで有名である)を見て、めざす号に至れなかった。次に国立国会図書館の資料を検索した。マイクロフィルムにより掲載の号をさがし、すぐにコピーも入手できた。しかし活字が読めない部分もあった。翻字には□□とする処理も可能だが、実物の閲覧が必要であると考えた。日本近代文学館蔵の原資料は劣化もなく、文字も鮮明であったので読むことができた。このように、図書館資料の現代化、デジタル化は必然のことではあるが、短所と長所とを感じた。図書館に長く係わり、将来を考えていた土岐先生は、現代の図書館の状況についてどのような感想を持たれるだろうか。

前著の出版を契機に、土岐先生の孫の土岐康二氏と知りあった。本書において、『HYAKUNIN ISSYU』のローマ字書きを漢字かなの現代の表記に変えることができたのも、土岐氏のお許しによる。土岐氏の姉の有田由子氏が2020年11月に日本近代文学館に先生の書、著書や雑誌、手紙類を寄贈する時にもお手伝いをした。その折に多数の色紙を間近に見ることができたのも幸せであった。眼福ということばを実感した。また資料を本書（付）の「土岐善麿　図書館関係書誌」の補遺として生かすこともできた。

本書出版について、公益財団法人日本のローマ字社の茅島篤理事長から、法人として了解するとお伝えをいただいた。茅島先生の励ましを受けて原稿に取り組むことができたことを記し深く感謝申しあげる。

講談社学術文庫『百人一首』（1983年11月）の著書もある有吉保先生に大伏春美は長く指導を受けた。本書のカバーのカルタは、有吉先生に譲っていただいた江戸時代末期の木板単彩色のものである。『百人一首を楽しくよむ』の著者の井上宗雄先生にもさまざまなご教示をうけたが、おふたりとも故人になられた。井上先生は早稲田大学大学院における土岐先生の受講者ということで、直接土岐先生の様子を聞くことができ、写真も見せていただいた。長年の土岐先生との関係から考えて、『百人一首を楽しくよむ』を参考文献の中心において本書第１章の本文を作成した。土岐先生も喜んでくれると思う。

早稲田大学図書館の土岐文庫の利用には、同大学文学学術院の兼築信行教授が書類を書いてくださり、調査研究の便宜をはかっていただいている。

資料収集に際し、早稲田大学中央図書館をはじめ、国立国会図書館、日本近代文学館等を利用した。地域の東京都練馬区立光が丘図書館では、所蔵資料と都立図書館や他図書館相互協力での資料取り寄せによる提供を受けた。コロナ感染状況下にあっても対策をとって利用者を受け入れていたことを記しておきたい。また、個々にお礼を記さないが、多くの知友のご教示を受けている。うれしく思う。

『百人一首』については専門書や関連図書も膨大にあり、専門家や愛好者も多い。広く親しまれている作品であるからこそ、若き土岐先生がローマ字訳の題材にされたことを知り、あえて私どもの無謀な挑戦となった。ローマ字に関する理解も知識も不足しており、したがって本書には失考や調査不足も多数あると思われる。大方のご批正、ご教示をいただければ幸いである。

本書を本大好きの母大伏幸子にささげたい。昭和３年（1928）生まれの、戦争中に高等女学校を４年で繰り上げ卒業させられた唯一の学年であり、勉強ができずにくやしい思いをした世代である。後年、若い時代を取り返すように、積極的に学ぶ機会を作っていた。娘たちの生きる時代をうらやましく、また誇らしく見ていただろう。両親とも子ども家族全員が受診していた喜多村脳神経クリニック院長の喜多村一幸先生は、本好き、文学好きだったが、昨年亡くなった。診察室で『源氏物語』の口語訳について熱く語られたことを思い出す。長年にわたり良い医療を受けていたが、寂しくなった。

新典社の岡元学実社長、編集担当の原田雅子編集部次長にお世話になった。お礼申しあげる。原田氏の助けを得てまとめることができたこと、そしてこの本の出版に係わってくださった皆様に深謝する。

2022年４月　　　著者記す

大伏春美（おおぶし　はるみ）
1971年３月　武蔵野女子大学文学部日本文学科卒業
1978年３月　日本大学大学院文学研究科博士後期課程修了
1983年４月　徳島文理大学文学部日本文学科専任講師
2014年３月　徳島文理大学教授定年退職
現在　徳島文理大学名誉教授
著書『女房三十六人歌合の研究』（1997年　新典社）
　　『影印本　鳴の羽掻』（共著　2005年　新典社）
共編著『土岐善麿と図書館』（2011年　新典社）

大伏節子（おおぶし　せつこ）
1973年３月　武蔵野女子大学文学部日本文学科卒業
1973年４月　東京都新宿区職員。区立大久保図書館長など。2006年３月退職。
共編著『土岐善麿と図書館』（2011年　新典社）

土岐善麿とローマ字百人一首

2022年６月８日　初刷発行

著　者　大伏春美・大伏節子
発行者　岡元学実

発行所　株式会社　新　典　社

〒111-0041　東京都台東区元浅草2-10-11　吉延ビル4F
ＴＥＬ　03-5246-4244　ＦＡＸ　03-5246-4245
振　替　00170-0-26932
検印省略・不許複製
印刷所　惠友印刷㈱　製本所　牧製本印刷㈱

ISBN978-4-7879-7872-1 C1095
https://shintensha.co.jp/　E-Mail:info@shintensha.co.jp